当代加拿大
华裔作家作品赏析

马竞松 吴小燕 ◎ 编著
Edited by Jingsong Ma & Xiaoyan Wu

Appreciation of the Works by Contemporary Chinese Canadian Writers

漓江出版社（中国）
Lijiang Publishing Limited（China）

丽文出版社（加拿大）
Lingua Bella Press（Canada）

联合出版

本书由漓江出版社(中国)和丽文出版社(加拿大)联合出版发行

图书在版编目(CIP)数据

当代加拿大华裔作家作品赏析/马竞松 吴小燕 编著.—桂林:漓江出版社, 2017.8
ISBN 978-7-5407-8068-5

Ⅰ.①当… Ⅱ.①马… ②吴… Ⅲ.①文学欣赏-加拿大-现代 Ⅳ.①I711.065

中国版本图书馆 CIP 数据核字(2017)第 081421 号

出版统筹:吴晓妮
责任编辑:周向荣
助理编辑:吕解颐
装帧设计:何 萌

出版人:刘迪才
漓江出版社有限公司出版发行
广西桂林市南环路 22 号 邮政编码:541002
网址:http://www.lijiangbook.com
全国新华书店经销
销售热线:0773-2583322

北京汇瑞嘉合文化发展有限公司印刷
(北京市经济技术开发区荣华南路 10 号院 邮政编码:100176)
开本:960mm×690mm 1/16
印张:20.5 字数:266 千字
2017 年 8 月第 1 版 2017 年 8 月第 1 次印刷
定价:76.00 元

如发现印装质量问题,影响阅读,请与承印单位联系调换。
(电话:010-67817768)

序

在东西方文化交流日趋频繁、北美学术界对高阶汉语的需求更加迫切的今日,《当代加拿大华裔作家作品赏析》(*Appreciation of the Works by Contemporary Chinese Canadian Writers*)是专为大学高级汉语课程而设计编写的文学教材。它除了配合当地的语言环境,备有简体和繁体中文对照,还辟有英文注解和释要,从而凸显其深刻的时代性、现实性、多元性和异域性。

本册高级文学教材在多伦多大学士嘉堡校区和密西沙加校区多次使用,反应良好,为学生提供了切近加拿大社会生活的题材,丰富多彩的语言特色,各有千秋的写作风格,以及令人深思的讨论课题。学生对教材兴趣浓厚,不但颇有心得,并且学以致用。自然,本书对于关心海外华裔作家写作历程的读者,甚至对于留学加美学生的家长等国内外读者,亦颇有阅读价值。

我们精心挑选了八位加拿大华裔作家,所收作品在海内外荣获各类文学奖项,广受好评。每一章推介一位作家,按照作者介绍、创作历程、客观评价、作品欣赏、词语选注、思考题目、扩展阅读的统一体例来编写。这些作品反映了华人的移民生活和对中西文化的反思。葛逸凡的《金山华工沧桑录》追述了早期中国移民在加拿大修建铁路的血泪史,陈浩泉则在《寻找伊甸园》中描述了香港“太空人”的苦辣酸甜,川沙从《阳光》的多组光谱中折射出信仰、政见和文化的冲突,孙博笔下的《茶花泪》塑造了沦为娼妓的异类女性移民，李彦的《红浮萍》挖掘了知识女性漂泊而斑斓的命运，余曦展现了中国新移民在《安大略湖畔》公寓的维权斗争，张翎委婉地道出了《余震》的痛楚所引致的心灵震撼，曾晓文的《移民岁月》呈现了当今移民和小留学生的拼搏和纠结。这些作家为我们生动地描绘了际遇各异、甘苦自知的移民群体。

我们在本书的编写过程中得到了以上八位作家的通力合作，遗憾的是未能收录更多的优秀作家及作品，尤其是陈河的作品。在此，我们谨向各位作家与所涉及的评论家表示衷心的感谢，并对漓江出版社和丽文出版社的全力支持致以诚挚的敬意。

马竞松　吴小燕

于多伦多

序

在東西方文化交流日趨頻繁、北美學術界對高階漢語的需求更加迫切的今日,《當代加拿大華裔作家作品賞析》(*Appreciation of the Works by Contemporary Chinese Canadian Writers*)是專為大學高級漢語課程而設計編寫的文學教材。它除了配合當地的語言環境,備有簡體和繁體中文對照,還闢有英文註解和釋要,從而凸顯其深刻的時代性、現實性、多元性和異域性。

本冊高級文學教材在多倫多大學士嘉堡校區和密西沙加校區多次使用,反應良好,為學生提供了切近加拿大社會生活的題材,豐富多彩的語言特色,各有千秋的寫作風格,以及令人深思的討論課題。學生對教材興趣濃厚,不但頗有心得,並且學以致用。自然,本書對於關心海外華裔作家寫作歷程的讀者,甚至對於留學加美學生的家長等國內外讀者,亦頗有閱讀價值。

我們精心挑選了八位加拿大華裔作家,所收作品在海內外榮獲各類文學獎項,廣受好評。每一章推介一位作家,按照作者介紹、創作歷程、客觀評價、作品欣賞、詞語選注、思考題目、擴展閱讀的統一體例來編寫。這些作品反映了華人的移民生活和對中西文化的反思。葛逸凡的《金山華工滄桑錄》追述了早期中國移民在加拿大修建鐵路的血淚史,陳浩泉則在《尋找伊甸園》中描述了香港"太空人"的苦辣酸甜,川沙從《陽光》的多組光譜中折射出信仰、政見和文化的衝突,孫博筆下的《茶花淚》塑造了淪為娼妓的異類女性移民，李彥的《紅浮萍》挖掘了知識女性漂泊而斑斕的命運，余曦展現了中國新移民在《安大略湖畔》公寓的維權鬥爭，張翎委婉地道出了《餘震》的痛楚所引致的心靈震撼，曾曉文的《移民歲月》呈現了當今移民和小留學生的拼搏和糾結。這些作家為我們生動地描繪了際遇各異、甘苦自知的移民群體。

我們在本書的編寫過程中得到了以上八位作家的通力合作，遺憾的是未能收録更多的優秀作家及作品，尤其是陳河的作品。在此，我們謹向各位作家與所涉及的評論家表示衷心的感謝，並對灕江出版社和麗文出版社的全力支持致以誠摯的敬意。

馬競松　吴小燕

於多倫多

Preface

In the present world, the exchange of cross-cultural communication between east and west has become increasingly frequent and in turn, there has been an urgent demand for advanced Chinese textbooks in North American universities. *Appreciation of the Works by Contemporary Chinese Canadian Writers* is specially designed for advanced Chinese courses overseas. It is in both simplified and traditional Chinese characters for the purpose of teaching needs. Therefore it stands out among other readers due to its contemporaneity, realistic content, diversity, and western context.

This book has been used as a textbook in advanced Chinese courses at the University of Toronto Scarborough and Mississauga campuses. It has proved to be a practical and meaningful reader in terms of readability and relevance, providing students with topics close to life, colorful language, distinctive writing styles, and intriguing discussion questions. Students showed great interest and gained valuable linguistic and cultural knowledge from the reader. Furthermore, it also benefits parents and those who are interested in overseas Chinese writers and Chinese language education in North American universities.

We took great care to select eight Chinese Canadian writers whose works have won various prestigious awards in China and abroad. Aiming at the integration of structure, culture and application of the language learning, it presents one writer in each chapter. Each chapter comprises seven parts, including the introduction of the writer, the creation of the work, the criticism of the work, an excerpt from the work, vocabulary, and discussion topics. All the works reflect the life of Chinese immigrants and the interplay between eastern and western culture. Ge Yifan's work reveals the history of early migrant workers who shed blood and tears building the pacific railroad. William Chan illustrates the joys and sorrows of the "spaceman" from Hong Kong during 1990's. Chuan Sha takes on the conflicts in religion, ideology, and culture between east and west. Sun Bo portrays a young woman forced into a prostitution in exchange for immigrant status. Li Yan excavates intellectual women's drifting fate. Yu Xi reveals how the condominium owners safeguard their rights against the raising maintenance fee. Zhang Ling recounts the tale of an earthquake survivor suffering painful emotional turmoil. Zeng Xiaowen describes the struggle and entanglement faced by current immigrants and international students. Though these novels tell a diverse set of stories, Chinese immigrants can find themselves in their depictions of these vivid and colorful lives.

We extend our heartfelt thanks to the eight writers and critics for their cooperation and indispensable contribution. We would like to add our regret at being unable to include more excellent writers and their works, especially those of Chen he. We also express our sincere gratitude for the support of Lijiang Publishing Limited and Lingua Bella Press.

Jingsong and Helen in Toronto

目　录

目 録

Contents

第一章

葛逸凡与长篇小说《金山华工沧桑录》

一、作者简介

葛逸凡女士1933年生于河北省乐亭县葛庄,1946年离开葛庄到北京,然后到上海,就读于民立女中。1949年移居台湾,毕业于台北女师,曾任教职六年。1965年与丈夫、女儿移民到加拿大。在温哥华住了三年后,定居于不列颠哥伦比亚省中南部的滨湖小城克罗那(Kelowna)。她自幼醉心文艺,曾入中华文艺函授学校第一届小说班和第二届新诗班学习。20世纪50年代在台北《蓝星诗页》发表新诗,在副刊发表散文和小说。1988年至2002年在丈夫的医师诊所工作。曾在加拿大奥堪那根学院(Okanagan College)学习了三年水彩画,在克罗那社区音乐学校学习了十多年钢琴和小提琴。曾任"加拿大华人笔会"副会长。

葛逸凡著有《欣欣向荣》(1972)、《金山华工沧桑录》(1989)、《时代·命运·人生》(2002)等小说和散文。《金山华工沧桑录》是第一部描述加拿大华工史的中文长篇小说,是为纪念先侨的艰苦奋斗而依据史实创作的,费时十载,先后在中国台湾、中国香港和中国大陆出版。大陆简体字版书名改为

《他乡风雨》。她还亲自将《金山华工沧桑录》改编成了音乐剧,希望用另一种方式去诠释这段历史。

《金山华工沧桑录》荣膺1989年台湾海华杂志首届文学奖第一名以及2008年冰心文学佳作奖。1991年,她将该小说收入文集《加拿大的花果山》中。

二、创作历程

1968年,一个偶然的机会,葛女士全家来到了克罗那。这个世外桃源般的小城,使他们油然产生了归属的渴望和建立家园的信心,就此为二十多年的漂泊生活画上了句号。这个山清水秀的小城镇,以美丽的自然风光和淳朴的民风成为她生命中的"桃花源",是她文学创作的源泉。

质朴的小城里,人们过着简单的生活,没有太多的欲求也就没有太多的忧愁。金钱观念淡薄的葛女士夫妇在这里很惬意。葛女士在这里写作、担任中文老师和诊所助理,并做义工,在她看来,居住在朴实的小城市,过着普通人的生活,会发现寻常中的神妙,平淡中的隽永,朴实里的光华。她在粗拙中发现精巧细腻,在普通里欣赏卓越优雅,在凡俗的众生里,她感受着人性的真挚、善良与美好。葛女士与不同民族各个阶层的人士接触来往,耳闻各式乡音,目睹各种格调的生活。她一方面体验多元文化的复杂、富丽、生动,另一方面切实认知人的本性是一样的:外形有异而本质相同——人就是人。

克罗那的灵山秀水抚平了她颠沛流离多年的创伤,她看到了人性善良的力量,受到了极大的启发。为此,她在20世纪70年代开始创作长篇小说《金山华工沧桑录》时,得以用冷静客观的态度去探讨和处理尖锐的种族冲突问题。作品中出现的对人性的分析,就是源于克罗那。克罗那给了她真诚、自信、宽容、平和和恬淡,给了她泉涌的文思、静心写作的机会。她就地取材,自然真实地展示当地社会的形貌。同时她还发现当地人非常重视历史,有很多淘金、开垦、地区开发建设、战时战后、经济衰退期间的回忆录等,她决心要写好《金山华工沧桑录》。这是一部为纪念先侨们艰辛奋斗、依据史实而创造人物的文学作品。书中以中国劳工李志诚的曲折经历为主线,讲述了早期华工在加拿大的种种境况。

20世纪初,克罗那市居民总数不足一万,华工就有两千,占总人口五分之一。可由于加拿大政府早年的排华政策,两千华工中仅有几人有家眷,其余的都属于单身贫族。加拿大政府先以苛重的人头税限制华人入境,后颁布法律禁绝华人移民,华工们因此丧失了天赋的娶妻生子的权利,终生劳碌而孑然一身,默默消失,濒于自然灭绝状态。加拿大历史却刻意忽略了他们的奉献。葛女士觉得加拿大华裔必须有以历史为背景的文学著作,这是一种民族的自尊心所产生的责任感。基于对民族的责任与使命感,葛女士决心将他们的血泪创业史完整地记录下来。为此,她带着台山话翻译遍访硕果仅存的老侨,收集第一手资料。除了到处找资料,还要设身处地,想象自己是小说中的每一个角色。还有民族的自尊心,促使作者必须适当表达我们民族的优秀本质,创造出在人格、气质上顶天立地的人物,如同罗曼·罗兰心目中的英雄,我们的民族有坚韧性,在加拿大,华人第一代做劳工,第二代成为小商人,第三代成为专业人士,出现了国家社会的栋梁。中华民族是优秀的民族。(《枫华》(*Maple Magazine*),2008年5月,总第79期,第32—35页。)

她反复思索:如何将老华侨的血泪史准确地记载下来以昭示后人?如何去展示这段历史?经历过战乱和苦难的人,尽管渴望安宁与和平,但心中的怨恨却很难释怀。然而,如果用仇恨的观点去诠释和对待历史,那么,这冤冤相报何时能了?并且,这世界上许多仇恨都是源于误解和对统治者的盲从,比如,一百多年前世界各地的反华排华活动等,都与真正的人性相悖,是不可理喻的。作者化解了仇恨,并且潜心挖掘民族的优秀品质。虽然生活在社会最底层的华工们没受过教育,但中华民族悠久的历史和丰富的文化底蕴给了他们宽容大度、忍辱负重和乐观豁达的性格。正是这种民族性,使他们身处劣境仍能追求上进并自强不息,成为人格上完整的顶天立地的人。

在美丽淳朴的克罗那,葛女士领悟了人性的真谛,找到了化解仇恨的金钥匙,耗时十年完成了长篇史实小说《金山华工沧桑录》。

三、作品评介

历经十余载的选材构思,作者搜集参考了大量历史资料,《金山华工沧桑录》以其厚重的史料和精湛的文学描写,清晰地再现了早期加拿大华侨由被排斥到被接纳、加拿大社会由单一走向多元的史实,它是加拿大文学史乃至世界文学史上,第一部将文学与历史巧妙结合、准确地反映加拿大早期华工生活的中文作品。

书中交织着中国早期移民迫不得已出国谋生的艰辛历程,以及他们对祖国和亲人的眷恋和热爱。作者用了大量笔墨描绘了在家乡活不下去的四个农民李志诚、张志信、陈永富和郑鸿祥来加拿大之前的生活状态。李志诚抛下了怀有身孕的妻子和年迈的母亲,张志信将失去母亲的女儿留给祖父母照看,陈永富告别了食不果腹的兄弟姐妹,郑鸿祥被雇主赶出家门又遇上强盗,他们结伴当契约工,乘"地狱船"到了加拿大,来修建太平洋铁路最艰险的路段。

华工们在落基山里炸山穿洞,共约17000名华工,其中冻死、病死、饿死、摔死的达4000人,约占筑路华工总数的四分之一。据说穿越峡谷的每一英尺铁路下面,都埋葬着一名华工。横贯大陆的铁路修好了,竣工庆典却没有请一位华人,华工们被就地解雇,自谋生路。张志信倒毙荒野;陈永富在白人家当仆人,十几年后在内地草原和弟弟一起开餐馆打拼,年过半百才回乡娶亲;郑鸿祥在温哥华开洗衣店,好赌,孤寒而死。只有李志诚圆了他的金山梦,在奥堪那根的湖边黑土上种菜,用血汗钱交人头税,赶在《排华条约》

(1923—1947)实施前接来了二十多年没见面的妻儿,看到了孙辈们经商,买土地,上大学,学医学和法律。他歇息在自家320亩农场的巨松下,远眺湖泊田野,充满了挚情,充满了感谢。

作者善于通过人物刻画来推动故事情节的发展。她用清晰的结构和紧凑的事件表现华工的艰辛经历和奋斗过程。作者着重描述几个主要阶段,第一阶段是赴加拿大前的凄惨生活背景,继而是登陆后华工修建铁路的艰辛经历,接着作者展示了铁路竣工后华工的遭遇和立足创业的奋斗。作者选择了四个非常有代表性的人物,尤其是通过李志诚,揭示了华人在加拿大的奋斗历程。他们用无比的忍耐、勤劳和智慧,用生命换来了华人地位的上升和后代自由发展的权利,令人感慨而追思。李志诚的命运不同于早逝的张志信,不同于一生孤苦伶仃的郑鸿祥,也不同于事业有成而骨肉分离的陈永富。李志诚是一个"幸运儿",他的成功来自他所经历的千辛万苦,来自他不懈的奋斗。李志诚代表了中国人在异国他乡努力上进、吃苦耐劳的生存状态,以及锲而不舍、积极进取的精神。他将幸福掌握在自己手里,对生活充满希望。葛逸凡塑造的人物形象鲜明,虽然兄弟们都是怀着同样的初衷来到异国闯荡,但是几十年后每个人都有了不同的命运,他们闯出了一番属于自己的事业。他们代表了华工的打拼,华人的成功。

《金山华工沧桑录》令读者感受到浓厚的悲剧色彩,然而,那是一种如释重负的感觉。因为,在那非常严峻的生存状态下,支撑华工们直面逆境和积极向上的力量就是爱,一种对民族、对后代、对他人和对万事万物的爱。这种博大而深邃的爱,抽象而具体的爱,让他们能够在任何时候都保持乐观向上的心态,而不会陷入自暴自弃的泥淖里。启发和昭示人性是葛女士的写作重心,她把人性中宽容和奋进向上的最光辉部分充分地展现了出来,向读者传达了一种关于人性的新思维,表达了关注人本身的悲悯情怀。正是这种博大的情怀,使她把一段最容易流于民粹或是种族歧视的史实,诠释成为一个让人唏嘘、感叹、落泪，但却走出了狭隘仇恨圈子、不断升华人类最美好情感的史实故事，她试图用超越民族、超越时代的爱，去洗净世上的恐惧和憎恨。她的创作理念仍是对整个世界和人类的终极关怀，那就是：站在生活本身的角度，用感恩和爱的笔触，去描绘她眼里的、心里的世界，那世界永远充满了理解、平和与温情。

《金山华工沧桑录》文字通俗易懂、洗练生动，用淳朴的语言流畅地叙述了动人心弦的故事，以细腻的文笔刻画了深厚、自强的中华民族精神，对其他种族也能客观地描写。作者接受加拿大记者采访时表示，"我的本意并不是要宣扬和记录仇恨，而是告诉读者当时的情形，以及我对人性的看法和分析。我是以一种超然冷静、宽容的方式去处理这个悲惨的故事的"（《枫华》2008 年）。

《金山华工沧桑录》小说获奖后，引起社会各界的高度关注。面对当今社会浮躁风气下趋利若鹜、充满色情暴力的文坛，面对来自各地影视界人士的游说，葛女士始终保持着清醒的头脑："我很担心他们为了票房价值而扭曲了创作的原意，因流于民族的褊狭而把它变成宣扬民粹的作品。"作者以真挚的情感写就朴实无华的华工自强不息的故事，激励人们不懈地努力，对世界充满爱心，为世界的和平与昌盛、人与人的平等和互敬而尽心尽力。

四、片段欣赏

第一章　离家

他把出洋的计划告诉母亲和妻子的时候，两个女人的眼中立刻充满了泪水。母亲说："我们能勉强吃饱就算了，去那么远做什么。"他说他这一辈子，不能以勉强吃饱为满足，若不把祖田买回来，不能让儿子读书，如何安慰父亲于九泉。他重重复复地说，村里多少男人都出洋了，林家和雷家的房子都是他们在海外的子弟寄钱回来盖的，黄家不但起了新房子，修了祠堂，还置了大片的田产。廿年前，人们去加拿大金山淘金，听说现在淘金已成了尾声，筑铁路需用很多的工人，做工不是挖金子，发不了大财，可是在那儿做工拿工钱，省吃俭用，一定有钱寄回来。筑完了铁路，说不定可以找到其他的工作。总之，在家乡走投无路和没有发展的人都出洋了，我也要出洋去。当年为了我求学，累死了祖父和父亲，我一定使我们的家兴旺起来。他越说口气越坚定，眼光越勇敢；以兴盛的未来安慰家人，不仅减少了临别的哀伤，也给自己增加了无限的勇气。

可是当他挑起担着干粮和行李的扁担，真真实实地走出家门的时候，未来竟变成了空茫的未知，家原是紧紧地贴着他的心，一出家门，整个心即悬起来，发出了凄楚的问号，这一去，什么时候回来？

他走下山坡，经过路边的大榕树时，停住了脚步，放下肩上的扁担。这棵大树，从他有记忆时就这么粗壮，枝叶繁密，浓荫清凉。每逢祖父和父亲带他去镇上回来经过这里总是要在树下停脚歇歇，然后再爬曲折的山路。在这儿，可以隐约望到半山腰的家，那儿经常有一缕炊烟，袅袅上升，消融在蓝天，看到炊烟，就记起妈妈做的晚饭，心里泛着甜甜的欢喜。而今，在这远别的一刻，他痴望着半隐在竹林里的小砖屋，正值旭日初升，刹那间，光芒流泻，大地沐浴在亮光里；天，蓝得晶莹明澈，山，更加青翠葱茏。他痴痴地望着他的家，在这分离的刹那，家园已变成了他身体的一部分，和他呼吸相应，血肉相连。他含泪站着，面对着壮丽的蓝天青山，面对着山中混凝着祖先血汗的田亩，面对着亲人居住的家，他发誓要在海外努力做事，好好做人，以重振家园来报答恩重如山、浩瀚似海的亲情。他仰望着青天，虔诚地默祷，祈天佑家人，就挑起扁担，迈着大步走了。

第七章 工作在菲沙河谷

秋深了，峡谷灌木红叶落尽，剩了光秃秃的枝干，在瑟瑟的秋风里鸣着凄清的笛音。夜晚降霜，天气骤然转寒，睡在帐篷里的工人感到冷气进袭，凉彻身子血脉里的每一丝暖意。大家紧抓住每日工余的时间，爬山锯树，砍掉树枝树叶，把圆滚滚的树干一个个地堆垒钉起筑成墙壁，覆铁皮为屋顶，用石头砌成炉子，可以生火，比住在帐篷里暖和多了。白人员工不必为这类事务劳碌，铁路公司照顾他们的生活起居，华工就要自己想法子。

……

雪花无声地飘落，峡谷进入了冬季。

李志诚和同伴们聚集在小屋里。炉中火焰熊熊，墙挡住了呼啸的风，屋顶遮住了冰凉的雪，大家的心中感到温暖又踏实，忘了白天工作的辛劳与艰险，热烈地天南地北地谈着。

郑鸿祥的脚，离火很近，烘得热乎乎痒痒的很舒服，不禁放开喉咙大唱。

"哎呀！这小子唱的是戏。"林福田叫道，"不是瞎嚷。"

"啊？我不知道你会唱戏。"陈永富说。

郑鸿祥不答，只是更兴奋夸张地唱，从《唐伯虎点秋香》，唱到《天仙配》，过完了瘾，就谈起当年陪公子念书看戏的往事，他曾经陪着公子看了不少戏，公子背戏词比背书起劲儿多了。公子考试落第，大概是因为脑子里塞满了戏词，没地方搁经书。说完，又扯开嗓子大唱，加上表情动作，惹得大家一阵阵的哄笑。

"喂！喂！等会儿再疯，我问你。"李志诚很认真地说，"现在我才想起来你跟我们不一样，你不是从泥里水里爬出来——挑水打担长大的，你一直陪着公子读书研墨，对吗？"

"我可认不了几个字。"郑鸿祥急急地说。

“我不是这个意思。”李志诚解释着，“我是说，你从小到大，算是做细活儿的，怎么吃得消现在这种像驴马一样花力气的工作呢？”

郑鸿祥说：“刚上工那些日子，我全身的骨头和肉没有一个地方不疼的，晚上睡觉的时候，疼得更厉害。大家一样地做工，你们都不喊痛叫苦，我难道像娘儿们似的哼哼？咬牙干吧！早上站起来，脚痛一直痛到心里，拿起斧头，胳膊肩膀全痛，敲敲打打一阵子，就越来越麻木了，晚上才开始摧心碎骨地疼痛。我想，捱吧！捱到哪一天算哪一天，谁知道，渐渐地不痛了，竟完全好了。现在做了一天工，倒下来像睡死了似的，一觉醒来，全身轻松，又浑身是劲儿，你们说贱不贱？”他不自觉地搓着手上的厚茧。

同伴们听了，个个动容，纷纷热烈地称赞道：

“你熬出来了！”

“真的把身子练成金刚了！”

“练成了一条好汉！”

风在呼啸，雪花在飘，小屋内炉火熊熊，笑语豪嘈。

第三十二章　巨松下的自语

李志诚坐在松树下休息，呼吸恢复了轻匀，声称不需要人陪伴，晚辈们就下山了，看看整块的土地，商量怎样经营。他听着松风，望着绿绒的山坡和沃野，望着曲曲折折的小溪，心里映出了另一片清蒙蒙的山，那一座山，翠竹鸣着风笛，芭蕉摇着长扇，稻苗展着绿波；离别的那一刻，最后一眼凝望那座山，正值太阳跃出山顶，刹那间，天蓝得分外明澈，山更加青翠葱茏；那一片青山，成了他脑中永恒的画面，永远清晰。此刻，他望着那幅画面，告慰祖先的英灵——流着他们血液的后代，已经在另一幅地面，创下了一片江山。

那位当年身子臃肿，依着母亲向他挥手的待产妻子，已经在三年前赴黄泉。去世的那天清早，她说有些疲倦，他让她多睡一会儿，她不肯，要去看看夜间发烧的外曾孙热度是否减退。吃过早饭,忽然不会动,不能讲话了,眼睛怔怔地望着家人。他握起她的手说:“阿兴的妈,你且先走一步,我就会跟你去的。”谁料到三年过去了,他还是那样子,依然能吃能走。她辞世之后,他觉得家里空了一半,日子凄凄冷冷的,无人能取代他老伴儿的地位,他孤单一人坐着躺着的时候,就喃喃自语,仿佛和老妻聊天。

……

他望着山下的家人,和一大片未开垦的土地,不禁忆起筑铁路时的伙伴与老友;徐守忠在年前谢世,他在小城住了大半辈子,交游日广,热心参加地方建设,被人公认为一员重要元老,受到尊敬与爱戴,九十三岁的生日庆祝会在本地最大的饭店举行,有名望的白人,也携眷赴会,他切生日蛋糕时还拍了照片,成了第二天报上的新闻。陈永富早已返乡,与妻女团聚,算是叶落归根。郑鸿祥回到温哥华后,熬了两年就病倒了。他在郑鸿祥临终前赶到了病床前并料理了后事。啊!志信哥,他在心里呼唤着;你不幸英年早逝。上苍的安排使我俩成为亲家,你女我儿,结为夫妇,他俩的十个儿女,都长大成人了,七人完婚,我们目前共有重孙男女十九人。志信哥,你知道了这些,会感到安慰,可以安息了。

秀英和孩子们说说笑笑地跑上山坡,挨着他坐在松树下。秀英万分喜悦地说:“阿爷,我们看了整片土地,打算在山坡栽果树,在平地种洋葱和马铃薯,近山坡的地方种洋笋。我们的房子就盖在这棵大树的旁边,再建个大阳台,看湖水,看好风景。”

两个孩子抢着说:“我要骑马,骑着马冲下山坡。”

“我要养一群狗,大狼狗,小狮子狗……”

秀英说:“我们也可以养鸟,养很多好看的鸟,像孔雀、鹦鹉。还有,在水边可以养鹅和鸭子……”

他倾听着,时时点头。他不知道自己能否亲眼见到,但能想象日后这个田园繁荣的盛景。此时,在他眼中,湛蓝的天空如许明澈,和熙的阳光照耀着点缀了黄花的绿野与绿绒山坡;传入耳中的,有古松弦索的和鸣,孙辈的笑语,伴着飞鸟的音符自晴空滴落。此刻,感到天地情深,他的心胸,纯净得没有一丝尘埃,宽广无限,深远无限,充满了挚情,充满了感谢。

五、词语选注 / 詞語選註 cí yǔ xuǎn zhù

Words and Phrases with Translation and Annotations in English

biān hào 编号 編號	拼音 pīn yīn 简体 jiǎn tǐ 繁體 fán tǐ	yīng yì yǔ shì yì 英译与释义 英譯與釋義
#	Words and Phrases in *pīnyīn*, simple-form and complex-form characters	English translation and annotations
1	àn rán 黯然	dejected; downcast
2	bǎi gǎn jiāo jí 百感交集	a multitude of feelings surge up; all sorts of feelings well up in one's heart
3	bēi mǐn 悲悯 悲憫	take pity on sb.; have sympathy for
4	bì yòu 庇佑	blessing (of God); protect; prosper
5	biǎn dan 扁担 扁擔	shoulder pole
6	bù lǚ pán shān 步履蹒跚 步履蹣跚	teeter; totter
7	bù qū bù náo 不屈不挠 不屈不撓	refuse to be cowed or submit; neither to yield nor flinch; never give in

8	chén yín 沉吟 沈吟	mutter to oneself; unable to make up one's mind
9	chōng jǐng 憧憬	long for; look forward to
10	chū xi 出息	promise; future; prospects
11	chún pǔ 淳朴 淳樸	honest; simple; unsophisticated
12	cí táng 祠堂	ancestral hall; ancestral temple; memorial temple
13	cí xiáng 慈祥	kind; amiable
14	dǎ gǔn 打滚 打滾	roll about; roll on the ground
15	dí dàng 涤荡 滌蕩	wash away; cleanse; wipe out; get rid of
16	dǐ yùn 底蕴 底蘊	inside information; profound background
17	diān pèi liú lí 颠沛流离 顛沛流離	wander from place to place, enduring many hardships; away from home
18	dòng xī 洞悉	know clearly; understand thoroughly
19	dǔ shí 笃实 篤實	honest and sincere; uprightness; sincerity
20	ēn zhòng rú shān 恩重如山	favours weighty as a mountain; a great debt of gratitude
21	gū kǔ líng dīng 孤苦伶仃	lonely and helpless; alone and uncared for; left in the world without kith and kin; utterly forlorn and alone

22	hào hàn 浩瀚	vast; unbounded
23	hào hào dàng dàng 浩浩荡荡 浩浩蕩蕩	go forward with great strength and vigour; in formidable array;in mighty formation
24	hùn dùn 混沌	chaos; the chaotic world in prehistoric times
25	jiā juàn 家眷	wife and children; one's family
26	jiē qià 接洽	discuss a matter with sb.; get in touch with; engaged with
27	jié rán yī shēn 孑然一身	on one's own; all alone in the world
28	jīn gāng 金刚 金剛	Buddha's warrior attendant
29	jīng yíng 晶莹 晶瑩	sparkling and crystal-clear; glittering and translucent
30	jiǔ quán 九泉	grave; the nether world
31	kāi kěn 开垦 開墾	open up wasteland for farming; reclaim wasteland; bring under cultivation
32	lián mǐn 怜悯 憐憫	take pity on; have compassion for
33	liáo dǎo 潦倒	penniless and frustrated; be down and out
34	líng lì 凌厉 淩厲	swift and fierce; quick and forceful

35	luó màn luó lán 罗曼・罗兰 羅曼・羅蘭	Romain Rolland (1866—1944) was a French dramatist, novelist, essayist, art historian and mystic who was awarded the Nobel Prize for Literature in 1915 "as a tribute to the lofty idealism of his literary production and to the sympathy and love of truth with which he has described different types of human beings".
36	luò dì 落第	fail in an imperial examination
37	mí wǎng 迷惘	befuddlement; perplexed; at a loss
38	mù guāng jiǒng jiǒng 目光炯炯	one's eyes flashed like lightning; have eyes with a piercing gleam; with keen, sparking eyes
39	niǎo niǎo shàng shēng 袅袅上升 裊裊上昇	roll up
40	niǔ qū 扭曲	distortion; tortuosity; warping
41	pái shān dǎo hǎi 排山倒海	topple the mountains and overturn the seas; great power and influence; overcome with an irresistible force
42	pò bù dé yǐ 迫不得已	have no alternative (but to); be compelled to; be forced to
43	pú sà 菩萨 菩薩	Bodhisattva
44	qī chǔ 凄楚 淒楚	wretched; miserable
45	qí qū 崎岖 崎嶇	rugged; rough
46	qì bù chéng shēng 泣不成声 泣不成聲	choke with sobs; one's voice was choked with weeping; sobbing too much to speak

47	qiāo zhú gàng 敲竹杠 敲竹槓	take advantage of sb.'s being in a weak position to overcharge him; make sb. pay through the nose
48	qiáo cuì 憔悴	haggard; wan and sallow; thin and pallid; weary-looking
49	qiè ér bù shě 锲而不舍 鍥而不舍	keep on carving; chisel incessantly; keep one's nose to the grindstone; make steady efforts
50	quán shén guàn zhù 全神贯注 全神貫注	give one's whole attention to; concentrate the whole energy upon
51	rěn rǔ fù zhòng 忍辱负重 忍辱負重	swallow humiliation and bear a heavy load; bear disgrace and a heavy burden; bear responsibility and blame
52	róng yīng 荣膺 榮膺	awarded
53	shěng chī jiǎn yòng 省吃俭用 省吃儉用	save money on food and expenses; economical in everyday spending; live frugally
54	shí bù guǒ fù 食不果腹	have little food to eat; have not sufficient food to eat
55	shì bù liǎng lì 势不两立 勢不兩立	at daggers drawn; implacably opposed to; impossibly for both to exist together
56	shì wài táo yuán 世外桃源	land of idyllic beauty; a heaven of peace and happiness
57	sī shú 私塾	old-style private school; home school with a private tutor
58	sī sī wén wén 斯斯文文	elegant; refined; gentle; cultured
59	tāo tāo bù jué 滔滔不绝 滔滔不絕	spout eloquent speeches; an unceasing flow of words; flow on without stopping
60	táo jīn 淘金	gold washing; panning (for precious metals)

61	tiān dìng liáng yuán 天定良缘 天定良緣	preordained happy match; fix by heaven harmonious union; good match for marriage preordained by heaven
62	tiān lún zhī lè 天伦之乐 天倫之樂	the happiness of a family union; the happiness of a family reunion
63	tiān xuán dì zhuàn 天旋地转 天旋地轉	the sky and earth were spinning round; the heaven revolves and the earth turns; very dizzy
64	tián dàn 恬淡	indifferent to fame or gain
65	tuí rán 颓然 頹然	dejected; disappointed
66	wēi wēi é é 巍巍峨峨	towering; tall and rugged; lofty
67	wō nang 窝囊 窩囊	feel vexed; good-for-nothing; hopelessly stupid
68	wú kǒng bù rù 无孔不入 無孔不入	get in by every opening; all-pervasive; have a finger in every pie; with no opportunity overlooked
69	wǔ zàng liù fǔ 五脏六腑 五臟六腑	the viscera; internal organs of the body
70	xǐ liàn 洗练 洗練	concise
71	xiá'ài 狭隘 狹隘	narrow-minded; narrowness
72	xiāo zhāng 嚣张 囂張	rampant; aggressive; unbridled

73	xiào shùn 孝顺 孝順	show filial obedience；filial piety
74	xìng qù àng rán 兴趣盎然 興趣盎然	immense interest；full of interest
75	xǔ pèi 许配 許配	betroth one's daughter to；betrothed；affianced to
76	xuán wō 旋涡 旋渦	whirlpool；vortex；eddy
77	yǎ bā chī huáng lián 哑巴吃黄连 啞巴吃黃連	no choice but to suffer in silence
78	yán mó 研磨	grind；pestle
79	yāng qiú 央求	beg；plead；implore
80	yáo qí nà hǎn 摇旗呐喊 搖旗吶喊	flag-waving and slogan-shouting as a sign of support at mass rally or in a political or social movement；beating the drums for sb.
81	yīn yuán 姻缘 姻緣	the happy fate which brings lovers together；marriage
82	yǔ shì cháng cí 与世长辞 與世長辭	depart from the world for ever；breathe one's last；die；pass away
83	zài tiān zhī líng 在天之灵 在天之靈	the spirit of the deceased；go ghost (of the deceased)
84	zhàn lì 战栗 戰慄	tremble；shudder；shiver

85	zhēn dì 真谛 真諦	true essence; true meaning
86	zhòng jǔ 中举 中舉	pass the provincial civil service examination under the old Chinese examination system
87	zhuǎn wān mò jiǎo 转弯抹角 轉彎抹角	full of twists and turns
88	zhuàng yuán 状元 狀元	number one scholar (title conferred on the one who came first in the highest imperial examination)
89	zì bào zì qì 自暴自弃 自暴自棄	abandon oneself (to despair); be resigned to one's backwardness; give up hope for oneself

六、讨论题

1.葛逸凡写《金山华工沧桑录》的动机是什么?

2.李志诚、张志信、陈永富和郑鸿祥奔赴加拿大的生活背景有什么不同?

3.加拿大政府早年的排华政策都有哪些?书中是怎样表现的?

4.克罗那小镇的生活是怎样影响葛逸凡确立《金山华工沧桑录》的主题的?

5.作者是如何将老华侨的血泪史准确地记载下来以昭示后人的?

6.李志诚儿时在中国读书和他的孙辈在加拿大读书的经历说明了什么？具有什么意义？

7.作者是怎样描述华工修建铁路的艰辛的？有哪些细节你觉得最感人？

8.在艰难困苦之际华工们是怎样互相帮助、团结一致的？

9.你是怎样理解加国华人今天的社会地位和成就与当年华工修建铁路和求生立业的联系的？

10.作者怎样用感恩和爱的笔触，去描绘她眼里、心里的世界，那世界永远充满了理解、平和与温情？

七、扩展阅读

1.赵庆庆：《探索那探索不及的晨星——访加拿大女作家葛逸凡》
http://www.cqvip.com/qk/85368b/201001/33576664.html

2.这是什么地方?! 葛逸凡作品 · 一
http://tieba.baidu.com/p/567283756

3.梁丽芳：《〈金山华工沧桑录〉与〈寻找伊甸园〉的旅程母题及其他》
http://mall.cnki.net/magazine/article/HWWX200705004.htm

4.《加拿大总理就“人头税”问题向华人正式道歉》

http://news3.xinhuanet.com/overseas/2006-06/23/content_4738679.htm

5.华裔在加拿大的历史

http://www.rcinet.ca/patrimoine-asiatique-zh/le-mois-du-patrimoine-asiatique-au-canada/limmigration-chinoise-au-canada

第一章
葛逸凡與長篇小説《金山華工滄桑録》

一、作者簡介

葛逸凡女士 1933 年生於河北省樂亭縣葛莊,1946 年離開葛莊到北京,然後到上海,就讀於民立女中。1949 年移居臺灣,畢業于臺北女師,曾任教職六年。1965 年與丈夫、女兒移民到加拿大。在温哥華住了三年後,定居於不列顛哥倫比亞省中南部的濱湖小城克羅那(Kelowna)。她自幼醉心文藝,曾入中華文藝函授學校第一屆小説班和第二屆新詩班學習。20 世紀 50 年代在臺北《藍星詩頁》發表新詩,在副刊發表散文和小説。1988 年至 2002 年在丈夫的醫師診所工作。曾在加拿大奥堪那根學院(Okanagan College)學習了三年水彩畫,在克羅那社區音樂學校學習了十多年鋼琴和小提琴。曾任"加拿大華人筆會"副會長。

葛逸凡著有《欣欣向榮》(1972)、《金山華工滄桑録》(1989)、《時代·命運·人生》(2002)等小説和散文。《金山華工滄桑録》是第一部描述加拿大華工史的中文長篇小説,是為紀念先僑的艱苦奮鬥而依據史實創作的,費時十載,先後在中國臺灣、中國香港和中國人陸出版。大陸簡體字版書名改為

《他鄉風雨》。她還親自將《金山華工滄桑錄》改編成了音樂劇,希望用另一種方式去詮釋這段歷史。

《金山華工滄桑錄》榮膺 1989 年臺灣海華雜誌首屆文學獎第一名以及 2008 年冰心文學佳作獎。1991 年,她將該小說收入文集《加拿大的花菓山》中。

二、創作歷程

1968 年,一個偶然的機會,葛女士全家來到了克羅那。這個世外桃源般的小城,使他們油然產生了歸屬的渴望和建立家園的信心,就此為二十多年的漂泊生活畫上了句號。這個山清水秀的小城鎮,以美麗的自然風光和淳樸的民風成為她生命中的"桃花源",是她文學創作的源泉。

質樸的小城裡,人們過著簡單的生活,沒有太多的欲求也就沒有太多的憂愁。金錢觀念淡薄的葛女士夫婦在這裡很愜意。葛女士在這裡寫作、擔任中文老師和診所助理,並做義工,在她看來,居住在樸實的小城市,過著普通人的生活,會發現尋常中的神妙,平淡中的雋永,樸實裡的光華。她在粗拙中發現精巧細膩,在普通裡欣賞卓越優雅;在凡俗的眾生裡,她感受著人性的真摯、善良與美好。葛女士與不同民族各個階層的人士接觸來往,耳聞各式鄉音,目睹各種格調的生活。她一方面體驗多元文化的複雜、富麗、生動,另一方面切實認知人的本性是一樣的:外形有異而本質相同——人就是人。

克羅那的靈山秀水撫平了她顛沛流離多年的創傷,她看到了人性善良的力量,受到了極大的啟發。為此,她在 20 世紀 70 年代開始創作長篇小說《金山華工滄桑錄》時,得以用冷靜客觀的態度去探討和處理尖銳的種族衝突問題。作品中出現的對人性的分析,就是源於克羅那。克羅那給了她真誠、自信、寬容、平和和恬淡,給了她泉湧的文思、靜心寫作的機會。她就地取材,自然真實地展示當地社會的形貌。同時她還發現當地人非常重視歷史,有很多淘金、開墾、地區開發建設、戰時戰後、經濟衰退期間的回憶錄等，她決心要寫好《金山華工滄桑錄》。這是一部為紀念先僑們艱辛奮鬥，依據史實而創造人物的文學作品。書中以中國勞工李志誠的曲折經歷為主線，講述了早期華工在加拿大的種種境況。

20 世紀初，克羅那市居民總數不足一萬，華工就有兩千，占總人口五分之一。可由於加拿大政府早年的排華政策，兩千華工中僅有幾人有家眷，其餘的都屬於單身貧族。加拿大政府先以苛重的人頭稅限制華人入境，後頒佈法律禁絕華人移民，華工們因此喪失了天賦的娶妻生子的權利，終生勞碌而孑然一身，默默消失，瀕於自然滅絕狀態。加拿大歷史卻刻意忽略了他們的奉獻。葛女士覺得加拿大華裔必須有以歷史為背景的文學著作，這是一種民族的自尊心所產生的責任感。基於對民族的責任與使命感，葛女士決心將他們的血淚創業史完整地記錄下來。為此，她帶著臺山話翻譯遍訪碩果僅存的老僑，收集第一手資料。除了到處找資料，還要設身處地，想象自己是小說中的每一個角色。還有民族的自尊心，促使作者必須適當表達我們民族的優秀本質，創造出在人格、氣質上頂天立地的人物，如同羅曼・羅蘭心目中的英雄，我們的民族有堅韌性，在加拿大，華人第一代做勞工，第二代成為小商人，第三代成為專業人士，出現了國家社會的棟樑。中華民族是優秀的民族。(《楓華》(*Maple Magazine*)，2008 年 5 月，總第 79 期，第 32—35 頁。)

她反複思索：如何將老華僑的血淚史準確地記載下來以昭示後人？如何去展示這段歷史？經歷過戰亂和苦難的人，儘管渴望安寧與和平，但心中的怨恨卻很難釋懷。然而，如果用仇恨的觀點去詮釋和對待歷史，那麼，這冤冤相報何時能了？並且，這世界上許多仇恨都是源於誤解和對統治者的盲從，比如，一百多年前世界各地的反華排華活動等，都與真正的人性相悖，是不可理喻的。作者化解了仇恨，並且潛心挖掘民族的優秀品質。雖然生活在社會最底層的華工們沒受過教育，但中華民族悠久的歷史和豐富的文化底蘊給了他們寬容大度、忍辱負重和樂觀豁達的性格。正是這種民族性,使他們身處劣境仍能追求上進並自強不息,成為人格上完整的頂天立地的人。

在美麗淳樸的克羅那,葛女士領悟了人性的真諦,找到了化解仇恨的金鑰匙,耗時十年完成了長篇史實小說《金山華工滄桑錄》。

三、作品評介

歷經十餘載的選材構思,作者搜集參考了大量歷史資料,《金山華工滄桑錄》以其厚重的史料和精湛的文學描寫,清晰地再現了早期加拿大華僑由被排斥到被接納、加拿大社會由單一走向多元的史實,它是加拿大文學史乃至世界文學史上,第一部將文學與歷史巧妙結合、準確地反映加拿大早期華工生活的中文作品。

書中交織著中國早期移民迫不得已出國謀生的艱辛歷程,以及他們對祖國和親人的眷戀和熱愛。作者用了大量筆墨描繪了在家鄉活不下去的四個農民李志誠、張志信、陳永富和鄭鴻祥來加拿大之前的生活狀態。李志誠拋下了懷有身孕的妻子和年邁的母親,張志信將失去母親的女兒留給祖父母照看,陳永富告別了食不果腹的兄弟姐妹,鄭鴻祥被雇主趕出家門又遇上強盜,他們結伴當契約工,乘"地獄船"到了加拿大,來修建太平洋鐵路最艱險的路段。

華工們在洛基山裡炸山穿洞,共約17000名華工,其中凍死、病死、餓死、摔死的達4000人,約占築路華工總數的四分之一。據說穿越峽谷的每一英尺鐵路下面,都葬著一名華工。橫貫大陸的鐵路修好了,竣工慶典卻沒有請一位華人,華工們被就地解雇,自謀生路。張志信倒斃荒野;陳永富在白人家當僕人,十幾年後在內地草原和弟弟一起開餐館打拼,年過半百才回鄉娶親;鄭鴻祥在溫哥華開洗衣店,好賭,孤寒而死。只有李志誠圓了他的金山夢,在奧堪那根的湖邊黑土上種菜,用血汗錢交人頭稅,趕在《排華條約》

(1923—1947)實施前接來了二十多年沒見面的妻兒,看到了孫輩們經商,買土地,上大學,學醫學和法律。他歇息在自家320畝農場的巨松下,遠眺湖泊田野,充滿了摯情,充滿了感謝。

作者善於通過人物刻畫來推動故事情節的發展。她用清晰的結構和緊湊的事件表現華工的艱辛經歷和奮鬥過程。作者著重描述幾個主要階段,第一階段是赴加拿大前的淒慘生活背景,繼而是登陸後華工修建鐵路的艱辛經歷,接著作者展示了鐵路竣工後華工的遭遇和立足創業的奮鬥。作者選擇了四個非常有代表性的人物,尤其是通過李志誠,揭示了華人在加拿大的奮斗歷程。他們用無比的忍耐、勤勞和智慧,用生命換來了華人地位的上升和後代自由發展的權利,令人感慨而追思。李志誠的命運不同於早逝的張志信,不同於一生孤苦伶仃的鄭鴻祥,也不同于事業有成而骨肉分離的陳永富。李志誠是一個"幸運兒",他的成功來自他所經歷的千辛萬苦,來自他不懈的奮鬥。李志誠代表了中國人在異國他鄉努力上進、吃苦耐勞的生存狀態,以及鍥而不捨、積極進取的精神。他將幸福掌握在自己手裡,對生活充滿希望。葛逸凡塑造的人物形象鮮明,雖然兄弟們都是懷著同樣的初衷來到異國闖蕩,但是幾十年後每個人都有了不同的命運,他們闖出了一番屬於自己的事業。他們代表了華工的打拼,華人的成功。

《金山華工滄桑錄》令讀者感受到濃厚的悲劇色彩,然而,那是一種如釋重負的感覺。因為,在那非常嚴峻的生存狀態下,支撐華工們直面逆境和積極向上的力量就是愛,一種對民族、對後代、對他人和對萬事萬物的愛。這種博大而深邃的愛,抽象而具體的愛,讓他們能夠在任何時候都保持樂觀向上的心態,而不會陷入自暴自棄的泥淖裡。啟發和昭示人性是葛女士的寫作重心,她把人性中寬容和奮進向上的最光輝部分充分地展現了出來,向讀者傳達了一種關於人性的新思維,表達了關注人本身的悲憫情懷。正是這種博大的情懷,使她把一段最容易流於民粹或是種族歧視的史實,詮釋成為一個讓人唏嘘、感歎、落淚,但卻走出了狹隘仇恨圈子、不斷升華人類最美好情感的史實故事,她試圖用超越民族、超越時代的愛,去洗淨世上的恐懼和憎恨。她的創作理念仍是對整個世界和人類的終極關懷,那就是:站在生活本身的角度,用感恩和愛的筆觸,去描繪她眼裡的、心裡的世界,那世界永遠充滿了理解、平和與溫情。

《金山華工滄桑錄》文字通俗易懂、洗練生動,用淳樸的語言流暢地敘述了動人心弦的故事,以細膩的文筆刻畫了深厚、自強的中華民族精神,對其它種族也能客觀地描寫。作者接受加拿大記者採訪時表示,"我的本意並不是要宣揚和記錄仇恨,而是告訴讀者當時的情形,以及我對人性的看法和分析。我是以一種超然冷靜、寬容的方式去處理這個悲慘的故事的"(《楓華》2008 年)。

《金山華工滄桑錄》小說獲獎後,引起社會各界的高度關注。面對當今社會浮躁風氣下趨利若鶩、充滿色情暴力的文壇,面對來自各地影視界人士的遊說,葛女士始終保持著清醒的頭腦:我很擔心他們為了票房價值而扭曲了創作的原意,因流於民族的偏狹而把它變成宣揚民粹的作品。作者以真摯的情感寫就樸實無華的華工自強不息的故事,激勵人們不懈地努力,對世界充滿愛心,為世界的和平與昌盛、人與人的平等和互敬而盡心盡力。

四、片段欣賞

第一章　離家

他把出洋的計劃告訴母親和妻子的時候,兩個女人的眼中立刻充滿了淚水。母親說:"我們能勉強吃飽就算了,去那麼遠做甚麼。"他說他這一輩子,不能以勉強吃飽為滿足,若不把祖田買回來,不能讓兒子讀書,如何安慰父親於九泉。他重重覆覆地說,村裡多少男人都出洋了,林家和雷家的房子都是他們在海外的子弟寄錢回來蓋的,黃家不但起了新房子,修了祠堂,還置了大片的田產。廿年前,人們去加拿大金山淘金,聽說現在淘金已成了尾聲,築鐵路需用很多的工人,做工不是挖金子,發不了大財,可是在那兒做工拿工錢,省吃儉用,一定有錢寄回來。築完了鐵路,說不定可以找到其他的工作。總之,在家鄉走投無路和沒有發展的人都出洋了,我也要出洋去。當年為了我求學,累死了祖父和父親,我一定使我們的家興旺起來。他越說口氣越堅定,眼光越勇敢;以興盛的未來安慰家人,不僅減少了臨別的哀傷,也給自己增加了無限的勇氣。

可是當他挑起擔著乾糧和行李的扁擔,真真實實地走出家門的時候,未來竟變成了空茫的未知,家原是緊緊地貼著他的心,一出家門,整個心即懸起來,發出了悽楚的問號,這一去,甚麼時候回來?

他走下山坡,經過路邊的大榕樹時,停住了腳步,放下肩上的扁擔。這棵大樹,從他有記憶時就這麼粗壯,枝葉繁密,濃蔭清涼。每逢祖父和父親帶他去鎮上回來經過這裡總是要在樹下停腳歇歇,然後再爬曲折的山路。在這兒,可以隱約望到半山腰的家,那兒經常有一縷炊煙,裊裊上昇,消融在藍天,看到炊煙,就記起媽媽做的晚飯,心裡泛著甜甜的歡喜。而今,在這遠別的一刻,他癡望著半隱在竹林裡的小磚屋,正值旭日初昇,剎那間,光芒流瀉,大地沐浴在亮光裡;天,藍得晶瑩明澈,山,更加青翠蔥蘢。他癡癡地望著他的家,在這分離的剎那,家園已變成了他身體的一部分,和他呼吸相應,血肉相連。他含淚站著,面對著壯麗的藍天青山,面對著山中混凝著祖先血汗的田畝,面對著親人居住的家,他發誓要在海外努力做事,好好做人,以重振家園來報答恩重如山、浩瀚似海的親情。他仰望著青天,虔誠地默禱,祈天佑家人,就挑起扁擔,邁著大步走了。

第七章　工作在菲沙河谷

秋深了,峽谷灌木紅葉落盡,剩了光禿禿的枝幹,在瑟瑟的秋風裡鳴著淒清的笛音。夜晚降霜,天氣驟然轉寒,睡在帳篷裡的工人感到冷氣進襲,涼徹身子血脈裡的每一絲暖意。大家緊抓住每日工餘的時間,爬山鋸樹,砍掉樹枝樹葉,把圓滾滾的樹幹一個個地堆疊釘起築成牆壁,覆鐵皮為屋頂,用石頭砌成爐子,可以生火,比住在帳篷裡暖和多了。白人員工不必為這類事務勞碌,鐵路公司照顧他們的生活起居,華工就要自己想法子。

……

雪花無聲地飄落,峽谷進入了冬季。

李志誠和同伴們聚集在小屋裡。爐中火焰熊熊,牆擋住了呼嘯的風,屋頂遮住了冰涼的雪,大家的心中感到溫暖又踏實,忘了白天工作的辛勞與艱險,熱烈地天南地北地談著。

鄭鴻祥的腳,離火很近,烘得熱乎乎癢癢的很舒服,不禁放開喉嚨大唱。

"哎呀！這小子唱的是戲。"林福田叫道,"不是瞎嚷。"

"啊？我不知道你會唱戲。"陳永富說。

鄭鴻祥不答,只是更興奮誇張地唱,從《唐伯虎點秋香》,唱到《天仙配》,過完了癮,就談起當年陪公子念書看戲的往事,他曾經陪著公子看了不少戲,公子背戲詞比背書起勁兒多了。公子考試落第,大概是因為腦子裡塞滿了戲詞,沒地方擱經書。說完,又扯開嗓子大唱,加上表情動作,惹得大家一陣陣的哄笑。

"喂！喂！等會兒再瘋,我問你。"李志誠很認真地說,"現在我才想起來你跟我們不一樣,你不是從泥裡水裡爬出來——挑水打擔長大的,你一直陪著公子讀書研墨,對嗎？"

"我可認不了幾個字。"鄭鴻祥急急地說。

“我不是這個意思。”李志誠解釋著，“我是説，你從小到大，算是做細活兒的，怎麼吃得消現在這種像驢馬一樣花力氣的工作呢？”

鄭鴻祥説：“剛上工那些日子，我全身的骨頭和肉沒有一個地方不疼的，晚上睡覺的時候，疼得更厲害。大家一樣地做工，你們都不喊痛叫苦，我難道像娘兒們似的哼哼？咬牙幹吧！早上站起來，腳痛一直痛到心裡，拿起斧頭，胳膊肩膀全痛，敲敲打打一陣子，就越來越麻木了，晚上才開始摧心碎骨地疼痛。我想，捱吧！捱到哪一天算哪一天，誰知道，漸漸地不痛了，竟完全好了。現在做了一天工，倒下來像睡死了似的，一覺醒來，全身輕鬆，又渾身是勁兒，你們説賤不賤？”他不自覺地搓著手上的厚繭。

同伴們聽了，個個動容，紛紛熱烈地稱讚道：

“你熬出來了！”

“真的把身子練成金剛了！”

“練成了一條好漢！”

風在呼嘯，雪花在飄，小屋內爐火熊熊，笑語豪嘈。

第三十二章　巨松下的自語

李志誠坐在松樹下休息，呼吸恢復了輕勻，聲稱不需要人陪伴，晚輩們就下山了，看看整塊的土地，商量怎樣經營。他聽著松風，望著綠絨的山坡和沃野，望著曲曲折折的小溪，心裡映出了另一片清蒙蒙的山，那一座山，翠竹鳴著風笛，芭蕉搖著長扇，稻苗展著綠波；離別的那一刻，最後一眼凝望那座山，正值太陽躍出山頂，刹那間，天藍得分外明澈，山更加青翠蔥蘢；那一片青山，成了他腦中永恆的畫面，永遠清晰。此刻，他望著那幅畫面，告慰祖先的英靈——流著他們血液的後代，已經在另一幅地面；創下了一片江山。

那位當年身子臃腫，依著母親向他揮手的待產妻子，已經在三年前赴黃泉。去世的那天清早，她説有些疲倦，他讓她多睡一會兒，她不肯，要去看看夜間發燒的外曾孫熱度是否減退。吃過早飯,忽然不會動,不能講話了,眼睛怔怔地望著家人。他握起她的手說:"阿興的媽,你且先走一步,我就會跟你去的。"誰料到三年過去了,他還是那樣子,依然能吃能走。她辭世之後,他覺得家裡空了一半,日子淒淒冷冷的,無人能取代他老伴兒的地位,他孤單一人坐著躺著的時候,就喃喃自語,仿佛和老妻聊天。

……

他望著山下的家人,和一大片未開墾的土地,不禁憶起築鐵路時的夥伴與老友;徐守忠在年前謝世,他在小城住了大半輩子,交遊日廣,熱心參加地方建設,被人公認為一員重要元老,受到尊敬與愛戴,九十三歲的生日慶祝會在本地最大的飯店舉行,有名望的白人,也攜眷赴會,他切生日蛋糕時還拍了照片,成了第二天報上的新聞。陳永富早已返鄉,與妻女團聚,算是葉落歸根。鄭鴻祥回到溫哥華後,熬了兩年就病倒了。他在鄭鴻祥臨終前趕到了病床前並料理了後事。啊!志信哥,他在心裡呼喚著;你不幸英年早逝。上蒼的安排使我倆成為親家,你女我兒,結為夫婦,他倆的十個兒女,都長大成人了,七人完婚,我們目前共有重孫男女十九人。志信哥,你知道了這些,會感到安慰,可以安息了。

秀英和孩子們說說笑笑地跑上山坡,挨著他坐在松樹下。秀英萬分喜悅地說:"阿爺,我們看了整片土地,打算在山坡栽果樹,在平地種洋蔥和馬鈴薯,近山坡的地方種洋筍。我們的房子就蓋在這棵大樹的旁邊,再建個大陽臺,看湖水,看好風景。"

兩個孩子搶著說:"我要騎馬,騎著馬衝下山坡。"

"我要養一群狗,大狼狗,小獅子狗……"

秀英說:"我們也可以養鳥,養很多好看的鳥,像孔雀、鸚鵡。還有,在水邊可以養鵝和鴨子……"

他傾聽著,時時點頭。他不知道自己能否親眼見到,但能想象日後這個田園繁榮的盛景。此時,在他眼中,湛藍的天空如許明澈,和煦的陽光照耀著點綴了黃花的綠野與綠絨山坡;傳入耳中的,有古松弦索的和鳴,孫輩的笑語,伴著飛鳥的音符自晴空滴落。此刻,感到天地情深,他的心胸,純淨得沒有一絲塵埃,寬廣無限,深遠無限,充滿了摯情,充滿了感謝。

五、討論題

1.葛逸凡寫《金山華工滄桑錄》的動機是什麼?

2.李志誠、張志信、陳永富和鄭鴻祥奔赴加拿大的生活背景有什麼不同?

3.加拿大政府早年的排華政策都有哪些?書中是怎樣表現的?

4.克羅那小鎮的生活是怎樣影響葛逸凡確立《金山華工滄桑錄》的主題的?

5.作者是如何將老華僑的血淚史準確地記載下來以昭示後人的?

6.李志誠兒時在中國讀書和他的孫輩在加拿大讀書的經歷説明了什麼?具有什麼意義?

7.作者是怎樣描述華工修建鐵路的艱辛的?有哪些細節你覺得最感人?

8.在艱難困苦之際華工們是怎樣互相幫助、團結一致的?

9.你是怎樣理解加國華人今天的社會地位和成就與當年華工修建鐵路

和求生立業的聯繫的？

10.作者怎樣用感恩和愛的筆觸，去描繪她眼裡、心裡的世界，那世界永遠充滿了理解、平和與溫情？

六、擴展閱讀

1.趙慶慶：《探索那探索不及的晨星——訪加拿大女作家葛逸凡》
http://www.cqvip.com/qk/85368b/201001/33576664.html

2.这是甚麼地方？！ 葛逸凡作品・一
http://tieba.baidu.com/p/567283756

3.梁麗芳：《〈金山華工滄桑錄〉與〈尋找伊甸園〉的旅程母題及其他》
http://mall.cnki.net/magazine/article/HWWX200705004.htm

4.《加拿大總理就"人頭稅"問題向華人正式道歉》
http://news3.xinhuanet.com/overseas/2006-06/23/content_4738679.htm

5.華裔在加拿大的歷史

http://www.rcinet.ca/patrimoine-asiatique-zh/le-mois-du-patrimoine-asiatique-au-canada/limmigration-chinoise-au-canada

第二章
陈浩泉与长篇小说《寻找伊甸园》

一、作者介绍

陈浩泉(William Chan)本名陈维贤,另有笔名夏洛桑、哥舒鹰、丁维等,毕业于澳门东亚大学新闻传播系,获社会科学学士学位。他长期从事大众传媒和写作,曾先后担任多家报社记者、电视台编剧、出版社和杂志社主编、香港作家联会理事及第二任秘书长。他还活跃在加拿大文坛,现为华汉文化事业公司和维邦文化企业公司董事经理及总编辑、中国作家协会会员,也曾任加拿大华裔作家协会会长、世界华文文学联会副会长。

从中学时代起,陈浩泉便笔耕不辍。他为香港、澳门的报纸杂志撰写专栏和连载小说,其作品在新加坡、马来西亚、泰国、菲律宾、中国以及欧洲、北美的华文报章广为转载;多部小说被中国香港和新加坡的电台改编为广播剧;长篇小说《香港小姐》被改编为电影剧本;另一部长篇小说《香港九七》问世后,美国《时报周刊》亚洲版作了报道,2004 年收入香港中文大学香港教育研究所出版的《香港文学欣赏教材(小说篇)》。

主要出版物有诗集《日历纸上的诗行》、《铜钹与丝竹》(三人合集)、《诗恋》,小说《青春的旅程》(再版易名《碧海情怀》)、《银海浪》、《萤火》、《海山遥遥》、《追情》(《扶桑之恋》)、《香港狂人》、《电视台风云》、《断鸢》、《香港九七》、《天涯何处是吾家》、《寻找伊甸园》,散文、随笔《青果集》、《紫荆·枫叶》等二十余种,分别在中国和加拿大出版。部分作品被翻译成英文。

陈浩泉的诗作早期发表较多,曾得到诗人艾青、周良沛以及评论家周文彬、刘登翰、潘亚暾和黄维梁等的好评。“一张桌,一张椅 / 就打出了万千花式 / 舞台上亮堂堂 / 刘利华和任堂惠 / 却把它打成了漆黑一团!”陈浩泉写京剧《三岔口》武打戏的五行小诗,艾青在《诗论》中称赞它构思巧妙。陈浩泉的散文、随笔题材广泛,夹叙夹议之中,往往有独特的视野与见解,受到评论家王剑丛、林承璜等人的推崇。陈浩泉的小说以长篇为主。袁良骏在《香港小说流派史》一书中对他的“香港三书”——《香港狂人》《香港小姐》《香港九七》评价较高,此系列还受到专家学者不同的解读与赏析。

陈浩泉的成就已载入《香港文学初探》《香港文学史》《香港文学作家传略》《台港澳暨海外华文作家辞典》《中国文学家辞典》《中国新诗大辞典》等书籍中。

在从事传媒工作与文学创作的同时,陈浩泉也对中国港澳地区和加拿大的华文文学发展贡献良多。他早在 20 世纪 60 年代就与友人发起组织香港青年文艺爱好者协会,80 年代参与创立香港作家联会,90 年代移居加拿大后,参与加拿大华裔作家协会的工作,先后担任三届会长,在推动创作、出版,举办文学活动以及促进不同国家与地区之间的文学交流方面,取得了可喜的成绩。近年由陈浩泉主编的文学专集包括《枫雨同路》(加华作家小说选)、《枫华正茂》(首部加华文学评论集)、《白雪红枫》(加华作家作品选第二集)等。

二、创作历程

20 世纪 80 年代，香港即将结束英国的殖民统治，回归祖国，这是大势所趋，别无选择。当中英开始为香港 1997 年后的前途进行谈判时，香港人也开始为自己将来的去留，未雨绸缪。在时代的大变革冲击人们的社会生活时，严肃的作家从来都是敏感的。陈浩泉紧紧抓住这个重大的历史课题，创作了长篇小说《寻找伊甸园》。作品没有直接写出政治变迁过程的起伏跌宕，而是以此为背景，细致地刻画了香港民众在历史关头的各种心态和进退维谷的艰难抉择。

《寻找伊甸园》是一个颇具吸引力的书名。在《圣经·创世记》里，伊甸园是上帝赐给人类始祖居住的乐园。从佛教的现世来讲，那是一个幸福美好、不是天堂胜似天堂的生活场所。作者开宗明义，说要寻找“伊甸园”，那么，这个人间乐园究竟在何方呢？

踏破铁鞋无觅处，得来全不费工夫。伊甸园就是与香港遥遥相望，隔着太平洋的加拿大港口城市温哥华。许多香港人早已在大洋彼岸的那个地方开创了第二故乡。温哥华虽然称不上天堂，却多次被评为世界上最宜居住的城市。这是国际上根据地理环境、人文教育、生活指数、治安状况等因素综合评定的结果，可说是当代人憧憬的安居乐业之地。来自中国香港、台湾和内地的多少人，出于各种原因或为了逃避政治困扰，千方百计、千辛万苦地移居枫叶国。温哥华的移民们是不是个个都享福了呢？那也不尽然。《寻找伊甸园》告诉我们，现实是公平的，也是残酷的。不同的移民群，不同的背景，不同的生活方式，移民的经历和结果千差万别。

陈浩泉一家也是在这个时期从香港移民到加拿大的，因此对这段历史有着深切的体验。香港回归后，从此结束长达 155 年之久(1842—1997)的英国殖民统治。作为中国人，能生活在祖国的大地上，是何等庆幸。然而，实际情况要复杂得多。饱受殖民统治的一些香港人,从人生观到生活方式,已经形成了一整套固定的价值观念,其思维和言行与当时的内地同胞差异颇大。作者选择三个有相当代表性的香港家庭,尽管文化、经济、生活状况各异,但在遇到的共同人生课题面前,却宁肯放弃眼前的一切,不约而同,选择离开香港。他们的终极目的是为了"追求一个理想"和"更美好的生活",可是,"寻找伊甸园"最后却什么也没有找到。书中的结论是:伊甸园其实就在人们的心里。

三、作品评介

20 世纪 80 年代,中英当局为香港 1997 年后的前途进行谈判,香港人同时为自己的未来筹措、谋划。1989 年,画家兼画廊东主余丹逸决定移民加拿大,期望在温哥华寻找梦想中的伊甸园。到了那里,夫妇俩一切从头做起,先在画廊寄售自己的画作,后来重新经营画廊。经济不景气,孩子完成学业后回流香港,种种考验接踵而至,但余丹逸始终没有放弃追求。经历了酸甜苦辣的生活磨炼之后,他是否找到了人间乐园?答案是:"心所安处是吾家。"原来,伊甸园早在他的心中!

小说翔实地描述了八九十年代中国内地、香港、台湾三地华人在加国的奋斗经历。通过主人翁余丹逸一家人的遭遇,带出了香港"太空人"家庭的悲剧,台湾移民家庭因生意失败导致的伦常惨事,以及内地留学生移民因男女关系闹出的人命案件。所有这些故事都是用汗水、泪水乃至血水写成的。香港回归前夕的华人移民潮举世瞩目,尤其牵动全球华人。《寻找伊甸园》是反映这一时代的代表性小说之一。

陈浩泉是一位善于编织故事、制造反差、推动高潮的能手。他在创作中既注重情节的构造,又重视人物心理的刻画。主人公余丹逸夫妇的坚韧开拓与其他两个家庭的悲剧形成了鲜明的对比。作者把发生在加拿大的新闻事件融入叙事,使读者感到在生活中似曾相识,或在传媒的报道中仿佛见到过,从而强化了作品的戏剧性和亲切感。因此,这部小说不仅是一部文学作品,而且成了现实生活的真实写照。作者对不同人物的内心世界也作了相当程度的挖掘。第二章中写主角在香港机场的内心活动,真切感人。主人公的哲理性思考恰到好处地表明了这个角色的知识分子身份。作者虽然用笔简练,却深刻地体现了诸多人物的人生旅程,以及他们的悲欢离合和迂回曲折的命运。

这部小说展现了芸芸众生寻找伊甸园的渴望和艰辛,揭示了伊甸园的真谛。伊甸园在哪里?其实就在人们的心里,在人们的手上。这就是小说希望读者得到的答案。天堂和地狱并不完全取决于地理环境;同一个地方,对某些人来说是天堂,而对另一些人可能就是地狱。幸福生活是靠智慧、勤奋获得的。读者可以从中获得不少教益。

寻找"乐土",本是中国先民被逼无奈状态下的一种反抗与追求,是为摆脱现实苦难而追寻的理想境界,但只是向往而已,没有规模性地付诸实践。因为中国人的传统是"狐死正丘首"(传说狐狸死时,头还向着巢穴所在的土丘。比喻怀念故乡,不忘其本。典出《礼记·檀弓上》),有着极强的乡土观念。所以,尽管先民们呼喊着"适彼乐土"(比喻奔赴理想之国。典出《诗经·魏风·硕鼠》),却没有真正离开自己的家园。那些因为军役、徭役而不得已离开故土的人们,内心中充满了"雨雪霏霏、行道迟迟"(大雪纷纷满天飞,道路泥泞难行走。典出《诗经·小雅·采薇》)的悲伤。所以,像两千三百年前的屈原,即使遭到国君的冷遇,群小的毁谤,学生的背叛,"国无人莫我知兮"(国中没有贤人,更没人能了解我啊。典出屈原《楚辞·离骚》)的尴尬,也仍然宁死不离故国。了解这些中国人灵魂深处的潜意识,对《寻找伊甸园》这部小说的文化意蕴,就会有更深的理解。

《寻找伊甸园》情节明快流畅,给人一种"悦读"的享受。

四、片段欣赏

（小标题为编者所加，页次根据加拿大华裔作家协会2004年的繁体字版）

太空人后院起火（第83—89页）

中秋夜，十一点钟了，丈夫没有回来，女儿也没有回来。十七岁的儿子还在外面玩乐，根本不知道家里发生了什么事。

五千多呎的大宅里一片死寂清冷，别说过节的气氛，连温暖的人气也不多一点。

在家庭厅中呆坐了一个多小时的杨慧缓慢地站起来，机械人般地走到饭厅去，丰富的菜肴早已准备好，整齐有序地摆放在餐台上，海鲜、家禽、蔬果齐全，还有丈夫最喜欢的红酒，但是，菜已凉，碗筷还未有人动过，灯光下，豪华红木餐台上的丰盛菜肴也显得那样的寂寞，就像这空洞大厅中的一切名贵陈设和华衣浓妆包裹着的唯一的人——忧心落寞的女主人。

饭后赏月用的月饼、水果和铁观音茶也预备好，放在厨房的餐桌上，只需搬到后园的桌子上就行了。

中秋是一个团圆的节日，人月双圆，这是每一个家庭所期盼的。去年，茂成未能从香港赶回温哥华与杨慧和孩子们一起过中秋，整个家就显得冷冷清清；今年中秋，茂成回来了，想不到屋子里一样冷清，甚至在寂静中埋伏着危机，像一颗已燃着了信管的炸弹，随时会爆炸！

花好月圆，是多少独守空帏的“太空人”太太所企盼的日子啊！但杨慧这种热切的心情也已在这一年间渐渐地下降了温度，她已陷进了一个泥沼，一个矛盾痛苦的泥沼。

杨慧举目环视同样是空荡荡的客厅，然后又缓步地回到家庭厅，站在阳台的巨幅落地玻璃门前,向阔大的后园张望,澄澈的月光下,清楚地看得见白色的圆桌子和四张椅子寂寞地待在草地上,仿佛张开着双臂,等待着主人来舒舒服服地坐上去,喝铁观音,啖月饼,吃水晶梨,一家人快快乐乐地赏月谈天,在这良辰美景共聚天伦。可是,它们也失望了。

这时候,半个足球场般的后园显得更大了,近处花圃的玫瑰、秋海棠等花儿,在银色的月光下显得苍白而轮廓模糊,远处的一列柏树笔直地站立着,一动也不动,像一队纪律严明的卫兵,阻挡了木栏外茂密树林中夜的阴森恐怖。

记得去年夏天,女儿如芳在家里开生日派对,请了几十个亲友、同学来,派对就在后园举行,除了自助餐,还有烧烤,大伙儿吃得开心,玩得开心。一班大孩子还弹吉他、唱歌、玩游戏,玩到乐极忘形。晚上九点半,暮色罩下,客人们才陆续离去。

这一天,如芳很开心,十八岁的这个生日会该是她目前为止最开心的一次生日会。也就在这一天,杨慧认识了嘉俊。

记得那一天,杨慧在一大班年轻人中发现了一张俊朗而较为成熟的脸孔,对方也注意到了她,四目交投时,她发觉对方的目光是那样的深邃而灼热,仿如一道锐利而散发着热力的激光,直捣心窝!霎时,杨慧心底一颤,不禁慌乱起来,连忙把目光移到别处去。

不久,如芳竟带着这年轻人过来,介绍给母亲认识:

“妈咪,他叫 Kevin,是 Amy 的哥哥。”

“哦——Kevin!……欢迎,欢迎!”杨慧礼貌地展露笑容,“随便吃点东西,别客气!”

“Auntie,我跟 Helen 很熟了,我不会客气的。”Kevin 很开心地笑着。他的笑容就像头顶上明亮的阳光,且散发着热力。

“你也在 UBC 上学吗?”杨慧问。

“我也是 UBC 的学生,两年前毕业了。”Kevin 说,“我也是念 Business 的,也算是 Helen 的同学呢!”

杨慧笑了笑:“现在还继续念书吗?”

“不,我在一间投资公司工作。”

“哦,很好!”杨慧避开 Kevin 灼热的目光。

“Auntie,Helen 经常提起你呢,今天终于可以亲尝你弄的美味食物了。”Kevin 说。

“哗——你真懂得‘擦鞋’呢!”Helen 瞪他一眼。

“真的是好吃嘛!”

“谢谢!你们开心玩吧,对不起,我还有点事要做。”说罢,杨慧匆匆回屋子里去。

这一刻,杨慧没想到,Kevin 会是女儿的男朋友,更没有想到,Kevin 会爱上她这个 Auntie,从而开始了这一段恼人的忘年之恋……

后园的月色实在太迷人了,杨慧忍不住开了阳台的玻璃门走出去。一片银辉倾泻在她身上,夜风吹来,颇有寒意呢!但夹带草木气息的清新空气却又使她感到精神一振,昏沉混乱的脑袋霎时清醒了几分。

在阳台上走走,倚着栏杆,凝望草坪上的空桌子、空椅子,更感到寒气侵袭。但杨慧双手交握着自己的臂膀,瑟缩着身子,还是下了阳台,走到了后园的草坪上,再走到桌子前坐下。

翘首仰望,皎洁的月亮像一面大明镜、一个大银盆,把水银和凉意都倾倒到大地上来。人家说,“外国的月亮特别圆”,杨慧不知道,是否所有外国的月亮都特别圆,但北美洲的月亮肯定比香港见到的大、圆,也许这里距离月亮更近吧!每当十五前夕,月亮从天边升起时,不是一个蛋黄,而简直是一个大红烧饼,令人几乎以为是还未下山的太阳呢!

可是,圆而大的月亮、澄澈如水的月光又有什么意义呢?当月圆人未圆、月圆花不开的时候……

清冷的寒意和空阔的寂寞终于迫使杨慧回到了屋子里。

重新在家庭厅的沙发坐下,无聊地开了电视,画面出现的又是那个中秋月饼的广告:

窗外月圆如镜。

窗内小兄妹抬头凝望明月。

"小朋友,爹地在香港开完会,将回来和我们一起过中秋节了!"妈咪跑出来开心地说。

"好耶!"小兄妹高兴地叫起来。

"你们看妈咪多聪明,爹地和你们最喜欢吃的'幸福月饼'都买了!"主妇的笑容甜蜜而满足。

过去,每逢看到这个广告,杨慧都感到心中有一股温馨的暖流,可是现在,它却像是一幅讽刺的漫画,使她心里感到酸楚、刺痛……

今天中午,杨慧自己开车到机场去接丈夫。见到她自己一个人来,茂成有点诧异。

"为什么不叫阿芳或阿林陪你一起来呀?"他知道妻子的驾驶技术并不高明。

"阿林和同学出去玩,阿芳不愿意来。"杨慧说。

"哎——这两个孩子,都宠坏了!"茂成摇头。

出了机场,由茂成开车。

"温哥华的秋天真漂亮,阳光灿烂,花红草绿,一下飞机就觉得精神爽利了!"茂成的心情似乎特别好,长途的飞行并未使他感到疲累,他一边纯熟地操控着车子,一边浏览车窗外一片苍翠的草地。

但坐在身旁的妻子却似乎心事重重,没什么话说,这和她过去到机场接他的兴奋心情全不一样。

“怎么,你不舒服吗?无精打采的!”茂成捏捏太太的左手。

“没什么……可能昨晚睡得不好吧!”她支吾以对。

“老公要回来了,兴奋得睡不着呀?”茂成瞥她一眼。

杨慧尴尬似的笑笑,没答话。

“晚上到哪里吃饭呢?订了位没有?”

“没有。”杨慧说,“不如在家里吃吧,我已经准备好了。”

“哈,你什么时候学得这么节俭持家了呀!”茂成笑了,“只要你好好看住两个小孩,看好这个家,多花几个钱不是大问题,最要紧的是在香港能赚到钱。”

“……”

回到家里,刚放好行李,女儿如芳就从房里出来了。

“Helen,为什么不去接爹地呀?又在家里睡懒觉了!”

穿着短袂T恤的如芳竟一声不响,对父亲不瞅不睬。

“你睡傻了?怎么不理爹地啦!”茂成说,“快过来,爹地买了礼物给你呢!”

他从行李袋中把一个女装手表拿出来。

“你看看喜欢吗?快试戴戴!”父亲把手表递给她。

“哼,送礼物给我?”如芳睨视父亲一眼,撇撇嘴,“你们不抢我的东西就好了!”

杨慧的脸色一沉,一颗心七上八下地撞跌着。

“抢你的东西?……你到底在说什么呀?”父亲莫名其妙,望望太太,只见她脸色青白,仿佛得了大病,神情比在机场时更显得异常。

“说什么?”女儿指向母亲,“问你的好老婆吧!”

茂成注视着太太,愣住了。

杨慧像快虚脱般地扶着沙发坐下,没有吭声。

“……到底什么事,你说吧!”茂成在她身边坐下。

“……”杨慧摇摇头,不敢正视丈夫,“你叫我怎样说呢!……”

“是呀,怎样开口跟老公说呢?”如芳冷笑一声,“既然做得出还怕说出来呀!”

杨慧低头哭了。

“哼,扮可怜呀!”如芳转望父亲,“好,她不说我说!——她抢了 Kevin,抢了我的男朋友!哼,跟女儿争男朋友,你怎配做人家的阿妈呀!……”

如芳也哭着跑进房去了。

女儿的话就像一声响雷,从茂成的头顶劈下,轰得他几乎站不稳脚。定一定神,他才抓住太太的双臂,不停地摇动:

“你说——阿芳的话是不是真的?”

杨慧只是哭着。

“你快说,到底是不是真的!”茂成迫着她。

杨慧终于点头。

“……我对不住阿芳,对不住你!……”她抽泣着。

茂成霍地站起来,把茶几上的水杯扫到地上,“啪”一声,水杯碎了,黄色的橙汁染污了一大块粉红的地毯。

“你……简直不知所谓!”他霎时怒火中烧,连双手也微微地颤抖。

他实在不想对着眼前这背叛自己的女人。怒冲冲地拿起外套,马茂成冲出后园,进车房开车走了。

不久,女儿也出去了。他们都没有回来,就留下杨慧在这空荡荡的大宅中,一直等下去……

余丹逸寻寻觅觅(第 167 页)

时间如何安排呢?余丹逸头也大了。他相信未来的两年,他将会一直忙碌，哪儿还有空闲去想什么回流不回流！他只知道，自己仍会在心灵内外继续去寻找《圣经》中的伊甸园，寻找传说中的香格里拉，寻找陶潜笔下的桃花源。

四百多年前，莫尔寻找乌托邦“有罪”，虽未致五马分尸，却也难逃斩首示众的厄运！今天，我们幸运地享有寻找的自由。于是，在地球的每一个角落，我们拥有一样的天空，一样的土地，同时，那又是不一样的天空，不一样的土地；就在这天与地的空间，我们思索回顾，寻寻觅觅，选择真正属于自己的乐土。

据《圣经》中“创世记”所说，伊甸乐园是在东方的，但亚当、夏娃吃了禁果后，就被神逐出了伊甸园。如今，中国人既然没有带领他们出埃及的摩西，就只好在天地间自己去寻觅了。今天，每一个炎黄子孙，何尝不仍在上下求索，内外追寻呢？

余丹逸感到庆幸的是——哪里是自己心目中真正的伊甸园，现在已渐露端倪。

心所安处是吾家（第 169—170 页）

周末，太太和女儿都有节目，分别出了门。余丹逸不想做饭，独自外出用膳。然后，他开车转上本那比山看日落去。平时一有空，他总会到这山顶公园来逛逛，看山，看海，看云，看雾，当然，还有春天的樱花，夏日的玫瑰，青翠如茵的山坡草地以及四季都忠实守护在山顶的一队卫兵似的高高的图腾柱。还有，晚上可赏月观星，可远眺灯火灿烂的夜景。冬天，这里更是孩子们玩滑雪板和雪橇的好地方。

如今，红艳圆大的夕阳徐徐西下，正是欣赏黄昏美景的好时刻。李商隐叹息“夕阳无限好，只是近黄昏”，余丹逸却要为他改两个字，变成“夕阳无限好，妙在近黄昏”。

夕阳西坠，满天云霞，有什么比这更美的呢？

面对变幻迷人的晚霞,余丹逸的思绪也像云彩般的游移遄飞。

仿佛是一瞬间的工夫,他们一家到加拿大竟已将近十年了。远离故土,不少知识分子多少都有自我流放的心态,余丹逸也不例外。德国作家托马斯·曼说:“我在哪里,德国在哪里。”余丹逸虽然不敢与托马斯·曼相提并论,但这话却深得他心,他的理解是:个人身处何方并不重要,只要祖国在自己心中。

时至今日,仍有不少海外华人认为“人离乡贱”,“梦里不知身是客,醒来堪惊”。余丹逸却没有这样的想法,他倒觉得自己应“弃客为主”,认同别人,也认同自己,这样才能在新的家园安居乐业。

今天的海外华人不是苏武,眼前的枫叶国也不是“胡地玄冰,边土惨裂……胡笳互动,牧马悲鸣”的夷地,何来凄惨悲苦?

当然,我们可以寻找他乡,也可以回归故土。这时,余丹逸想起陶潜的《归园田居》:“少无适俗韵,性本爱丘山。误落尘网中,一去三十年。”确如自己的写照呢!“久在樊笼里,复得返自然”,当然是可喜的事,只是,自己的故乡已无“方宅十余亩,草屋八九间”,那么,就“且将他乡作故乡”了。不必归去,也可“一簑烟雨任平生”,“也无风雨也无晴”;同样可以“满眼云山画图开,清风明月还‘画’债”……

——心所安处是吾家。原来,伊甸园早在我心中!

余丹逸步履轻快地走下山坡,步向停车场。

在霞晖的映照下,他的车子向山下的一片灯海疾驰而去。

五、词语选注 / 詞語選註 cí yǔ xuǎn zhù

Words and Phrases with Translation and Annotations in English

biān hào 编号 編號	拼音 pīn yīn 简体 jiǎn tǐ 繁體 fán tǐ	yīng yì yǔ shì yì 英译与释义 英譯與釋義

#	Words and Phrases in *pīnyīn*, simple-form and complex-form characters	English translation and annotations
1	ài qīng 艾青	Ai Qing (1910—1996), original name Jiang Zhenghan (蒋正涵/蔣正涵), courtesy name Jiang Haicheng (蒋海澄/蔣海澄), is regarded as one of the finest modern Chinese poets. His representative works include *I Love This Land* (《我爱这土地/我愛這土地》) 1938, *On Poetry* (《诗论/詩論》) 1941, *Return Song* (《归来的歌/歸來的歌》) 1980.
2	ān jū lè yè 安居乐业 安居樂業	live and work in peace and contentment
3	bǎi shù 柏树 柏樹	cypress tree
4	běn nà bǐ shān 本那比山	Burnaby Mountain, a low, forested mountain around Vancouver in British Columbia, Canada
5	bǐ gēng bù chuò 笔耕不辍 筆耕不輟	live by one's pen; keep on writing
6	bù lǚ qīng kuài 步履轻快 步履輕快	moving with a lightsome step; smartening one's step
7	bù yuē ér tóng 不约而同 不約而同	happen to coincide
8	cā xié 擦鞋	shine shoes, which means "bootlick" in Cantonese
9	cāng cuì 苍翠 蒼翠	verdant; dark green
10	cāo kòng 操控	control

11	chà yì 诧异 詫異	flabbergasted; astonished; surprised
12	chàn dǒu 颤抖 顫抖	quiver; thrill
13	chéng chè rú shuǐ 澄澈如水	as clear as water; lucid
14	chǐ 呎［=英尺 yīng chǐ］	(English) foot (unit of measurement)
15	chōng jǐng 憧憬	long for
16	chōu qì 抽泣	sob
17	chǒu 瞅	see; take a look at
18	chū āi jí 出埃及	The exodus of the Israelites from Egypt; it is the theme of The Book of Exodus, the second book of the Torah and the Christian Bible.
19	chǔ cí 楚辞 楚辭	*Songs of the South*; *Songs of Chu* or *the Lyrics of Chu*, is an anthology of Chinese poems by Qu Yuan (屈原) and Song Yu (宋玉) from the Warring States period (475—221BC) and subsequent imitators of their poetic style.
20	chún shú 纯熟 純熟	practiced; skillful; skilled; well versed
21	dàn 啖	taste; eat
22	duàn yuān 断鸢 斷鳶	kite with a broken string
23	è yùn 厄运 厄運	doom

24	fāng zhái shí yú mǔ, cǎo wū bā jiǔ jiān 方宅十余亩，草屋八九间 方宅十餘畝，草屋八九間	"My holdings are just more than ten acres, A thatched cottage of eight or nine rooms." This is the extract from the first of the five poems from *Returning to Dwell in Gardens and Fields* ("归园田居/歸園田居") by Tao Qian (365—427).
25	fú sāng 扶桑	an legendary name of an ancient country beyond the East China Sea, used later to refer to Japan; Chinese hibiscus
26	gān gà 尴尬 尷尬	awkward; embarrassed
27	guī yuán tián jū 归园田居 歸園田居	*Returning to Dwell in Gardens and Fields*, a group of five poems by Tao Qian (365—427)
28	hé cháng 何尝 何嘗	used in rhetorical questions or statements to emphasize negation
29	hé děng 何等	how; what
30	hú dì xuán bīng, biān tǔ cǎn liè... hú jiā hù dòng, mù mǎ bēi míng 胡地玄冰，边土惨裂…… 胡笳互动，牧马悲鸣 胡地玄冰，邊土慘裂…… 胡笳互動，牧馬悲鳴	"In the borderland the layer of ice is blackened, and the earth is frost cleft··· The Mongolian reed whistles blow to each other, and the herd horses utter sad calls." This is extracted from *Li Ling's Response to Su Wu's Letter* ("李陵答苏武书/李陵答蘇武書").
31	huā hǎo yuè yuán 花好月圆 花好月圓	blooming flowers and full moon-perfect conjugal bliss
32	huā hóng cǎo lǜ 花红草绿 花紅草綠	red flower and green grass
33	huā pǔ 花圃	flower nursery

34	huá xuě bǎn hé xuě qiāo 滑雪板和雪橇	ski and sleigh
35	hūn chén hùn luàn 昏沉混乱 昏沉混亂	muddled and confused
36	huò de 霍地	suddenly
37	jiàn lù duān ní 渐露端倪 漸露端倪	make first appearance; have an inkling of the matter; have found a clue to something
38	jiē zhǒng ér zhì 接踵而至	come one after another
39	jìn guǒ 禁果	forbidden fruit
40	jìn tuì wéi gǔ 进退维谷 進退維谷	be in a dilemma
41	jiǔ zài fán lóng lǐ, fù dé fǎn zì rán 久在樊笼里，复得返自然 久在樊籠裏，復得返自然	"For long time I was kept inside a coop, now again I return to the natural way." This is the extract from the first of the five poems from *Returning to Dwell in Gardens and Fields* ("归园田居/歸園田居") by Tao Qian (365—427).
42	jǔ shì zhǔ mù 举世瞩目 舉世矚目	become the focus of world attention
43	jùn lǎng 俊朗	handsome and bright; good looks
44	kāi zōng míng yì 开宗明义 開宗明義	clarify the aim and theme from the very beginning
45	kùn rǎo 困扰 困擾	perplex; cause complications
46	lèng zhù 愣住	stand in amazement

47	lǐ jì 《礼记》 《禮記》	*The Book of Rites*, also known as *The Book of Customs*, *The Classic of Rites*, *The Record of Rites*, was one of the Confucian Five Classics. It describes the social forms, governmental system, and ancient/ceremonial rites of the Zhou Dynasty (c. 11th century—256 BC).
48	lǐ shāng yǐn 李商隐 李商隱	Li Shangyin (c.813—858), courtesy name Yishan (义山/義山), was a Chinese poet of the late Tang Dynasty.
49	liáng chén měi jǐng gòng jù tiān lún 良辰美景共聚天伦 良辰美景共聚天倫	members of a family gather together to have a good time on a beautiful scene in a good day
50	lún cháng 伦常 倫常	moral human relations
51	mǎn tiān yún xiá 满天云霞 滿天雲霞	rosy clouds all over the sky
52	mǎn yǎn yún shān huà tú kāi, qīng fēng míng yuè huán huà zhài 满眼云山画图开,清风明月还"画"债 滿眼雲山畫圖開,清風明月還"畫"債	"An eyeful of cloudy mountain seemed to unfold like a painting; fresh wind and bright moon made me 'paint the paintings' that I had wanted to paint for many years." This is a line from a vernacular song *Four Pieces of Jade*, *Retreat Quietly* ("四块玉・恬退/四塊玉・恬退") by Ma Zhiyuan (马致远/馬致遠) (1260—1325). but the character "poetry" (诗/詩) in the original poem is substituted by "painting" (画/畫).
53	mèng lǐ bù zhī shēn shì kè, xǐng lái kān jīng 梦里不知身是客,醒来堪惊 夢裏不知身是客,醒來堪驚	"In my dreams I forgot my status as a 'guest'. I was startled by the dreamland when I woke up." The first sentence is an extract from Li Yu's(李煜) (937—978) *Tune of Langtaosha* ("浪淘沙").
54	mò ěr 莫尔 莫爾	Sir Thomas More (1478—1535), also known as Saint Thomas More, was an English lawyer, social philosopher, author, statesman, and noted Renaissance humanist.

55	mò míng qí miào 莫名其妙	be baffled or be inexplicable
56	mó xī 摩西	Moses was, according to the Hebrew Bible, a religious leader, lawgiver, and prophet.
57	nèi wài zhuī xún 内外追寻 内外追尋	search in and out
58	ní zhǎo 泥沼	moss; slough; mire
59	nì 睨	look askance
60	nù huǒ zhōng shāo 怒火中烧 怒火中燒	be burning with anger (or wrath)
61	piē 瞥	glance
62	piē piē zuǐ 撇撇嘴	quirk one's mouth
63	pò 迫	force; compel
64	qī cǎn bēi kǔ 凄惨悲苦 淒慘悲苦	sackcloth and ashes; mourning and dismal
65	qī pàn 期盼	look forward to
66	qī shàng bā xià 七上八下	an unsettled state of mind
67	qǐ fú diē dàng 起伏跌宕	fast and furious; ups and downs;
68	qì kè wéi zhǔ 弃客为主 棄客為主	turn from a guest into a host
69	qiān chā wàn bié 千差万别 千差萬別	differ in thousands of ways

70	qián yì shí 潜意识 潛意識	sub-consciousness
71	qiáo shǒu yǎng wàng 翘首仰望 翹首仰望	raise one's head and look up
72	qīng cuì rú yīn 青翠如茵	the grass looks like a carpet; the green grass is like a cushion
73	qīng xiè 倾泻 傾瀉	pour
74	qiū hǎi táng 秋海棠	begonia; elephant's-ear
75	qū yuán 屈原	Qu Yuan (c. 340—278 BC) was a Chinese scholar and minister to the King from the southern Chu during the period of the Warring States (475—221 BCE). His works are mostly found in an anthology of poetry known as *Chuci*. His death is traditionally commemorated on the occasion of the Duanwu Festival (端午节/端午節), which is commonly known in English as the *Dragon Boat Festival* or Double Fifth (fifth day of the fifth month by the Chinese lunar calendar).
76	rén lí xiāng jiàn 人离乡贱 人離鄉賤	a man is worthless when he is away from his native place
77	sè suō 瑟缩 瑟縮	curl up with cold
78	shàng xià qiú suǒ 上下求索	searching high and low

79	shào wú shì sú yùn, xìng běn ài qiū shān。wù luò chén wǎng zhōng, yī qù sān shí nián 少无适俗韵,性本爱丘山。误落尘网中,一去三十年 少無適俗韻,性本愛丘山。誤落塵網中,一去三十年	"My youth felt no comfort in common things, by my nature I clung to the mountains and hills. I erred and fell in the snares of dust and was away thirteen years in all." This is the extract from the first of the five poems from *Returning to Dwell in Gardens and Fields* ("归园田居/歸園田居") by Tao Qian (365—427).
80	shēn suì ér zhuó rè 深邃而灼热 深邃而灼熱	profound and ardent
81	shī jīng wèi fēng 《诗经·魏风》 《詩經·魏風》	*The Book of Songs*, translated variously as *The Classic of Poetry*, *The Book of Odes*, etc., is the earliest existing collection of 305 poems and songs from the Zhou Dynasty (c.11th century—256 BC). The "Feng" is known as the "Airs of Domains". "Airs of Wei" are the poems from the domain Wei.
82	shī jīng xiǎo yǎ 《诗经·小雅》 《詩經·小雅》	The "Ya" genre of *The Book of Songs* is further divided into "Lesser Odes" (小雅) and "Great Odes" (大雅)
83	shuǎng lì 爽利	refreshed; comfortable; efficient and able
84	sū wǔ 苏武 蘇武	Su Wu (140—60 BC) was a diplomat and statesman during the Western Han Dynasty (206 BC—25 AD, well-known in Chinese history for his faithfulness to his mission and his empire.
85	suān chǔ 酸楚	miserable; distressed
86	tà pò tiě xié wú mì chù, dé lái quán bù fèi gōng fu 踏破铁鞋无觅处,得来全不费工夫 踏破鐵鞋無覓處,得來全不費工夫	You wear out iron shoes in hunting round, when all the time it is easy to be found; One's persistent search may prove futile, but a stroke of luck may lead one to a sudden discovery.
87	tài kōng rén 太空人	"taikonaut"; space man

88	tuō mǎ sī màn 托马斯・曼 托馬斯・曼	Thomas Mann (1875—1955) was a German novelist, short story writer, social critic, philanthropist, essayist, and 1929 Nobel Prize laureate.
89	táo huā yuán 桃花源	Peach Blossom Spring, a utopia-like place where people live naturally, happily and harmoniously, depicted in the *Peach Blossom Spring* ("桃花源记/桃花源記") by Tao Qian.
90	táo qián 陶潜 陶潛	Tao Qian (365—427), better known as Tao Yuanming (陶渊明/陶淵明), was a Chinese poet. He came from a notable family on the decline.
91	tóng bó yǔ sī zhú 铜钹与丝竹 銅鈸與絲竹	cymbal and music (traditional stringed and woodwind instruments)
92	tú téng zhù 图腾柱 圖騰柱	totem pole
93	wèi yǔ chóu móu 未雨绸缪 未雨綢繆	take precautions before it is too late; make hay while the sun shines
94	wēn xīn 温馨 温馨	warm
95	wū tuō bāng 乌托邦 烏托邦	"Utopia", a name is given by Thomas More (1478—1535) to the ideal, imaginary island nation whose political system he described in *Utopia*, published in 1516.
96	wú jīng dǎ cǎi 无精打采 無精打采	in low spirits
97	wǔ mǎ fēn shī 五马分尸 五馬分屍	tear a body limb from limb by five horses; a form of death sentence in ancient times

98	xī yáng wú xiàn hǎo, zhǐ shì jìn huáng hūn 夕阳无限好，只是近黄昏 夕陽無限好，只是近黄昏	"The setting sun appears sublime, but it is near its dying time." a verse line by Li Shangyin (813—858)
99	xī yáng xī zhuì 夕阳西坠 夕陽西墜	sun setting in the west
100	xiàn shì 现世 現世	this life
101	xiāng tí bìng lùn 相提并论 相提並論	put on a par with; mention in the same breath
102	xiāng gé lǐ lā 香格里拉	Shangri-La; a fictional place described in the 1933 novel *Lost Horizon* by British author James Hilton (1900—1954). Shangri-La has become synonymous with any earthly paradise but particularly a mythical Himalayan utopia - a permanently happy land, isolated from the outside world.
103	xìn guǎn 信管	fuse
104	xīn shì chóng chóng 心事重重	with a heavy heart; be laden with anxiety; be preoccupied with worry
105	xīn suǒ ān chù shì wú jiā 心所安处是吾家 心所安處是吾家	the place where heart rests is my home
106	xū tuō 虚脱 虛脫	collapse; prostration
107	xú xú 徐徐	slowly; gently

108	yà dāng xià wá 亚当夏娃 亞當夏娃	Adam was the first man created by God in Judaism, Christianity, and Islam. His wife was Eve. Eve was, according to the Hebrew Bible, the first woman and the second person created by God, and an important figure in Judaism, Christianity, and Islam.
109	yán-huáng zǐ sūn 炎黄子孙 炎黃子孫	descendants of the Yan and Huang Emperors-the Chinese people
110	yáo yì 徭役 傜役	corvee
111	yī diàn yuán 伊甸园 伊甸園	Garden of Eden is described in the Book of Genesis as being the place where the first man, Adam, and his wife, Eve, lived after they were created by God.
112	yí dì 夷地	a barbarian territory
113	yī shùn jiān 一瞬间 一瞬間	a fleeting moment
114	yī suō yān yǔ rèn píng shēng 一蓑烟雨任平生 一簑煙雨任平生	"A coir raincoat in the misty rain, no matter what all one's life will be." This is a line from Su Shi's (苏轼/蘇軾) lyric *Stabilize the Crisis* ("定风波/定風波").
115	yì yùn 意蕴 意蘊	meaning; implication; connotation
116	yīn sēn kǒng bù 阴森恐怖 陰森恐怖	eeriness and terror
117	yóu yí chuán fēi 游移遄飞 游移遄飛	vacillate and fly to and fro
118	yuǎn tiào 远眺 遠眺	overlook; look far into distance

119	yún yún zhòng shēng 芸芸众生 芸芸眾生	the multitudes; all living things; numerous living beings
120	zhǎn lù 展露	demonstration
121	zhǎn shǒu shì zhòng 斩首示众 斬首示眾	cut off one's head to display to the public
122	zhī wú 支吾	equivocate; falter
123	zhuàn xiě 撰写 撰寫	write; compose
124	zhuàng diē 撞跌	run-down
125	zǐ jīng 紫荆	redbud
126	zì wǒ liú fàng 自我流放	self-imposed exile

六、讨论题

1.小说《寻找伊甸园》的政治和历史背景是什么？

2.为什么“是去是留”成了香港人的艰难抉择？

3.小说中的主人公余丹逸最终是否寻找到了伊甸园？余丹逸是怎样理解伊甸园的？

4.“太空人”是什么意思？“太空人”的家庭悲剧是怎样发生的？

5.为什么作者将“太空人”后院起火设置在中秋夜花好月圆之时？

6.“乐土”“伊甸园”“香格里拉”“桃花源”“乌托邦”和“天堂”都意味着什么？它们的象征意义是什么？

7.为什么对人物内心世界的挖掘能够使人物真切感人？

8.为什么“回流不回流”又成了这些移民的难题？他们是怎样作出决定的？

9.“自我流放的心态”是怎样产生的？余丹逸还有什么其他感慨？

10.你觉得这部小说所刻画的人物和叙述的情节真实吗？你从书中得到什么启发？

七、扩展阅读

1.陈浩泉:《让文学梦融入加拿大梦》

http://www.dushi.ca/tor/news/bencandy.php/fid12/aid123186

2.赵庆庆:《加拿大华人文学概貌及其在中国的接受》

http://www.docin.com/p-684243377.html

第二章
陳浩泉與長篇小説《尋找伊甸園》

一、作者介紹

陳浩泉(William Chan)本名陳維賢,另有筆名夏洛桑、哥舒鷹、丁維等,畢業於澳門東亞大學新聞傳播系,獲社會科學學士學位。他長期從事大衆传媒和寫作,曾先後擔任多家報社記者、電視臺編劇、出版社和雜誌社主編、香港作家聯會理事及第二任秘書長。他還活躍在加拿大文壇,现為華漢文化事業公司和維邦文化企業公司董事經理及總編輯、中國作家協會會員,也曾任加拿大華裔作家協會會長、世界華文文學聯會副會長。

從中學時代起,陳浩泉便筆耕不輟。他為香港、澳門的報紙雜誌撰寫專欄和連載小説,其作品在新加坡、馬來西亞、泰國、菲律賓、中國以及歐洲和北美的華文報章廣為轉載;多部小説被中國香港和新加坡的電臺改編為廣播劇;長篇小説《香港小姐》被改編為電影劇本;另一部長篇小説《香港九七》問世後,美國《時報週刊》亞洲版作了報導,2004 年收入香港中文大學香港教育研究所出版的《香港文學欣賞教材(小説篇)》。

主要出版物有詩集《日曆紙上的詩行》、《銅鈸與絲竹》(三人合集)、《詩戀》,小説《青春的旅程》(再版易名《碧海情懷》)、《銀海浪》、《螢火》、《海山遙遙》、《追情》(《扶桑之戀》)、《香港狂人》、《電視臺風雲》、《斷鳶》、《香港九七》、《天涯何處是吾家》、《尋找伊甸園》,散文、隨筆《青果集》、《紫荊・楓葉》等二十餘種,分別在中國和加拿大出版。部分作品被翻譯成英文。

陳浩泉的詩作早期發表較多,曾得到詩人艾青、周良沛以及評論家周文彬、劉登翰、潘亞暾和黃維梁等的好評。"一張桌,一張椅 / 就打出了萬千花式 / 舞臺上亮堂堂 / 劉利華和任堂惠 / 卻把它打成了漆黑一團!"陳浩泉寫京劇《三岔口》武打戲的五行小詩,艾青在《詩論》中稱讚它構思巧妙。陳浩泉的散文、隨筆題材廣泛,夾敘夾議之中,往往有獨特的視野與見解,受到評論家王劍叢、林承璜等人的推崇。陳浩泉的小說以長篇為主。袁良駿在《香港小説流派史》一書中對他的"香港三書"——《香港狂人》《香港小姐》《香港九七》評價較高,此系列還受到專家學者不同的解讀與賞析。

陳浩泉的成就已載入《香港文學初探》《香港文學史》《香港文學作家傳略》《台港澳暨海外華文作家辭典》《中國文學家辭典》《中國新詩大辭典》等書籍中。

在從事傳媒工作與文學創作的同時,陳浩泉也對中國港澳地區和加拿大的華文文學發展作出貢獻良多。他早在 20 世紀 60 年代就與友人發起組織香港青年文藝愛好者協會,80 年代參與創立香港作家聯會,90 年代移居加拿大後,參與加拿大華裔作家協會的工作,先後擔任三屆會長,在推動創作、出版,舉辦文學活動以及促進不同國家與地區之間的文學交流方面,取得了可喜的成績。近年由陳浩泉主編的文學專集包括《楓雨同路》(加華作家小説選)、《楓華正茂》(首部加華文學評論集)、《白雪紅楓》(加華作家作品選第二集)等。

二、創作歷程

20 世紀 80 年代,香港即將結束英國的殖民統治,回歸祖國,這是大勢所趨,別無選擇。當中英開始為香港 1997 年後的前途進行談判時,香港人也開始為自己將來的去留,未雨綢繆。在時代的大變革衝擊人們的社會生活時,嚴肅的作家從來都是敏感的。陳浩泉緊緊抓住這個重大的歷史課題,創作了長篇小説《尋找伊甸園》。作品沒有直接寫出政治變遷過程的起伏跌宕,而是以此為背景,細緻地刻畫了香港民眾在歷史關頭的各種心態和進退維谷的艱難抉擇。

《尋找伊甸園》是一個頗具吸引力的書名。在《聖經・創世記》裡,伊甸園是上帝賜給人類始祖居住的樂園。從佛教的現世來講,那是一個幸福美好、不是天堂勝似天堂的生活場所。作者開宗明義,説要尋找"伊甸園",那麼,這個人間樂園究竟在何方呢?

踏破鐵鞋無覓處,得來全不費工夫。伊甸園就是與香港遙遙相望,隔著太平洋的加拿大港口城市温哥華。許多香港人早已在大洋彼岸的那個地方開創了第二故鄉。她雖然稱不上天堂,卻多次被評為世界上最宜居住的城市。這是國際上根據地理環境、人文教育、生活指數、治安狀況等因素綜合評定的結果,可説是當代人憧憬的安居樂業之地。來自中國香港、臺灣和內地的多少人,出於各種原因或為了逃避政治困擾,千方百計、千辛萬苦地移居楓葉國。温哥華的移民們是不是個個都享福了呢?那也不盡然。《尋找伊甸園》告訴我們,現實是公平的,也是殘酷的。不同的移民群,不同的背景,不同的生活方式,移民的經歷和結果千差萬別。

陳浩泉一家也是在這個時期從香港移民到加拿大的,因此對這段歷史有著深切的體驗。香港回歸後,從此結束長達 155 年之久(1842—1997)的英國殖民統治。作為中國人,能生活在祖國的大地上,是何等慶倖。然而,實際情況要複雜得多。飽受殖民統治的一些香港人,從人生觀到生活方式,已經形成了一整套固定的價值觀念,其思維和言行與當時的內地同胞差異頗大。作者選擇三個有相當代表性的香港家庭,儘管文化、經濟、生活狀況各異,但在共同遇到的人生課題面前,卻寧肯放棄眼前的一切,不約而同,選擇離開香港。他們的終極目的是為了"追求一個理想"和"更美好的生活"。然而,"尋找伊甸園"最後卻什麼也沒有找到。書中的結論是:伊甸園其實就在人們的心裡。

三、作品評介

20 世紀 80 年代,中英當局為香港 1997 年後的前途進行談判,香港人同時為自己的未來籌措、謀劃。1989 年,畫家兼畫廊東主余丹逸決定移民加拿大,期望在温哥華尋找夢想中的伊甸園。到了那裡,夫婦倆一切從頭做起,先在畫廊寄售自己的畫作,後來重新經營畫廊。經濟不景氣,孩子完成學業後回流香港,種種考驗接踵而至,但余丹逸始終沒有放棄追求。經歷了酸甜苦辣的生活磨煉之後,他是否找到了人間樂園?答案是:"心所安處是吾家。"原來,伊甸園早在余丹逸的心中!

小說翔實地描述了八九十年代中國內地、香港、臺灣三地華人在加國的奮鬥經歷。通過主人翁余丹逸一家人的遭遇,帶出了香港"太空人"家庭的悲劇,臺灣移民家庭因生意失敗導致的倫常慘事,以及內地留學生移民因男女關係鬧出的人命案件。所有這些故事都是用汗水、淚水乃至鮮血寫成的。香港回歸前夕的華人移民潮舉世矚目,尤其牽動全球華人。《尋找伊甸園》是反映這一時代的代表性小說之一。

陳浩泉是一位善於編織故事、製造反差、推動高潮的能手。他在創作中既注重情節的構造,又重視人物心理的刻畫。主人公余丹逸夫婦的堅韌開拓與其他兩個家庭的悲劇形成了鮮明的對比。作者把發生在加拿大的新聞事件融入敘事,使讀者感到在生活中似曾相識,或在傳媒的報導中彷佛見到過,從而強化了作品的戲劇性和親切感。因此,這部小說不僅是一部文學作品,而且成了現實生活的真實寫照。作者對不同人物的內心世界也作了相當程度的挖掘。第二章中寫主角在香港機場的內心活動,真切感人。主人公的哲理性思考恰到好處地表明了這個角色的知識分子身份。作者雖然用筆簡練,卻深刻地體現了諸多人物的人生旅程,以及他們的悲歡離合和迂回曲折的命運。

這部小說展現了芸芸眾生尋找伊甸園的渴望和艱辛,揭示了伊甸園的真諦。伊甸園在哪裡?其實就在人們的心裡,在人們的手上。這就是小說希望讀者得到的答案。天堂和地獄並不完全取決於地理環境;同一個地方,對某些人來說是天堂,而對另一些人可能就是地獄。幸福生活是靠智慧、勤奮獲得的。讀者可以從中獲得不少教益。

尋找"樂土",本是中國先民被逼無奈狀態下的一種反抗與追求,是為擺脫現實苦難而追尋的理想境界,但只是嚮往而已,沒有規模性地付諸實踐。因為中國人的傳統是"狐死正丘首"(傳說狐狸死時,頭還向著巢穴所在的土丘。比喻懷念故鄉,不忘其本。典出《禮記・檀弓上》),有著極強的鄉土觀念。所以,儘管先民們呼喊著"適彼樂土"(比喻奔赴理想之國。典出《詩經・魏風・碩鼠》),卻沒有真正離開自己的家園。那些因為軍役、傜役而不得已離開故土的人們,內心中充滿了"雨雪霏霏、行道遲遲"(大雪紛紛滿天飛,道路泥濘難行走。典出《詩經・小雅・采薇》)的悲傷。所以,像兩千三百年前的屈原即使遭到國君的冷遇,群小的詆謗,學生的背叛,"國無人莫我知兮"(國中沒有賢人,更沒人能了解我啊。典出屈原《楚辭・離騷》)的尷尬,也仍然寧死不離故國。瞭解這些中國人靈魂深處的潛意識,對《尋找伊甸園》這部小說的文化意蘊,就會有更深的理解。

《尋找伊甸園》情節明快流暢,給人一種"悅讀"的享受。

四、《尋找伊甸園》片段欣賞

（小標題為編者所加，頁次根據加拿大華裔作家協會 2004 年的繁體字版）

太空人後院起火（第 83—89 頁）

中秋夜，十一點鐘了，丈夫沒有回來，女兒也沒有回來。十七歲的兒子還在外面玩樂，根本不知道家裡發生了什麼事。

五千多呎的大宅裡一片死寂清冷，別説過節的氣氛，連溫暖的人氣也不多一點。

在家庭廳中呆坐了一個多小時的楊慧緩慢地站起來，機械人般地走到飯廳去，豐富的菜餚早已準備好，整齊有序地擺放在餐枱上，海鮮、家禽、蔬果齊全，還有丈夫最喜歡的紅酒，但是，菜已涼，碗筷還未有人動過，燈光下，豪華紅木餐枱上的豐盛菜餚也顯得那樣的寂寞，就像這空洞大廳中的一切名貴陳設和華衣濃妝包裹著的唯一的人——憂心落寂的女主人。

飯後賞月用的月餅、水果和鐵觀音茶也預備好，放在廚房的餐桌上，只需搬到後園的桌子上就行了。

中秋是一個團圓的節日，人月雙圓，這是每一個家庭所期盼的。去年，茂成未能從香港趕回溫哥華與楊慧和孩子們一起過中秋，整個家就顯得冷冷清清；今年中秋，茂成回來了，想不到屋子裡一樣冷清，甚至在寂靜中埋伏著危機，像一顆已燃著了信管的炸彈，隨時會爆炸！

花好月圓，是多少獨守空幃的"太空人"太太所企盼的日子啊！但楊慧這種熱切的心情也已在這一年間漸漸地下降了溫度，她已陷進了一個泥沼，一個矛盾痛苦的泥沼。

楊慧舉目環視同樣是空蕩蕩的客廳，然後又緩步地回到家庭廳，站在陽臺的巨幅落地玻璃門前,向闊大的後園張望,澄澈的月光下,清楚地看得見白色的圓桌子和四張椅子寂寞地待在草地上,仿佛張開著雙臂,等待著主人來舒舒服服地坐上去,喝鐵觀音,啖月餅,吃水晶梨,一家人快快樂樂地賞月談天,在這良辰美景共聚天倫。可是,它們也失望了。

這時候,半個足球場般的後園顯得更大了,近處花圃的玫瑰、秋海棠等花兒,在銀色的月光下顯得蒼白而輪廓模糊,遠處的一列柏樹筆直地站立著,一動也不動,像一隊紀律嚴明的衛兵,阻擋了木欄外茂密樹林中夜的陰森恐怖。

記得去年夏天,女兒如芳在家裡開生日派對,請了幾十個親友、同學來,派對就在後園舉行,除了自助餐,還有燒烤,大夥兒吃得開心,玩得開心。一班大孩子還彈吉他、唱歌、玩遊戲,玩到樂極忘形。晚上九點半,暮色罩下,客人們才陸續離去。

這一天,如芳很開心,十八歲的這個生日會該是她目前為止最開心的一次生日會。也就在這一天,楊慧認識了嘉俊。

記得那一天,楊慧在一大班年輕人中發現了一張俊朗而較為成熟的臉孔,對方也注意到了她,四目交投時,她發覺對方的目光是那樣的深邃而灼熱,仿如一道鋭利而散發著熱力的激光,直搗心窩!霎時,楊慧心底一顫,不禁慌亂起來,連忙把目光移到別處去。

不久,如芳竟帶著這年輕人過來,介紹給母親認識:

“媽咪,他叫 Kevin,是 Amy 的哥哥。”

“哦——Kevin!……歡迎,歡迎!”楊慧禮貌地展露笑容,“隨便吃點東西,別客氣!”

“Auntie,我跟 Helen 很熟了,我不會客氣的。”Kevin 很開心地笑著。他的笑容就像頭頂上明亮的陽光,且散發著熱力。

“你也在 UBC 上學嗎?”楊慧問。

“我也是 UBC 的學生,兩年前畢業了。”Kevin 說,“我也是念 Business 的,也算是 Helen 的同學呢!”

楊慧笑了笑:“現在還繼續念書嗎?”

“不,我在一間投資公司工作。”

“哦,很好!”楊慧避開 Kevin 灼熱的目光。

“Auntie,Helen 經常提起你呢,今天終於可以親嘗你弄的美味食物了。”Kevin 說。

“嘩——你真懂得‘擦鞋’呢!”Helen 瞪他一眼。

“真的是好吃嘛!”

“謝謝!你們開心玩吧,對不起,我還有點事要做。”說罷,楊慧匆匆回屋子裡去。

這一刻,楊慧沒想到,Kevin 會是女兒的男朋友,更沒有想到,Kevin 會愛上她這個 Auntie,從而開始了這一段惱人的忘年之戀……

後園的月色實在太迷人了,楊慧忍不住開了陽臺的玻璃門走出去。一片銀輝傾瀉在她身上,夜風吹來,頗有寒意呢!但夾帶草木氣息的清新空氣卻又使她感到精神一振,昏沉混亂的腦袋霎時清醒了幾分。

在陽臺上走走,倚著欄杆,凝望草坪上的空桌子、空椅子,更感到寒氣侵襲。但楊慧雙手交握著自己的臂膀,瑟縮著身子,還是下了陽臺,走到了後園的草坪上,再走到桌子前坐下。

翹首仰望,皎潔的月亮像一面大明鏡、一個大銀盆,把水銀和涼意都傾倒到大地上來。人家說,“外國的月亮特別圓”,楊慧不知道,是否所有外國的月亮都特別圓,但北美洲的月亮肯定比香港見到的大、圓,也許這裡距離月亮更近吧!每當十五前夕,月亮從天邊升起時,不是一個蛋黃,而簡直是一個大紅燒餅,令人幾乎以為是還未下山的太陽呢!

可是,圓而大的月亮、澄澈如水的月光又有什麼意義呢?當月圓人未圓、月圓花不開的時候……

清冷的寒意和空闊的寂寞終於迫使楊慧回到了屋子裡。

重新在家庭廳的沙發坐下,無聊地開了電視,畫面出現的又是那個中秋月餅的廣告:

窗外月圓如鏡。

窗內小兄妹抬頭凝望明月。

"小朋友,爹地在香港開完會,將回來和我們一起過中秋節了!"媽咪跑出來開心地説。

"好耶!"小兄妹高興地叫起來。

"你們看媽咪多聰明,爹地和你們最喜歡吃的'幸福月餅'都買了!"主婦的笑容甜蜜而滿足。

過去,每逢看到這個廣告,楊慧都感到心中有一股温馨的暖流,可是現在,它卻像是一幅諷刺的漫畫,使她心裡感到酸楚、刺痛……

今天中午,楊慧自己開車到機場去接丈夫。見到她自己一個人來,茂成有點詫異。

"為什麼不叫阿芳或阿林陪你一起來呀?"他知道妻子的駕駛技術並不高明。

"阿林和同學出去玩,阿芳不願意來。"楊慧説。

"哎——這兩個孩子,都寵壞了!"茂成搖頭。

出了機場,由茂成開車。

"温哥華的秋天真漂亮,陽光燦爛,花紅草綠,一下飛機就覺得精神爽利了!"茂成的心情似乎特別好,長途的飛行並未使他感到疲累,他一邊純熟地操控著車子,一邊流覽車窗外一片蒼翠的草地。

但坐在身旁的妻子卻似乎心事重重,沒什麼話説,這和她過去到機場接他的興奮心情全不一樣。

“怎麼,你不舒服嗎? 無精打采的!”茂成捏捏太太的左手。

“沒什麼……可能昨晚睡得不好吧!”她支吾以對。

“老公要回來了,興奮得睡不着呀?”茂成瞥她一眼。

楊慧尷尬似的笑笑,沒答話。

“晚上到哪裡吃飯呢? 訂了位沒有?”

“沒有。”楊慧說,“不如在家裡吃吧,我已經準備好了。”

“哈,你什麼時候學得這麼節儉持家了呀!”茂成笑了,“只要你好好看住兩個小孩,看好這個家,多花幾個錢不是大問題,最要緊的是在香港能賺到錢。”

“……”

回到家裡,剛放好行李,女兒如芳就從房裡出來了。

“Helen,為什麼不去接爹地呀? 又在家裡睡懶覺了!”

穿著短袂T恤的如芳竟一聲不響,對父親不瞅不睬。

“你睡傻了? 怎麼不理爹地啦!”茂成說,“快過來,爹地買了禮物給你呢!”

他從行李袋中把一個女裝手錶拿出來。

“你看看喜歡嗎? 快試戴戴!”父親把手錶遞給她。

“哼,送禮物給我?”如芳睨視父親一眼,撇撇嘴,“你們不搶我的東西就好了!”

楊慧的臉色一沉,一顆心七上八下地撞跌著。

“搶你的東西? ……你到底在說什麼呀?”父親莫名其妙,望望太太,只見她臉色青白,彷佛得了大病,神情比在機場時更顯得異常。

“說什麼?”女兒指向母親,“問你的好老婆吧!”

茂成注視著太太,愣住了。

楊慧像快虛脫般地扶著沙發坐下,沒有吭聲。

“……到底什麼事，你説吧！”茂成在她身邊坐下。

“……”楊慧搖搖頭，不敢正視丈夫，“你叫我怎樣説呢！……”

“是呀，怎樣開口跟老公説呢？”如芳冷笑一聲，“既然做得出還怕説出來呀！”

楊慧低頭哭了。

“哼，扮可憐呀！”如芳轉望父親，“好，她不説我説！——她搶了 Kevin，搶了我的男朋友！哼，跟女兒爭男朋友，你怎配做人家的阿媽呀！……”

如芳也哭著跑進房去了。

女兒的話就像一聲響雷，從茂成的頭頂劈下，轟得他幾乎站不穩腳。定一定神，他才抓住太太的雙臂，不停地搖動：

“你説——阿芳的話是不是真的？”

楊慧只是哭著。

“你快説，到底是不是真的！”茂成迫著她。

楊慧終於點頭。

“……我對不住阿芳，對不住你！……”她抽泣著。

茂成霍地站起來，把茶几上的水杯掃到地上，“啪”一聲，水杯碎了，黄色的橙汁染汙了一大塊粉紅的地毯。

“你……簡直不知所謂！”他霎時怒火中燒，連雙手也微微地顫抖。

他實在不想對著眼前這背叛自己的女人。怒衝衝地拿起外套，馬茂成沖出後園，進車房開車走了。

不久，女兒也出去了。他們都沒有回來，就留下楊慧在這空蕩蕩的大宅中，一直等下去……

余丹逸尋尋覓覓（第 167 頁）

時間如何安排呢？余丹逸頭也大了。他相信未來的兩年，他將會一直忙碌,哪儿還有空閒去想什麼回流不回流！他只知道,自己仍會在心靈內外繼續去尋找《聖經》中的伊甸園,尋找傳説中的香格里拉,尋找陶潛筆下的桃花源。

四百多年前,莫爾尋找烏托邦"有罪",雖未致五馬分屍,卻也難逃斬首示衆的厄運！今天,我們幸運地享有尋找的自由。於是,在地球的每一個角落,我們擁有一樣的天空,一樣的土地,同時,那又是不一樣的天空,不一樣的土地;就在這天與地的空間,我們思索回顧,尋尋覓覓,選擇真正屬於自己的樂土。

據《聖經》中"創世記"所説,伊甸樂園是在東方的,但亞當、夏娃吃了禁果後,就被神逐出了伊甸園。如今,中國人既然沒有帶領他們出埃及的摩西,就只好在天地間自己去尋覓了。今天,每一個炎黃子孫,何嘗不仍在上下求索,內外追尋呢?

余丹逸感到慶倖的是——哪裡是自己心目中真正的伊甸園,現在已漸露端倪。

心所安處是吾家(第 169—170 頁)

週末,太太和女兒都有節目,分別出了門。余丹逸不想做飯,獨自外出用膳。然後,他開車轉上本那比山看日落去。平時一有空,他總會到這山頂公園來逛逛,看山,看海,看雲,看霧,當然,還有春天的櫻花,夏日的玫瑰,青翠如茵的山坡草地以及四季都忠實守護在山頂的一隊衛兵似的高高的圖騰柱。還有,晚上可賞月觀星,可遠眺燈火燦爛的夜景。冬天,這裡更是孩子們玩滑雪板和雪橇的好地方。

如今,紅豔圓大的夕陽徐徐西下,正是欣賞黃昏美景的好時刻。李商隱歎息"夕陽無限好,只是近黃昏",余丹逸卻要為他改兩個字,變成"夕陽無限好,妙在近黃昏"。

夕陽西墜,滿天雲霞,有什麼比這更美的呢?

面對變幻迷人的晚霞,余丹逸的思緒也像雲彩般的遊移遄飛。

仿佛是一瞬間的工夫,他們一家到加拿大竟已將近十年了。遠離故土,不少知識分子多少都有自我流放的心態,余丹逸也不例外。德國作家托馬斯・曼說:"我在哪裡,德國在哪裡。"余丹逸雖然不敢與托馬斯・曼相提並論,但這話卻深得他心,他的理解是:個人身處何方並不重要,只要祖國在自己心中。

時至今日,仍有不少海外華人認為"人離鄉賤","夢裡不知身是客,醒來堪驚"。余丹逸卻沒有這樣的想法,他倒覺得自己應"棄客為主",認同別人,也認同自己,這樣才能在新的家園安居樂業。

今天的海外華人不是蘇武,眼前的楓葉國也不是"胡地玄冰,邊土慘裂……胡笳互動,牧馬悲鳴"的夷地,何來淒慘悲苦?

當然,我們可以尋找他鄉,也可以回歸故土。這時,余丹逸想起陶潛的《歸園田居》。"少無適俗韻,性本愛丘山。誤落塵網中,一去三十年。"確如自己的寫照呢!"久在樊籠裡,復得返自然",當然是可喜的事,只是,自己的故鄉已無"方宅十餘畝,草屋八九間",那麼,就"且將他鄉作故鄉"了。不必歸去,也可"一簑煙雨任平生","也無風雨也無晴";同樣可以"滿眼雲山畫圖開,清風明月還'畫'債"……

——心所安處是吾家。原來,伊甸園早在我心中!

余丹逸步履輕快地走下山坡,步向停車場。

在霞暉的映照下,他的車子向山下的一片燈海疾馳而去。

五、討論題

1.小說《尋找伊甸園》的政治和歷史背景是什麼?

2.為什麼"是去是留"成了香港人的艱難抉擇?

3.小説中的主人公余丹逸最終是否尋找到了伊甸園？余丹逸是怎樣理解伊甸園的？

4.“太空人”是什麼意思？“太空人”的家庭悲劇是怎樣發生的？

5.為什麼作者將“太空人”後院起火設置在中秋夜、花好月圓之時？

6.“樂土”“伊甸園”“香格里拉”“桃花源”“烏托邦”和“天堂”都意味著什麼？它們的象徵意義是什麼？

7.為什麼對人物內心世界的挖掘能夠使人物真切感人？

8.為什麼“回流不回流”又成了這些移民的難題？他們是怎樣作出決定的？

9.“自我流放的心態”是怎樣產生的？余丹逸還有什麼其他感慨？

10.你覺得這部小説所刻畫的人物和敘述的情節真實嗎？你從書中得到什麼啟發？

六、擴展閱讀

1.陳浩泉:《讓文學夢融入加拿大夢》
http://www.dushi.ca/tor/news/bencandy.php/fid12/aid123186

2.趙慶慶:《加拿大華人文學概貌及其在中國的接受》
http://www.docin.com/p-684243377.html

第三章

川沙与长篇小说《阳光》

一、作者简介

川沙本名尹向泽,1952 年生于中国重庆,祖籍山东。1980 年四川大学物理系激光专业毕业后,曾在中国任出版社的文学编辑,报纸的副刊主编和杂志的总编辑。1999 年移居加拿大,现为加拿大中国笔会会员,加拿大华语诗人协会会长。

川沙的作品发表在美国《中外论坛》,中国的《创世纪》(台湾)、《诗刊》《花城》《名作欣赏》《世界华文文学》等报刊杂志。除了我们将重点介绍的长达五百余页的小说《阳光》以外,其主要作品还有诗作选集《拖着影子的人群》(北京:作家出版社,2001),他与人合著的短篇小说集《西方月亮》(台湾:水牛出版社,2004),中英文对照诗选《春夜集》(*Spring Night*), 刘洪译(桂林:广西师范大学出版社,2004)等。与人合译的新闻体长篇小说《掌权者》(上下集)(*The Powers That Be*, by David Halberstam;成都:四川文艺出版社,1988 首版) 在中国多次再版,已成了新闻专业学生的必读书。诗歌作品收入美国诺顿出版社的 *Language for a New Century*: *Contemporary Poetry from the Middle East*, *Asia*, *and Beyond*（《新世纪的语言：来自中东、亚洲等地的当代诗歌》，New York and London：w.w.Norton & Company，2008）。另外，川沙还创作了歌舞诗剧。他在诗歌、小说、戏剧、散文和文学理论领域都在积极地创作和探索。

二、创作历程

1991年川沙赴英国学术访问期间，正值苏联解体。这次重大历史事件引起整个世界的极度关注，有关民主与独裁、社会主义与资本主义、劳工大众与特权阶层的议论在西方更是沸沸扬扬。作为经历过"文化大革命"的中国学者，他在英国的所见所闻，使他感到既陌生又新鲜，既惊讶又自然。一次，一位英国历史学教授对他说道："我们英国人有三个精神支柱，那就是耶稣、女王和首相，而你们中国人呢？你们信菩萨，信孔子、孟子和老庄，还有就是信皇帝，可是，你们的孙逸仙先生却把皇帝给搞垮了，搞出了那么多的军阀小皇帝，搞得老百姓又怕又恨又无可奈何。当然，你们中国人信家长，信父亲，可是，我们不信父亲，父亲和儿女是平等的。我们信耶稣、女王和首相。" 这一席话，引发了川沙内心深处的思考，触动了他创作小说《阳光》来抒发感受。

《阳光》的故事和主题映射了川沙的经历。他出身在一个共产党干部的家庭，从小生活在重庆上青寺曾家岩的市委机关大院内。那个地方，在北洋政府时期，中国抗日战争期间作为国民政府陪都时期，以及1945—1949年国共两党和谈或内战时期，都是国共两党高层人物工作和生活过的地方，例如国民党的蒋宋孔陈四大家族，共产党的毛泽东、周恩来、邓小平、贺龙等都曾经在那里居住过。耳濡目染，他从小就恍若置身在一些历史事件中。邓小平夫人卓琳曾是他所念小学的校长，他的同班同学中间，大都是共产党高级将领的后代。

川沙的母亲出身地主家庭,从市立女子中学毕业后成了一名共产党的地下党员。家庭不愁吃穿,她参加革命纯粹是为了一种理想。在川沙的同班同学中间,这样的家庭背景很多,就是说,中共早期的革命者,不乏这样的利他主义者。显然,这样的人是应该受到尊重的。后来他了解到,在国民党中间也不乏这样胸怀天下的理想主义者。

对历史和现实的深刻反思是川沙作品主题的根基。他认为在1949年以前的年代,中共因得民心,以少胜多,把确实腐败的国民党800万军队击败。取得政权以后,新中国为什么会发生"文化大革命"这样的灾难,苏联为什么会解体?这两件事情的发生,使中国人在信仰问题上产生了更大的失落和困惑。

三、作品评介

川沙的欧洲之行充实了他的创作题材。他踏上英国、法国的土地,亲身体验到一个如此广阔的世界,在生活、思想、习惯、爱好、伦理、社交等方面,与他过去的认识大不相同。人的思想文化本来就应该丰富多彩,就像身体汲取的营养一样,需要多种维生素。于是,川沙勇敢地从过去所接受的单一文化教育中跳出来,酝酿了小说《阳光》多元化的理论核心:如果说,一个伟大人物就是人类精神世界中太阳的一组光谱的话,那么,在川沙的精神世界里,就有许多组太阳光谱,每一组都放出独特的光芒。例如:

摩西认为:一切源于头脑。

耶稣认为:一切源于爱。

马克思认为:一切源于饥饿。

弗洛伊德认为:一切源于性。

萨特认为:一切源于存在。

甘地认为：一切源于不抵抗。

川沙在小说《阳光》中塑造了男主人公秦田这个人物。在秦田看来，综合各种光谱的太阳光才具有生命力，一切单色光线都不健康，用来长时间照射一种植物或动物，得到的是可怕的怪物。

《阳光》叙述了男主人公秦田在东方政治和西方宗教之间的迷茫，在国共两党后代的两个女人之间的沉醉和徘徊，在荣华富贵和良心之间的痛苦抉择。小说演绎着一段跨国的爱恨情仇故事，深刻地探索了中国人的信仰问题，描写了当代中国人灵魂深处宗教观念和家长制观念之间的矛盾冲突。

小说情节的展开交织着秦田与他的台湾女友、大陆女友、父母、奶母的遭遇，以及纠缠在英国和中国的两个天主教神父之间的生离死别的命运。小说的主线是两个博士生之间的爱情纠葛，他们是英国伦敦城市大学的中国大陆留学生秦田和中国台湾留学生伍芬，矛盾和冲突交织在作为伏线的秦田的另一段生死之恋上，他的恋人是仍在中国大陆、只念过小学的无业青年邹瑛子。秦田最终放弃了因深爱着他而在伦敦苦等的伍芬，选择了邹瑛子。是相貌英俊、品学兼优、出身高贵的秦田不爱拥有众多追求者而又美丽善良的台湾银行家女儿伍芬吗？是秦田在爱情上不专一吗？由此，小说向读者引出一段涉及两代人的生死情缘。

从国共内战时期的政治到中共执政以后的事件和人物，小说完全摈弃正反二元对立模式，着力描写事件中人性的矛盾，向读者呈现鲜明的人物爱憎，在东西方文化背景的反衬下挖掘事件和人物的典型表现。

小说穿插几方面的情感纠葛和道德观念，并通过人物命运的轮回，上升到了关于信仰的人生哲学和宗教问题，从悲欢离合的爱情故事里，从悲惨的人物命运中激起读者屈原问天式的共鸣。正如作者在相关文章里所说，这部小说就是要让千百万念着“阿弥陀佛”的中国人知道，世界上还有千百万念着"阿门"的西方人,我们中国人除了祈求菩萨保佑外,也要有点西方人的忏悔意识。

在技巧方面,小说以意识流手法,用交叉对比的方式陈述时空远隔的两个天主教神父的命运:当前时空中是站在秦田面前的英国伦敦天主教堂里的米约翰神父;幻想回忆的过去时空中是一个自杀于中国"文革"期间的黑袍老人,即一个继承父业,在中国毕生传教的美国天主教神父的儿子。全书由此将西方的宗教和东方的政治有机地融合,并贯通二十年的时间跨度,直至从英吉利海峡到台湾海峡的地域跨度。开篇的一颗手榴弹所造成的悬念,自始至终引发读者追根究底的兴趣。

身处全球化程度日益高涨的社会,在传统文化和西方文化及现代观念的冲突中,这部小说是发人深省的。在享受作者细腻的笔触和引人入胜的情节的同时,让我们和作者一起思考吧。

四、片段欣赏

摘自川沙长篇小说《阳光》。台北:台湾商务印书馆,2004。

第三章　无神论者(原著第 43-45 页)

每次当伍芳唱 *Whiter Than Snow* 时,秦田就会带着有些揶揄的味儿说:

"'白雪',您又开始'白超乎雪'啦! 穿着衣服怎么看得清楚呢? ……"

其实,秦田也说那首歌好听,以至于后来秦田就干脆叫起她"白雪"来了。当然,她知道,他的意思说的是她的白皙的皮肤。但是,她还是在爱他爱到了骨头里去了的感觉里,感到他拿 *Whiter Than Snow* 的圣歌来形容自己的皮肤是有辱于耶稣有辱于主的。当然,她没有丝毫地认为他在人品和品质上有什么问题,但是,她却是认为,他的环境,他的早期的教育,他的人生观和信仰观念里，相对于自己笃信的基督信仰而言，是很粗鄙和原始的。

常常，她会在内心里恨他的环境。

她认为，那样的环境让最优秀的人身上都会染上一些痞气的、野蛮的，甚至是下流的东西。她知道，就是在自己最爱的人身上，也是明显地存在着那样的一些痕迹的。然而，她又清楚，哪能因为那些东西去怪罪他和他的那个环境里的人们呢？他们不过都是一些受环境所害的善良人罢了。

这样去想的时候，加之她是一个虔诚的天主教徒，又是一个女性、一个善良的女性，更加之面前的是自己心仪的将来的夫君，她就把自己看见的他的身上相对于基督教文明自己认为明显是粗鄙的、痞气的、野蛮的，甚至是下流的东西变成了她更加有责任和义务要去爱他、改造他、怜悯他的东西，于是，她的内心里立时就升起来一股强大的，甚至是伟大的、崇高的类似于传教士的力量，那种力量里面还有更多的对于男性来说是母性的温柔似春天的阳光的东西……

那时，她会想起书里看过的意大利到中国去传教的利玛窦[1]、德国的汤若望[2]、比利时的南怀仁[3]那样的一些人物……她想起那些人最后都葬身在了中国，葬身在了那片神秘而又富有吸引力的地方……

她想，眼前的他就是中国，就是那片神秘而又富有吸引力的地方……她知道，她现在才刚刚一脚踏上他的那片广袤的土地的边缘……

于是，她就会更加经常地当他的面去唱 *Whiter Than Snow*，它的歌词其实是极其简单的，就是那么翻来覆去的两句话：

Whiter than snow，比雪白
Yes, whiter than snow，比雪更洁白
Now wash me，主哦，洗干净我！
And I shall be whiter than snow. 让我比雪更洁白

伍芳总认为秦田内心是冷酷和顽固的。

她认为,他受的是中国传统文化遭到了破坏的“文化大革命”式的教育……

第八章　一堵看不见的墙(原著第95页)

对于秦田,从内到外,伍芳都是承认着白雁的那些赞美的话的。

两人毕竟是同床共枕了,伍芳比白雁在有些问题上对秦田就很快看得更深了。自然而然,在文学艺术和通过文学艺术进入的精神领域,她就对他了解得更深更广……然而,在对秦田的艺术和精神领域了解得越来越深又同时让自己也爱得更深的同时,在她的内心最深处,却时不时地渐渐颤动起一些不安的涟漪来……

那就是当他们俩争论到宗教和穷人的时候,当把话题扯到了越发接近两人未来的生活:是留在英国,还是到台北,还是到中国大陆去的时候。

每当那种时候,伍芳就会感觉到在他们之间,好像是悄悄地竖起了一堵看不见的墙。而在墙的那一头,是一个她很有些陌生的人。那种时候,她会有些惊愕地,甚或是有些害怕地,看见在他的瞳仁的深处,有些一瞬即逝的,她完完全全无法捉摸的、闪烁在一片漫无边际的永恒的黑暗中的电光。那种电光在她的感觉上,是忧郁、寒冷和野性的……

然而,又正是秦田身上的伍芳不熟悉的东西把她强烈地吸引住了。因为,人的天性就是那样,相同的东西排斥,相异的东西吸引。

第十四章　黑袍神父的咒语(原著第157—158页)

教堂正门前面悬吊着黑衣神父的那根绳子,就是以前教堂门里正中间悬挂着的打钟绳。

有一次,梅姨领他进到教堂里去时,他趁梅姨不注意,就去拉了一下那根绳子。绳子长长的,从教堂的黑森森的天穹垂悬了下来。在他的眼里,绳子似乎是穿过了教堂黑森森的苍穹,一直连到了天上,连到梅姨那些故事里天使和圣母居住的地方。他记得他的两只手满满地攥住了那根亚麻色的有他平时啃嚼的甘蔗那么粗的绳子。他把绳子抱在了胸前,似乎是用肩膀扛住了它,又看着那根由数不清的细如头发丝似的亮晶晶的麻丝编织而成的绳子穿过他的两腿之间,在地上一条长蛇一样拖了老长老长的一大截。然后,他用了很大的力气,像刚上小学时第一次跳远一样,跑出了好长一段,双手使劲奋力一拉,黑洞洞的天穹之处就发出了洪亮的一声巨大而又悠长的铜钟的响声,他在一阵不知所措之中,耳边听着巨大的在教堂的四壁之间振荡着的共鸣声,看着梅姨和几个女人慌慌张张地跑来把他领到一边,一张张惊慌失措的脸盯着他,在那样的一个时候,有一只温暖的手,轻柔地在他的头皮上摩挲起来,他看见梅姨和那几个女人绷紧的脸,渐渐地松弛了下来,渐渐地一个个都露出了笑容,他却号啕大哭了起来……

后来,他看到,那个用手摩挲着他的头皮的人,就是那个在台子上穿黑袍的,在他还非常幼小的时候,就常常把他紧紧地搂抱在怀里亲吻逗弄的人。他记得,每次当梅姨悄悄地领着自己到了教堂里的时候,他们三人都是在教堂后面的一间平房里见面,那个时候,梅姨就显得非常地高兴和兴奋,而且,在那个时候,秦田就感觉到梅姨和那个金头发高鼻子蓝眼睛的男人看着自己的眼光里都充满了无限的欢欣和爱意……秦田还清楚地记得,在自己记事以来的很多次他们三人见面的场合里,梅姨都带去很多吃的穿的东西给那个教堂里穿黑袍的男人……

那时,他才知道,世界上还有比梅姨更强大的人。

第十四章　黑袍神父的咒语(原著第 159—160 页)

主日弥撒程式第二段圣道礼仪的第十二节是神父讲道,那时,本堂神父米约翰先生就在讲经台上张开双手示意大家坐下,于是,弥撒大堂里所有的信徒都坐了下来,安静地举目望着台子上的神父。于是,本堂神父米约翰先生的声音在台子上抑扬顿挫地朗朗地诵唱了起来。(略)

他干巴巴瘦削的高高的身躯顶了一件金色的巨大斗篷式的教袍,扁鼻子的上边架着一副摇摇欲坠、两尊迫击炮口对准着你似的重磅近视加散光眼镜,看着你,就像是他的脑袋瞄准着你,在阅读你、研判你,你就是那个中间隔着那架巨大的黄铜加玳瑁铆成了的玻璃仪器后面的、脸上戴着由两张不同血统的面孔揉成了一张脸皮的混合人在观察着的细菌!然而,你很快就会发现,那两尊迫击炮里打出的都是些糖弹,就像儿童的玩具枪一样,打出来了一粒粒花花绿绿的糖豆,都是些善意的让你开心的糖豆,从儿童的心里手里向着你射来,从那里面好像还随着砰的一声爆响,在一阵彩色的烟雾弥漫之中射出来了一个在空中鲤鱼打着挺儿似的小丑,掉落在地上滚了几个圈之后,又摸一摸摔痛了的屁股,趔趄着来不及从地上拾起来滚了老远的尖头帽,就老鼠般地蹿进了后台。

本堂神父米约翰先生就是那样的一个有着老人的身、儿童的心的让你总是快快乐乐的人。

他出生于一个清末民初时期,在中国福建传道的英国传教士的家庭,他的米姓的母亲是福建福州人。现在,他就在那台子上面,旁若无人般摇头晃脑地、双手像是被人反绑在身后似的倒背着双手,烈士就义一般仰头向天挺着胸襟摇晃着他那一身巨大的金色的斗篷。他左一便步、又右一鸭步地,一只踌躇满志斗胜了的大公鸡一般,在他的站在那里背诵经文已经犹如是在唱他小时候的童谣一般的舞台子上，他嘤嘤呜呜哼哼哈哈地一会儿英文、一会儿中文，又一忽儿冒几串古拉丁语，再咕噜咕噜地给你倒出一大箩筐他背诵给台下那一群台南来的人听的福建闽南话。

他把个讲经台简直变成了他个人的独家舞台。

川沙《阳光》第三章的相关注释（原著第48页）

[1]利玛窦(Matteo Ricci, 1552—1610)，明末天主教去中国传教之开拓者、东西方文化交流之先驱人物。一五五二年(明世宗嘉靖三十一年)十月六日出生于意大利的马切拉塔（Macerata），十六岁(一五六八)时其父送他到罗马学习法律，三年后(一五七一)入显修会神学校(Collegio Romano)就读，并在丁先生(Christophorus Clavius, 1537—1612)门下学习数学。一五七七年(明神宗万历五年)利玛窦请愿来华传教，于一五八二年(明神宗万历十年)抵广东香山澳，先学习中文。次年(一五八三)入广东肇庆，明神宗万历十七年由肇庆往韶州，建立首座教堂，二十二年(一五九四)由韶州而南雄而南京，明神宗万历二十八年(一六〇〇)再入北京，入贡方物，神宗钦赐官职，并赐第于顺承门(后改名宣武门)外居住。在北京与徐光启共译《几何原本》六卷，与李之藻共译《同文算指》等书。是为西洋历算输入中国之始。利玛窦于明神宗万历三十八年闰三月十八日(一六一〇年五月十一日)病逝。

[2]汤若望(Johann Adam Schall Von Bell, 1592—1666)原名约翰·亚当·沙尔·冯·贝尔，一五九二年生于德国莱茵河畔的科隆城，一六一八年从里斯本启程，于一六一九年到达澳门，一六二三年抵达北京，其时明神宗在位。经过几次皇位的更替和变迁，明思宗崇祯皇帝即位后，汤若望受委托从事撰写《崇祯历书》等工作。顺治元年(一六四四)，八旗兵入关之后，汤若望获新朝信任，掌钦天监信印；终顺治一世，当时的孝庄皇太后和年轻的顺治皇帝从他身上吸收了来自西方的自然科学知识和部分人文思想，并在医学上得到他的帮助。于一六六六年逝世并安葬于北京。

[3]南怀仁(Ferdinand Verbiest, 1623—1688)，字敦伯，天主教耶稣会传教士。一六二三年十月九日生于比利时，一六四一年九月二十九日入耶稣会，一六五七年随同卫匡国(M. Martini)神父去中国。抵达澳门不久，于一六五九年赴陕西传教，一六六〇

年奉召进京协助汤若望修历。在华期间,在天文、地理、兵器等诸多方面皆有贡献,是清初著名的传教士。康熙皇帝亲政后,令其撰修《永年历书》三十三卷;又主持西法铸炮,擢为工部侍郎,正二品,使之成为在华传教士中官品最高者。一六八八年一月二十八日卒于北京。

五、词语选注 / 詞語選註 cí yǔ xuǎn zhù

Words and Phrases with Translation and Annotations in English

biān hào 编号 編號	拼音 pīn yīn 简体 jiǎn tǐ 繁體 fán tǐ	yīng yì yǔ shì yì 英译与释义 英譯與釋義
#	Words and Phrases in *pīnyīn*, simple-form and complex-form characters	English translation and annotations
1	ā mén 阿门 阿門	Amen, a declaration of affirmation found in the Hebrew Bible and New Testament. It has been generally adopted in Christian worship as a concluding word for prayers and hymns. Common equivalents of the word *amen* include: "Verily", "Truly", "So say we all", "So be it", and "Let it be." It can also be used colloquially to express strong agreement, as in, for instance, *amen to that.*
2	bā qí bīng rù guān 八旗兵入关 八旗兵入關	The "Eight-Banner Troops" of the Manchu nationality "crossed the pass of the Great Wall": the troops were divided and represented by eight coloured banners and crossed the border into Han territory in 1644; they were accorded special privileges in recognition of their role in the founding of the Qing Dynasty (1644—1911).
3	bái xī 白皙	very fair colouring; (of skin) fair and clear
4	bēi huān lí hé 悲欢离合 悲歡離合	joys and sorrows, partings and reunions-vicissitudes of life

5	běi yáng zhèng fǔ shí qī 北洋政府时期 北洋政府時期	the period of the Beiyang Government or Warlord Government: a series of military regimes that ruled from Beijing from 1912 to 1928
6	bì guān suǒ guó 闭关锁国 閉關鎖國	cut off one's country from the outside world
7	bìn qì 摈弃 擯棄	abandon; discard
8	bù zhī suǒ cuò 不知所措	at a loss; at one's wits' end
9	chàn huǐ 忏悔 懺悔	repent; confess
10	chóu chú mǎn zhì 踌躇满志 躊躇滿志	puffed up with pride; enormously proud of one's success
11	chuán jiào 传教 傳教	preach; missionary work
12	chuán jiào shì 传教士 傳教士	preacher; missionary
13	chuàng shì jì 创世记 創世記	Genesis; The Book of Genesis: the first book of the Hebrew Bible, and the first of five books of the Torah, called the Pentateuch in the Christian Old Testament
14	chuí xuán 垂悬 垂懸	hang (down); dangle
15	chūn qiū wú yì zhàn 春秋无义战 春秋無義戰	there is no just war during the Spring and Autumn Period (770BC—476BC); unjust wars
16	cū bǐ 粗鄙	vulgar; coarse; lowness; vulgarism

17	cuān 蹿	leap up; jump up
18	dú cái 独裁 獨裁	dictatorship; despotism; a despot; dictator
19	dǔ xìn 笃信 篤信	sincerely believe in; be a devout believer in; piety
20	ē mí tuó fó 阿弥陀佛 阿彌陀佛	Amitābha: the principal Buddha in the Pure Land sect, a branch of Buddhism practiced mainly in East Asia; also called "The Buddha of Infinite Light"
21	ěr wén mù rǎn 耳闻目染 耳聞目染	unconsciously influenced by what one constantly hears or sees
22	èr yuán duì lì 二元对立 二元對立	antitheses of binary elements
23	fā fèn tú qiáng 发奋图强 發奮圖強	exert oneself; work hard and strive for progress; "work with a passion to make the nation strong"
24	fā rén shēn xǐng 发人深省 發人深省	provide food for thought; thought-provoking
25	fēng fù duō cǎi 丰富多彩 豐富多彩	rich and varied; rich and many-coloured
26	fū jūn 夫君	lord and master; husband
27	fú luò yī dé 弗洛伊德	Sigmund Freud (1856—1939), an Austrian neurologist who founded the psychoanalytic school of psychology

28	gān dì 甘地	Mohandas Karamchand Gandhi (1869—1948), the pre-eminent political and spiritual leader of India during the Indian independence movement (a mass-based movement that encompassed various sections of society with the aim of ending British colonial rule (1857—1947)
29	gàn bù 干部 幹部	cadre: a person who is a leader or manager in a government organization in modern China
30	gōng bù shì láng 工部侍郎	Vice Minister of the Ministry of Works from the Sui Dynasty (581—618) to the Qing Dynasty (1644—1911)
31	guài zuì 怪罪	blame
32	guǎng dōng xiāng shān ào 广东香山墺 廣東香山墺	Name of a place, present-day Macau; Before the Portuguese settlement in the early 16th century, Macau was known as Haojing Ao 濠(蚝)镜澳/濠(蚝)鏡澳(Oyster Mirror Cove) and came under the jurisdiction of a prefecture, present-day Guangdong. The Portuguese then named the peninsula "Macau". Because Macau was closely connected to Xiangshan county of Guangdong in history, people also used to call it Xiangshan Ao (the Cove of Xiangshan).
33	guǎng mào 广袤 廣袤	length and breadth of land
34	guó-gòng liǎng dǎng hé tán 国共两党和谈 國共兩黨和談	Peace talk between the Chinese Communist Party and the Nationalist Party (Kuomintang) (the Peace Talk after the Xi'an Incident (西安事变/西安事變) in 1937, the Peace Talk in Chongqing (重庆谈判/重慶談判) in 1945, the Peace Talk in Beiping (present Beijing) (北平谈判/北平談判) in 1949)
35	guó mín dǎng 国民党 國民黨	Kuomintang, the Chinese Nationalist Party, a political party of the Republic of China (ROC)

36	háo táo dà kū 号啕大哭 號啕大哭	howl
37	hè lóng 贺龙 賀龍	He Long (1896—1969), a Chinese communist military leader; he rose to the rank of Marshal and Vice Premier after the founding of the People's Republic of China.
38	jī dū jiào 基督教	christianity, a monotheistic religion based on the life and teachings of Jesus of Nazareth as presented in the New Testament
39	jiǎng jiè shí 蒋介石 蔣介石	Chiang Kai-shek (Jiang Jieshi) (1887—1975), an influential member of the Kuomintang and Sun Yat-sen's close ally; he took Sun's place in KMT when the latter died in 1925.
40	jiǎng sòng kǒng chén sì dà jiā zú 将宋孔陈四大家族 將宋孔陳四大家族	In the first half 20th century, the four big families Jiang Zhongzheng (蒋中正/蔣中正), Song Ziwen (宋子文), Kong Xiangxi (孔祥熙), and Chen Guofu and Chen Lifu (陈果夫/陳果夫、陈立夫/陳立夫) controlled the political and economic lifeline in China.
41	jīng'è 惊愕 驚愕	astound; stunned; stupefied
42	jīng huāng shī cuò 惊慌失措 驚慌失措	frightened out of one's wits
43	jīng suí 精髓	essence; pith; distillation
44	jūn fá 军阀 軍閥	warlord
45	kāi tuò zhě 开拓者 開拓者	pioneer; pathbreaker
46	kàng rì zhàn zhēng 抗日战争 抗日戰爭	China's War of Resistance against Japanese Aggression; the Second Sino-Japanese War (1937—1945)

47	kěn jiáo 啃嚼	nibble and chew
48	kǒng zǐ 孔子	Confucius (551 BC—479 BC), a Chinese thinker and social philosopher, whose teachings and philosophy have deeply influenced Chinese thought and life
49	lǎo zhuāng 老庄 老莊	Laozi (c. 600 BC—c. 470 BC): a philosopher of ancient China and a central figure in Daoism (Taoism); and Zhuangzi (c. 369 BC—286 BC): an influential thinker, philosopher, writer, and the Daoist (Taoist) school representative
50	lǐ xiǎng zhǔ yì zhě 理想主义者 理想主義者	idealist
51	lì tā zhǔ yì zhě 利他主义者 利他主義者	altruist
52	lì mǎ dòu 利玛窦 利瑪竇	Matteo Ricci, SJ (1552—1610), an Italian Jesuit priest, and one of the founding figures of the Jesuit China Mission; he arrived at Macao in August 1582 and died in Beijing in May 1610.
53	lián mǐn 怜悯 憐憫	pity; compassion
54	lián yī 涟漪 漣漪	ripple
55	liè qie 趔趄	stagger; reel
56	mǎ kè sī 马克思 馬克思	Karl Heinrich Marx (1818—1883), a German philosopher, political economist, historian, political theorist, sociologist, founder of the Communist movement
57	màn wú biān jì 漫无边际 漫無邊際	limitless; straying from the subject

58	mèng zǐ 孟子	Mencius (c.372 BC—c.289 BC): Chinese philosopher who was arguably the most famous Confucian after Confucius himself
59	mí sa 弥撒 彌撒	Mass: the Eucharistic celebration in the Latin liturgical rites of the Catholic Church; Most Western denominations not in full communion with the Catholic Church usually prefer terms other than *Mass*.
60	mín zhǔ 民主	democracy
61	mó suō 摩挲	caress; stroke
62	mó xī 摩西	Moses: according to the Hebrew Bible, a religious leader, lawgiver, and prophet, to whom the authorship of the Torah is traditionally attributed
63	nán huái rén 南怀仁 南懷仁	Ferdinand Verbiest (1623—1688), a Flemish Jesuit missionary in China during the Qing dynasty; he was an accomplished mathematician and astronomer and proved to the court of Kangxi Emperor (1662—1722) that European astronomy was more accurate than Chinese astronomy.
64	pái huái 徘徊	linger; hover
65	páng ruò wú rén 旁若无人 旁若無人	act as if there was no one else present-self-assured or supercilious
66	péi dū 陪都	auxiliary capital
67	pǐ qì 痞气 痞氣	behaviour of a ruffian, or a rascal
68	pú sà 菩萨 菩薩	Bodhisattva: the name given to anyone who, motivated by great compassion, has generated bodhicitta, which is a spontaneous wish to attain Buddhahood for the benefit of all living beings

69	qīn tiān jiàn 钦天监 欽天監	Directorate of Astronomy (from the Ming (1368—1644) to the Qing Dynasty (1644—1911), an autonomous agency in the capital responsible for conducting astronomical observations, forecasting weather, interpreting natural phenomena, and preparing the annual state calendar. Beginning in 1669, the Chinese Directorship was commonly occupied by a European Jesuit.
70	qīn tiān jiàn xìn yìn 钦天监信印 欽天監信印	entrusted with the seal of the Directorate of Astronomy; 信印: seal as proof
71	qū yuán wèn tiān 屈原问天 屈原問天	Qu Yuan asked for heaven; Qu Yuan(c. 340 BC—278 BC), a Chinese scholar and minister to the King from the southern Chu during the Warring States Period (475 BC—221 BC)
72	róng huá fù guì 荣华富贵 榮華富貴	wealth and rank; high position and great wealth
73	sà tè 萨特 薩特	Jean-Paul Charles Sartre (1905—1980), a French existentialist philosopher, playwright, novelist, screenwriter, political activist, biographer, and literary critic
74	sháo zhōu 韶州	Shaozhou, in northern Guangdong, China.
75	shè huì zhǔ yì 社会主义 社會主義	socialism; a theory of economic organization advocating public ownership and administration of the means of production and the welfare state
76	shén fù 神父	priest
77	shēng lí sǐ bié 生离死别 生離死別	part never to meet again; separation between loved ones in life or death
78	shèng dào lǐ yí 圣道礼仪 聖道禮儀	sacred religion and ceremony

79	shèng gē 圣歌 聖歌	hymn
80	shì wěi jī guān dà yuàn 市委机关大院 市委機關大院	compound of municipal party committee and government
81	sū lián 苏联 蘇聯	Soviet Union, the Union of Soviet Socialist Republics was a constitutionally socialist state that existed in Eurasia from 1922 to 1991
82	sūn yì xiān 孙逸仙 孫逸仙	Sun Yat-sen(1866—1925), a Chinese revolutionary and political leader, and the foremost pioneer of Republican China; Sun Wen 孙文/孫文 is his original name. Yat-sen is Sun's style name.
83	sūn zhōng shān 孙中山 孫中山	Sun Zhongshan, the name Sun Yat-sen received in Japan
84	suǒ jiàn suǒ wén 所见所闻 所見所聞	what is seen and heard
85	tāng ruò wàng 汤若望 湯若望	Johann Adam Schall von Bell(1591—1666), German Jesuit missionary to China
86	tiān qióng 天穹	the vault of heaven
87	tiān zhǔ jiào 天主教	Catholicism: the form of Christianity governed by the hierarchy headed by the Pope
88	tóng chuáng gòng zhěn 同床共枕	share the same bed and the same pillow; sometime it implies a very close relationship or sharing a same view
89	tóng rén 瞳仁	pupil
90	xiān qū 先驱 先驅	pioneer; vanguard

91	xiǎo shuō 小说 小說	fiction (could refer to novel, novella, or short story)
92	xīn yí 心仪 心儀	admire in the heart; respect
93	xǔ xǔ rú shēng 栩栩如生	lifelike; true to life
94	xuán niàn 悬念 懸念	suspense; suspended interest; suspense in a movie, play, etc.
95	yà má sè 亚麻色 亞麻色	linen coloured
96	yān wù mí màn 烟雾弥漫 煙霧彌漫	engulfed in smoke
97	yáo tóu huàng nǎo 摇头晃脑 搖頭晃腦	assume an air of self-approbation or self-satisfaction
98	yáo yáo yù zhuì 摇摇欲坠 搖搖欲墜	on the verge of collapse; crumbling; (of a regime authority etc.) very unstable
99	yē sū 耶稣 耶穌	Jesus; Jesus of Nazareth (c. 4 BC—c. 30 AD), also known as Jesus Christ: the central figure of Christianity, which views him as the Messiah foretold in the Old Testament; Most Christian denominations believe him to be the Son of God and God incarnate.
100	yé yú 揶揄	jeer; tease
101	yī shùn jí shì 一瞬即逝	written in water; last briefly; disappear in a twinkle
102	yǐ shǎo shèng duō 以少胜多 以少勝多	defeat with a force inferior in number; use the few to defeat the many

103	yì dà lì 意大利	Italy (translated into 意大利 in mainland China)
104	yì shí liú 意识流 意識流	stream of consciousness: in literary criticism, a narrative mode that seeks to portray a character's thought processes or interior monologue
105	yì yáng dùn cuò 抑扬顿挫 抑揚頓挫	melodious; cadence; modulation
106	yǐn rén rù shèng 引人入胜 引人入勝	delight very much; very absorbing; very stimulating
107	yǒng nián lì shu 永年历书 永年曆書	Calendar of the Year of Yong; a system of organizing days for social, religious, commercial, or administrative purposes
108	zhèng èr pǐn 正二品	principal official position of the second rank
109	zì rán ér rán 自然而然	of its own accord; naturally
110	zhōng guó gòng chǎn dǎng 中国共产党 中國共產黨	The Chinese Communist Party: founded in 1921, the ruling political party of the People's Republic of China since 1949
111	zhòu yǔ 咒语 咒語	incantation; curse
112	zhǔ 主	lord; master
113	zhǔ rì 主日	the Lord's day; Sunday
114	zhuó 擢	select; pull out; promote
115	zī běn zhǔ yì 资本主义 資本主義	capitalism
116	zhuó lín 卓琳	Zhuo Lin (1916—2009), wife of Deng Xiaoping

117	zì shǐ zhì zhōng 自始至终 自始至終	from start to finish
118	zú 卒	finish; end; die
119	zuǎn xiū 纂修	compile; edit
120	zuàn zhù 攥住	grip; grasp; hold

六、讨论题

1.你认为《阳光》中男主角秦田是一个怎样的人物?

2."文化大革命"的经历对秦田的信仰有什么影响?你认为秦田是一个需要拯救的人吗?

3.伍芳认为秦田的内心冷酷而顽固,这样两个文化背景不同的人,恋爱的结局会是怎样的?

4.第三章写道"意大利到中国去传教的利玛窦、德国的汤若望、比利时的南怀仁"。查一查他们在中国做了什么,对中国社会产生了什么影响。

5.第八章写道:"秦田身上的伍芳不熟悉的东西把她强烈地吸引住了。因为,人的天性就是那样,相同的东西排斥,相异的东西吸引。"这句话,用在热恋中的伍芳身上是否合适？是否预示了后面的结局？

6.第十四章里"黑袍""绳子长长的""教堂的黑森森的天穹"等意象，让你感到小说在场景描写方面暗示着什么？

7.第十四章有关神父米约翰先生和场景的描写，"健康""欢乐""诙谐"等字眼，是否反衬了"黑袍神父"？

8.在第十四章的两个片段里对两个神父的描写中，作者要表达什么？这两段反映了作者对宗教和传教士的什么看法？

9.你认为中西文化之间以及传统和现代观念之间有什么冲突？你对不同的宗教信仰有什么认识？

10.谈谈你对川沙的人物塑造和写作风格的看法。

七、扩展阅读

1.李咏吟：《黑暗的记忆与光明的期待——川沙长篇小说〈阳光〉中的自审式沉思及其意义》

原载美国《中外论坛》(*East West Forum*)双月刊

2005 年第 6 期页 36—41 与 2006 年第 1 期页 43—48。

2.金佛山人:《信仰,原罪,人性 ——评川沙的长篇小说〈阳光〉》
原载美国多维新闻网明镜出版社“明镜文化”专栏

3.陈晓明:《历史重压下的救赎希望——评川沙的〈阳光〉》
原载美国《中外论坛》2006 年第 4 期页 39—42。

第三章

川沙與長篇小説《陽光》

一、作者簡介

川沙本名尹向澤,1952 年生於中國重慶,祖籍山東。1980 年四川大學物理系激光專業畢業後,曾在中國任出版社的文學編輯,報紙的副刊主編和雜誌的總編輯。1999 年移居加拿大,現為加拿大中國筆會會員,加拿大華語詩人協會會長。

川沙的作品發表在美國《中外論壇》,中國的《創世紀》(臺灣)、《詩刊》《花城》《名作欣賞》《世界華文文學》等中西方報刊雜誌。除了我們將重點介紹的長達五百餘頁的小説《陽光》以外,其主要作品還有詩作選集《拖著影子的人群》(北京:作家出版社,2001),他與人合著的短篇小説集《西方月亮》(臺灣:水牛出版社,2004),中英文對照詩選《春夜集》(*Spring Night*),劉洪譯(桂林:廣西師範大學出版社,2004)等。與人合譯的新聞體長篇小説《掌權者》上下集(*The Powers That Be*, by David Halberstam;成都:四川文藝出版社,1988 首版)在中國多次再版,已成了新聞專業學生的必讀書。詩歌作品收入美國諾頓出版社的 *Language for a New Century: Contemporary*

Poetry from the Middle East, Asia, and Beyond(《新世紀的語言:來自中東、亞洲等地的當代詩歌》, New York and London: w. w. Norton & Company, 2008)。另外,川沙還創作了歌舞詩劇。他在詩歌、小説、戲劇、散文和文學理論領域都在積極地創作和探索。

二、創作歷程

1991 年川沙赴英國學術訪問期間,正值蘇聯解體。這次重大歷史事件引起整個世界的極度關注,有關民主與獨裁、社會主義與資本主義、勞工人眾與特權階層的議論在西方更是沸沸揚揚。作為經歷過"文化大革命"的中國學者,他在英國的所見所聞,使他感到既陌生又新鮮,既驚訝又自然。一次,一位英國歷史學教授對他説道:"我們英國人有三個精神支柱,那就是耶穌、女王和首相,而你們中國人呢?你們信菩薩,信孔子、孟子和老莊,還有就是信皇帝,可是,你們的孫逸仙先生卻把皇帝給搞垮了,搞出了那麼多的軍閥小皇帝,搞得老百姓又怕又恨又無可奈何。當然,你們中國人信家長,信父親,可是,我們不信父親,父親和兒女是平等的。我們信耶穌、女王和首相。"這一席話,引發了川沙內心深處的思考,觸動了他創作小説《陽光》來抒發感受。

《陽光》的故事和主題映射了川沙的經歷。他出身在一個共產黨幹部的家庭,從小生活在重慶上青寺曾家岩的市委機關大院內。那個地方,在北洋政府時期,中國抗日戰爭期間作為國民政府陪都時期,以及 1945—1949 年國共兩黨和談或內戰時期,都是國共兩黨高層人物工作和生活過的地方,例如國民黨的蔣宋孔陳四大家族,共產黨的毛澤東、周恩來、鄧小平、賀龍等都曾經在那裡居住过。耳濡目染,他從小就恍若置身在一些歷史事件中。鄧小平夫人卓琳曾是他所念小學的校長,他的同班同學中間,大都是共產黨高級將領的後代。

川沙的母親出身地主家庭,從市立女子中學畢業後成了一名共產黨的地下黨員。家庭不愁吃穿,她參加革命純粹是為了一種理想。在川沙的同班同學中間,這樣的家庭背景很多,就是說,中共早期的革命者,不乏這樣的利他主義者。顯然,這樣的人是應該受到尊重的。後來他了解到,在國民黨中間也不乏這樣胸懷天下的理想主義者。

對歷史和現實的深刻反思是川沙作品主題的根基。他認為在 1949 年以前的年代,中共因得民心,以少勝多,把確實腐敗的國民黨 800 萬軍隊擊敗。取得政權以後,新中國為什麼會發生"文化大革命"這樣的災難,蘇聯為什麼會解體?這兩件事情的發生,使中國人在信仰問題上產生了更大的失落和困惑。

三、作品評介

川沙的歐洲之行充實了他的創作題材。他踏上英國、法國的土地,親身體驗到一個如此廣闊的世界,在生活、思想、習慣、愛好、倫理、社交等方面,與他過去的認識大不相同。人的思想文化本來就應該豐富多彩,就像身體汲取的營養一樣,需要多種維生素。於是,川沙勇敢地從過去所接受的單一文化教育中跳出來,醞釀了小說《陽光》多元化的理論核心:如果說,一個偉大人物就是人類精神世界中太陽的一組光譜的話,那麼,在川沙的精神世界裡,就有許多組太陽光譜,每一組都放出獨特的光芒。例如:

摩西認為:一切源於頭腦。

耶穌認為:一切源於愛。

馬克思認為:一切源於饑餓。

弗洛伊德認為:一切源於性。

薩特認為:一切源於存在。

甘地認為:一切源於不抵抗。

川沙在小說《陽光》中塑造了男主人公秦田這個人物。在秦田看來,綜合各種光譜的太陽光才具有生命力,一切單色光線都不健康,用來長時間照射一種植物或動物,得到的是可怕的怪物。

《陽光》敘述了男主人公秦田在東方政治和西方宗教之間的迷茫,在國共兩黨後代的兩個女人之間的沉醉和徘徊,在榮華富貴和良心之間的痛苦抉擇。小說演繹著一段跨國的愛恨情仇故事,深刻地探索了中國人的信仰問題,描寫了當代中國人靈魂深處宗教觀念和家長制觀念之間的矛盾衝突。

小說情節的展開交織著秦田與他的臺灣女友、大陸女友、父母、奶母的遭遇,以及糾纏在英國和中國的兩個天主教神父之間的生離死別的命運。小說的主線是兩個博士生之間的愛情糾葛,他們是英國倫敦城市大學的中國大陸留學生秦田和中國臺灣留學生伍芬,矛盾和衝突交織在作為伏線的秦田的另一段生死之戀上,他的戀人是仍在中國大陸、只念過小學的無業青年鄒瑛子。秦田最終放棄了因深愛著他而在倫敦苦等的伍芬,選擇了鄒瑛子。是相貌英俊、品學兼優、出身高貴的秦田不愛擁有眾多追求者而又美麗善良的臺灣銀行家女兒伍芬嗎?是秦田在愛情上不專一嗎?由此,小說向讀者引出一段涉及兩代人的生死情緣。

從國共內戰時期的政治到中共執政以後的事件和人物,小說完全擯棄正反二元對立模式,著力描寫事件中人性的矛盾,向讀者呈現鮮明的人物愛憎,在東西方文化背景的反襯下挖掘事件和人物的典型表現。

小說穿插幾方面的情感糾葛和道德觀念,並通過人物命運的輪迴,上升到了關於信仰的人生哲學和宗教問題,從悲歡離合的愛情故事裡,從悲慘的人物命運中激起讀者屈原問天式的共鳴。正如作者在相關文章裡所說,這部小說就是要讓千百萬念著"阿彌陀佛"的中國人知道,世界上還有千百萬念著"阿門"的西方人,我們中國人除了祈求菩薩保佑外,也要有點西方人的懺悔意識。

在技巧方面,小說以意識流手法,用交叉對比的方式陳述時空遠隔的兩個天主教神父的命運:當前時空中是站在秦田面前的英國倫敦天主教堂裡的米約翰神父;幻想回憶的過去時空中是一个自殺於中國"文革"期間的黑袍老人,即一個繼承父業,在中國畢生傳教的美國天主教神父的兒子。全書由此將西方的宗教和東方的政治有機地融合,並貫通二十年的時間跨度,直至從英吉利海峽到臺灣海峽的地域跨度。開篇的一顆手榴彈所造成的懸念,自始至終引發讀者追根究底的興趣。

身處全球化程度日益高漲的社會,在傳統文化和西方文化及現代觀念的衝突中,這部小說是發人深省的。在享受作者細膩的筆觸和引人入勝的情節的同時,讓我們和作者一起思考吧。

四、片段欣賞

摘自川沙長篇小說《陽光》。臺北:臺灣商務印書館,2004。

第三章　無神論者(原著第43—45頁)

每次當伍芳唱 *Whiter Than Snow* 時,秦田就會帶著有些揶揄的味兒說:

"'白雪',您又開始'白超乎雪'啦!穿著衣服怎麼看得清楚呢?……"

其實,秦田也說那首歌好聽,以至於後來秦田就干脆叫起她"白雪"來了。當然,她知道,他的意思說的是她的白皙的皮膚。但是,她還是在愛他愛到了骨頭裡去了的感覺裡,感到他拿 *Whiter Than Snow* 的聖歌來形容自己的皮膚是有辱於耶穌有辱於主的。當然,她沒有絲毫地認為他在人品和品質上有什麼問題,但是,她卻是認為,他的環境,他的早期的教育,他的人生觀和信仰觀念裡,相對於自己篤信的基督信仰而言,是很粗鄙和原始的。

常常,她會在内心裡恨他的環境。

她認為,那樣的環境讓最優秀的人身上都會染上一些痞氣的、野蠻的,甚至是下流的東西。她知道,就是在自己最愛的人身上,也是明顯地存在著那樣的一些痕跡的。然而,她又清楚,哪能因爲那些東西去怪罪他和他的那個環境裡的人們呢?他們不過都是一些受環境所害的善良人罷了。

這樣去想的時候,加之她是一個虔誠的天主教徒,又是一個女性、一個善良的女性,更加之面前的是自己心儀的將來的夫君,她就把自己看見的他的身上相對於基督教文明自己認為明顯是粗鄙的、痞氣的、野蠻的,甚至是下流的東西變成了她更加有責任和義務要去愛他、改造他、憐憫他的東西,於是,她的内心裡立時就升起來一股強大的,甚至是偉大的、崇高的類似於傳教士的力量,那種力量裡面還有更多的對於男性來説是母性的温柔似春天的陽光的東西……

那時,她會想起書裡看過的意大利到中國去傳教的利瑪竇[1]、德國的湯若望[2]、比利時的南懷仁[3]那樣的一些人物……她想起那些人最後都葬身在了中國,葬身在了那片神秘而又富有吸引力的地方……

她想,眼前的他就是中國,就是那片神秘而又富有吸引力的地方……她知道,她現在才剛剛一腳踏上他的那片廣袤的土地的邊緣……

於是,她就會更加經常地當他的面去唱 *Whiter Than Snow*,它的歌詞其實是極其簡單的,就是那麼翻來覆去的兩句話:

Whiter than snow,比雪白
Yes,whiter than snow,比雪更潔白
Now wash me,主哦,洗乾淨我!
And I shall be whiter than snow.讓我比雪更潔白

伍芳總認為秦田內心是冷酷和頑固的。

她認為,他受的是中國傳統文化遭到了破壞的"文化大革命"式的教育……

第八章　一堵看不見的牆(原著第95頁)

對於秦田,從內到外,伍芳都是承認著白雁的那些讚美的話的。

兩人畢竟是同床共枕了,伍芳比白雁在有些問題上對秦田就很快看得更深了。自然而然,在文學藝術和通過文學藝術進入的精神領域,她就對他了解得更深更廣……然而,在對秦田的藝術和精神領域了解得越來越深又同時讓自己也愛得更深的同時,在她的內心最深處,卻時不時地漸漸顫動起一些不安的漣漪來……

那就是當他們倆爭論到宗教和窮人的時候,當把話題扯到了越發接近兩人未來的生活:是留在英國,還是到臺北,還是到中國大陸去的時候。

每當那種時候,伍芳就會感覺到在他們之間,好像是悄悄地豎起了一堵看不見的牆。而在牆的那一頭,是一個她很有些陌生的人。那種時候,她會有些驚愕地,甚或是有些害怕地,看見在他的瞳仁的深處,有些一瞬即逝的,她完完全全無法捉摸的、閃爍在一片漫無邊際的永恆的黑暗中的電光。那種電光在她的感覺上,是憂鬱、寒冷和野性的……

然而,又正是秦田身上的伍芳不熟悉的東西把她強烈地吸引住了。因為,人的天性就是那樣,相同的東西排斥,相異的東西吸引。

第十四章　黑袍神父的咒語(原著第157—158頁)

教堂正門前面懸吊著黑衣神父的那根繩子,就是以前教堂門裡正中間懸掛著的打鐘繩。

有一次,梅姨領他進到教堂裡去時,他趁梅姨不注意,就去拉了一下那根繩子。繩子長長的,從教堂的黑森森的天穹垂懸了下來。在他的眼裡,繩子似乎是穿過了教堂黑森森的蒼穹,一直連到了天上,連到梅姨那些故事裡天使和聖母居住的地方。他記得他的兩隻手滿滿地攥住了那根亞麻色的有他平時啃嚼的甘蔗那麼粗的繩子。他把繩子抱在了胸前,似乎是用肩膀扛住了它,又看著那根由數不清的細如頭髮絲似的亮晶晶的麻絲編織而成的繩子穿過他的兩腿之間,在地上一條長蛇一樣拖了老長老長的一大截。然後,他用了很大的力氣,像剛上小學時第一次跳遠一樣,跑出了好長一段,雙手使勁奮力一拉,黑洞洞的天穹之處就發出了洪亮的一聲巨大而又悠長的銅鐘的響聲,他在一陣不知所措之中,耳邊聽著巨大的在教堂的四壁之間振盪著的共鳴聲,看著梅姨和幾個女人慌慌張張地跑來把他領到一邊,一張張驚慌失措的臉盯著他,在那樣的一個時候,有一隻溫暖的手,輕柔地在他的頭皮上摩挲起來,他看見梅姨和那幾個女人繃緊的臉,漸漸地鬆弛了下來,漸漸地一個個都露出了笑容,他卻號啕大哭了起來……

後來,他看到,那個用手摩挲著他的頭皮的人,就是那個在台子上穿黑袍的,在他還非常幼小的時候,就常常把他緊緊地摟抱在懷裡親吻逗弄的人。他記得,每次當梅姨悄悄地領著自己到了教堂裡的時候,他們三人都是在教堂後面的一間平房裡見面,那個時候,梅姨就顯得非常地高興和興奮,而且,在那個時候,秦田就感覺到梅姨和那個金頭髮高鼻子藍眼睛的男人看著自己的眼光裡都充滿了無限的歡欣和愛意……秦田還清楚地記得,在自己記事以來的很多次他們三人見面的場合裡,梅姨都帶去很多吃的穿的東西給那個教堂裡穿黑袍的男人……

那時,他才知道,世界上還有比梅姨更強大的人。

第十四章　黑袍神父的咒語(原著第159—160頁)

主日彌撒程式第二段聖道禮儀的第十二節是神父講道,那時,本堂神父米約翰先生就在講經台上張開雙手示意大家坐下,於是,彌撒大堂裡所有的信徒都坐了下來,安靜地舉目望著台子上的神父。於是,本堂神父米約翰先生的聲音在台子上抑揚頓挫地朗朗地誦唱了起來。(略)

他乾巴巴瘦削的高高的身軀頂了一件金色的巨大斗篷式的教袍,扁鼻子的上邊架著一副搖搖欲墜、兩尊迫擊砲口對準著你似的重磅近視加散光眼鏡,看著你,就像是他的腦袋瞄準著你,在閱讀你、研判你,你就是那個中間隔著那架巨大的黃銅加玳瑁鉚成了的玻璃儀器後面的、臉上戴著由兩張不同血統的面孔揉成了一張臉皮的混合人在觀察著的細菌!然而,你很快就會發現,那兩尊迫擊砲裡打出的都是些糖彈,就像兒童的玩具槍一樣,打出來了一粒粒花花綠綠的糖豆,都是些善意的讓你開心的糖豆,從兒童的心裡手裡向著你射來,從那裡面好像還隨著砰的一聲爆響,在一陣彩色的煙霧彌漫之中射出來了一個在空中鯉魚打著挺兒似的小丑,掉落在地上滾了幾個圈之後,又摸一摸摔痛了的屁股,趔趄著來不及從地上拾起來滾了老遠的尖頭帽,就老鼠般地躥進了後臺。

本堂神父米約翰先生就是那樣的一個有著老人的身、兒童的心的讓你總是快快樂樂的人。

他出生於一個清末民初時期,在中國福建傳道的英國傳教士的家庭,他的米姓的母親是福建福州人。現在,他就在那台子上面,旁若無人般搖頭晃腦地、雙手像是被人反綁在身後似的倒背著雙手,烈士就義一般仰頭向天挺著胸襟搖晃著他那一身巨大的金色的斗篷。他左一便步、又右一鴨步地,一隻躊躇滿志鬥勝了的大公雞一般,在他的站在那裡背誦經文已經猶如是在唱他小時候的童謠一般的舞台子上,他嚶嚶嗚嗚哼哼哈哈地一會兒英文、一會兒中文,又一忽兒冒幾串古拉丁語,再咕嚕咕嚕地給你倒出一大籮筐他背誦給臺下那一群台南來的人聽的福建閩南話。

他把個講經臺簡直變成了他個人的獨家舞台。

川沙《陽光》第三章的相關注釋(原著第48頁)

[1]利瑪竇(Matteo Ricci, 1552—1610),明末天主教去中國傳教之開拓者、東西方文化交流之先驅人物。一五五二年(明世宗嘉靖三十一年)十月六日出生於意大利的馬切拉塔(Macerata),十六歲(一五六八)時其父送他到羅馬學習法律,三年後(一五七　)入顯修會神學校(Collegio Romano)就讀,並在丁先生(Christophorus Clavius, 1537—1612)門下學習數學。一五七七年(明神宗萬曆五年)利瑪竇請願來華傳教,於一五八二年(明神宗萬曆十年)抵廣東香山墺,先學習中文。次年(一五八三)入廣東肇慶,明神宗萬曆十七年由肇慶往韶州,建立首座教堂,二十二年(一五九四)由韶州而南雄而南京,明神宗萬曆二十八年(一六〇〇)再入北京,入貢方物,神宗欽賜官職,並賜第於順承門(後改名宣武門)外居住。在北京與徐光啟共譯《幾何原本》六卷,與李之藻共譯《同文算指》等書。是為西洋曆算輸入中國之始。利瑪竇於明神宗萬曆三十八年閏三月十八日(一六一〇年五月十一日)病逝。

[2]湯若望(Johann Adam Schall Von Bell, 1592—1666)原名約翰・亞當・沙爾・馮・貝爾,一五九二年生於德國萊茵河畔的科隆城,一六一八年從里斯本啟程,於一六一九年到達澳門,一六二三年抵達北京,其時明神宗在位。經過幾次皇位的更替和變遷,明思宗崇禎皇帝即位後,湯若望受委託從事撰寫《崇禎曆書》等工作。順治元年(一六四四),八旗兵入關之後,湯若望獲新朝信任,掌欽天監信印;終順治一世,當時的孝莊皇太后和年輕的順治皇帝從他身上吸收了來自西方的自然科學知識和部分人文思想,並在醫學上得到他的幫助。於一六六六年逝世並安葬於北京。

[3]南懷仁(Ferdinand Verbiest, 1623—1688),字敦伯,天主教耶穌會傳教士。一六二三年十月九日生於比利時,一六四一年九月二十九日入耶穌會,一六五七年隨同衛匡國(M. Martini)神父去中國。抵達澳門不久,於一六五九年赴陝西傳教,一六六〇年奉召進京協助湯若望修曆。在華期間,在天文、地理、兵器等諸多方面皆有貢獻,是

清初著名的傳教士。康熙皇帝親政後,令其撰修《永年曆書》三十三卷;又主持西法鑄砲,擢為工部侍郎,正二品,使之成為在華傳教士中官品最高者。一六八八年一月二十八日卒於北京。

五、討論題

1.你認為《陽光》中男主角秦田是一個怎樣的人物?

2.“文化大革命”的經歷對秦田的信仰有什麼影響?你認為秦田是一個需要拯救的人嗎?

3.伍芳認為秦田的內心冷酷而頑固,這樣兩個文化背景不同的人,戀愛的結局會是怎樣的?

4.第三章寫道“意大利到中國去傳教的利瑪竇、德國的湯若望、比利時的南懷仁”。查一查他們在中國做了什麼?對中國社會產生了什麼影響?

5.第八章寫道:“秦田身上的伍芳不熟悉的東西把她強烈地吸引住了。因為,人的天性就是那樣,相同的東西排斥,相異的東西吸引。”這句話,用在熱戀中的伍芳身上是否合適?是否預示了後面的結局?

6.第十四章裡“黑袍”“繩子長長的”“教堂的黑森森的天穹”等意象,讓你感到小說在場景描寫方面暗示著什麼?

7.第十四章有關神父米約翰先生和場景的描寫,“健康”“歡樂”“詼諧”

等字眼,是否反襯了“黑袍神父”?

8.在第十四章的兩個片段裡對兩個神父的描寫中,作者要表達什麼?這兩段反映了作者對宗教和傳教士的什麼看法?

9.你認為中西文化之間以及傳統和現代觀念之間有什麼衝突?你對不同的宗教信仰有什麼認識?

10.談談你對川沙的人物塑造和寫作風格的看法。

六、擴展閱讀

1.李詠吟:《黑暗的記憶與光明的期待——川沙長篇小説〈陽光〉中的自審式沉思及其意義》

原載美國《中外論壇》(*East West Forum*)雙月刊

2005 年第 6 期頁 36—41 與 2006 年第 1 期頁 43—48。

2.金佛山人:《信仰,原罪,人性 ——評川沙的長篇小説〈陽光〉》

原載美國多維新聞網明鏡出版社“明鏡文化”專欄

3.陳曉明:《歷史重壓下的救贖希望——評川沙的〈陽光〉》

原載美國《中外論壇》2006 年第 4 期頁 39—42。

第四章

孙博与长篇小说《茶花泪》

一、作者简介

孙博，旅加著名作家、编剧、导演。原名孙曰融，另有笔名南方。1962年生于上海，上海师范大学中文系毕业后留校任讲师。1990年移居加拿大，曾任滑铁卢大学心理学系访问学者、多伦多《世界日报》编辑主任、加东《星岛日报》资深编辑。现任加拿大网络电视(365netTV.com)总编辑、加拿大中国笔会会长、世界汉学学会加拿大学会副会长、多伦多华人作家协会会员。曾获新移民文学突出贡献奖。

孙博在海内外发表数百万字小说、剧本、散文、评论，作品被收入多种文集并翻译成其他语言，多部作品被改编为电视剧、广播剧。他的主要作品有长篇小说《回流》《小留学生泪洒异国》《茶花泪》和《男人三十》，纪实文学集《枫叶国里建家园》和《小留学生闯世界》，散文集《您好！多伦多》等十余部。

孙博还主编了《西方月亮——加华作家短篇小说精选集》《叛逆玫瑰——加华作家中篇小说精选集》《枫情万种——加华作家散文精选集》《旋

转的硬币——加中笔会作品集》以及《走遍天下——首届世界华人游记征文大赛精选集》等文集；担任电视系列纪录片《福建人在多伦多》《加拿大中国留学生纪实》《加拿大警察实录》导演。

他与曾晓文合作的20集电视文学剧本《中国创造》，后改编为30集电视剧《错放你的手》播出，荣获第四届中国作家鄂尔多斯文学奖、第二届中山杯华侨华人文学奖、北京市广电局2011年度优秀剧本奖。

二、创作历程

孙博以长篇处女作《男人三十》向文坛投石问路之后，没有沾沾自喜，裹足不前，而是思考着下一部作品怎样深刻挖掘人性，在文坛留下痕迹。恰在这时，移民悲剧不断上演，传闻纷纷扬扬。作为一个勇于面对现实、有着强烈责任感的作家，对新移民的痛苦他不能置若罔闻。经过长期思索，孙博决定把笔触伸向移民生活的黑暗面，并把重点从男性转向女性，从得意人生转向被推向社会边缘的人。他要探究另类女性走上不归路的生理、心理、文化、社会因素，从而吸引读者与作者一起探索人性，关怀妇女，反思移民潮。

孙博大胆地选择了妓女这个敏感话题。既如此，自然想起了法国小说家、戏剧家小仲马(1824—1895)的《茶花女》。他重温了这部经典名著，决定站在伟人的肩膀上，学着伟人的笔法，刻画以"茶花女"自喻的章媛媛从纯真少女沦为妓女的历程。他和伟人一样，对妓女同样寄予深切同情，同样深恶痛绝酿成这一畸形恶果的社会根源。

孙博长期担任中文日报的新闻编辑，间接得到了不少珍贵的资料。他也担任过大型周刊的特约记者，采访了无数三教九流，从而逐渐完成积累。为了使《茶花泪》的细节描写得真实，孙博曾付钱给街头女郎，深入按摩院，靠近脱衣舞娘，为的就是有机会近距离攀谈，挖掘她们的心理。可以说，女主人公章媛媛是五六个不幸少女的综合体，每一个阶段的章媛媛几乎都能找到原型,“章媛媛”其实是另类女性的代名词。

为了使《茶花泪》更加引人入胜,孙博不想以单纯的爱情小说模式来构思,而是运用侦探推理的手法,向读者展现女主人公坎坷不平、血泪交融的人生。这样,“新茶花女”身世的展露与案件侦破的过程,形成了交错穿插的双重情节结构,既不落侦探推理小说的俗套,又使妓女这一古老话题得到了新的诠释。自然,小说的主旨不在于悬念设置和案情推理,而在于对女主角逐渐走向毁灭的心灵历程和心理轨迹的跟踪和剖析。移民潮至今方兴未艾,但《茶花泪》却像一面时代的镜子,照出大浪下的泥沙,在移民的阳光下折射出最苦涩的斑斑血泪。

孙博的每部作品都铺排得各具特色,他力求使《茶花泪》的人物、主题与风格均独树一帜。《回流》笔法是东西方横空跳跃,三位高中好友在艰难困苦的创业中穿插友谊与爱情;《小留学生泪洒异国》描绘同居一楼但个性及背景完全不同的六位小留学生的遭遇;《男人三十》让内地、香港、台湾三位而立之年的男性聚集在一起,各自叙述为寻找社会地位而饱尝爱情、婚姻、事业变幻莫测的创痛;《茶花泪》则刻画风尘女子章媛媛三十年的人生经历,艺术结构多样化,显出孙博驾驭写作的能力。

三、作品评介

长篇小说《茶花泪:一个跨国风尘女的心灵跋涉》是孙博的代表作之一,2001 年由中国青年出版社出版简体字中文版;2002 年由台湾生智文化事业有限公司出版繁体字中文版;《广州日报》2001 年 8 至 9 月连载;加拿大《环球华报》2002 年上半年连载。作品深受好评,产生了巨大的社会影响。

《茶花泪》描写了上海丽人章媛媛在东京、多伦多不幸走上卖笑生涯,被迫充当脱衣舞娘,卷入黑社会卖淫、贩毒的旋涡,后来巧遇台湾留学生赖文雄脱离苦海,两人展开了一场动人心弦的爱情,但她最终未敌艾滋病折磨、黑帮残害，魂断尼亚加拉瀑布。

小说熔侦探推理、异国情爱于一炉，写作手法别出心裁，故事情节曲折离奇。故事以游客在尼亚加拉河上发现女尸为序幕，警方在谋财害命、杀人灭口、误杀情杀等多种可能下展开侦破，波谲云诡，扑朔迷离，直到全书结尾才完全揭开案件之谜。

小说表现的虽是一个中国姑娘流落风尘最后绝望的故事，实际上却掀开了移民潮中最沉重、最残暴的一幕，向读者展示了海外世界的狰狞险恶。作品尤以真实细腻的笔墨，剖析了女主人公三十年的心路历程，深入地探究了另类女性走上不归路的种种因素。其中蕴含的对趋之若鹜的移民潮进行诘问的情绪是不言而喻的。

在结构上，小说巧妙地利用时空的交替，将主人公章媛媛的生活分成了三段：一是在上海的少年明星梦、作家梦时期；二是在东京打工、被骗，继而被日本老板包养时期；三是通过假结婚到了加拿大，一心想做新移民的美梦无法实现而被迫卖笑的时期。与此同时，小说特意安排章媛媛和赖文雄各自的家庭背景，一个在大陆，一个在台湾，两个家庭的文化可谓源出一宗，都深受中华传统观念的影响，却不能消弭矛盾，反而加剧了女主人公的悲剧命运。

《茶花泪》首先描述移民潮本身。主人公章媛媛写给赖文雄的自述信中提到："值得深思的是国门打开以后，无知的少男少女随波追逐出国潮，认为海外遍地是黄金，但像我这类意志薄弱、语言不通、又没有专业技术的女人，很难适应新的环境。俗话说，移民是一次灵魂的脱胎换骨，绝不是每一个人都经得起翻天覆地的'再活一次'，不但有语言的障碍，还有文化的差异，最难的是心理上的调适。但愿渴望成才的父母，千万不要随意放孩子走出国门，切记三思而行。"

小说还通过章媛媛的自传体小说"新茶花女"表白："那时，稍微有点本事的上海人都纷纷出国了，第一流的去了美国，二流的跑到加拿大、澳大利亚,三流的去日本。为了显示自己也有本事,我雄心勃勃地汇入巨大的出国潮。上海人的眼光总是瞄准海外的,好像在海的那一边,总有黄金在等待上海儿女。在中国所有省市中,也许要算上海最崇洋媚外了。”

小说对移民潮的反思加入了民族心理的探照,揭示出20世纪末的中国,人们的价值观念已经发生了怎样巨大而彻底的变化,打开国门兴奋的同时也伴随着看世界的茫然和盲目,尤其是物质金钱的诱惑使得原本善良纯洁的人也变得自私和阴暗。章媛媛的父亲老章最后对章太太说:“都是你,出国出国,弄成这个样子。我看你,还要不要让儿子呜呜出国。”呜呜接着说:“或许不必走这条路,如今的上海不像以前,发展的机会很多,外国公司也不少,为什么非要出国不可呢?”《茶花泪》的意义正在于提醒所有的移民者,你面对的是一个先进但同时充满罪恶与欺骗的社会。有了这样的思想准备,才能在移民道路上寻觅自己生存的空间。

《茶花泪》接着进行文化反思。章媛媛在堕落前经过痛苦的挣扎,这种挣扎实际上是文化观念的搏斗。她知道,卖笑是道德观念所不容的,是对女性尊严的背叛,但她同时又抵挡不住环境的威逼与金钱的诱惑,最终屈服于“身体就是本钱,青春就是资本”的色财观念。在这两种截然不同的文化观念冲突中,《茶花泪》比较中肯地揭示出章媛媛在不同文化观念相搏中失败的根本原因:作为一个外貌艳丽的女子,章读书成绩平平,无一技之长,又羡慕浮华生活与虚荣,最终成为金钱的俘虏。至于卖笑女子可否从良,这种文化观念的冲突则集中地反映在台湾留学生赖文雄及其父母之间。赖与章之间所展现的一场可歌可泣的爱情,是《茶花泪》荒凉悲剧中的一缕阳光。但这缕阳光被“娼妓不可为妻”的传统文化观念所吞没了。

对社会和人性的反思是《茶花泪》所关注的另一个方面。主人公章媛媛之所以走上卖笑生涯,并非她的本性所愿,而是社会环境逼迫她一步一步地陷入的。她先被大学讲师陈智伟骗取初恋,继而被日本老板青川角荣强暴,被中学同窗黄虹骗色,被酒保艾伦逼娼,再被霹雳摩托车党、黑蝙蝠党逼诱。这就是发达繁荣的西方社会所隐藏的种种罪恶与欺诈,是千万弱势群体悲惨沦落的根本原因。而农民之子陈智伟对城市女性的报复心态,青川角荣利用金钱玩弄女性的无耻,黄虹受金钱诱惑而进行的一系列欺骗,酒保艾伦为钱为色的凶暴,均为人性中最为罪恶的一面。对于这些人性罪恶的揭露,《茶花泪》的主题爱憎分明,给予的是淋漓尽致、力透纸背的无情批判。无疑,小说具有相当的社会现实意义,通过心理、文化、社会、人性诸方面的探究,引出某种人不适于移民的教训,警示后人,这就是这部小说的宏旨所在。

小说的宏旨离不开作者善于多角度、全方位地塑造人物。作者深入挖掘女主人公的内心世界,作者让她奋笔疾书、让她尽情倾诉、让她悲痛欲绝、让她大声疾呼。主人公的真实感还在于作者细腻地展示她的家庭背景、社会环境以及成长的全部历程。尤其令人记忆深刻的是人物肖像的描绘,章媛媛最初给读者留下的印记是那令人毛骨悚然的尸体,那欲言又止、微张的双唇。这位上海丽人的悲剧,通过作者充满感染力的人物塑造,震撼着读者的心扉。

作者在小说中用多种角度来暗示小仲马的《茶花女》对《茶花泪》的影响及后者对前者的承传关系,表明作者对妓女一样深切同情,对酿成这一畸形恶果的社会根源一样深恶痛绝。1899 年,林纾的古文译本《巴黎茶花女遗事》在中国文坛上形成了一股强烈的冲击波,《茶花女》的艺术手法、叙述技巧对当时中国小说叙述模式的变革有着直接的影响。一个世纪之后,孙博则借鉴《茶花女》的母题,刻画出一个“新茶花女”的形象,也许能给文学留下一个前后衔接的故事。章媛媛是现代茶花女,赖文雄是 20 世纪末的阿尔芒,这样的故事将在不同的时代里永远上演。

四、片段欣赏

（页次根据中国青年出版社 2001 年简体字版）

人物描写（第 5 页）

女尸的脸色苍白浮肿，凹陷下去的双眼像两个黑窟窿，眼结膜下有多处出血点，两个黑漆漆的鼻孔如冰块雕琢而成。她的嘴唇微微张开，好像有话要说，嘴角有几丝血迹。长波浪头发像假发般散乱地披在头上，有几撮还结着冰，胖呼呼的耳际下露出一对闪亮的金耳环，整个面部像一个女鬼，令人毛骨悚然。她身穿血红色滑雪衫，黑色牛仔裤绷得紧紧的，黑皮靴好像硬套上去的，白白胖胖的左手中指戴着钻石戒指。

人物描写（第 54—55 页）

老章身材瘦削，一看就知是个老"烟枪"。他脸庞轮廓分明，坚挺的鼻梁上架着黑边眼镜，一副典型的中国知识分子派头。额头数不清的皱纹，刻下了岁月的沧桑，粗看外貌像六十多岁的老人，比五十开外的人显得更苍老，倒也更突出上海人的精明。他早年毕业于上海交大，现在是一家电力厂的高级工程师，在业内也是位小有名气的电气专家。

章太太皮肤白净，五官端庄，看不出已过 50，倒像 40 刚过的妇女，风韵犹存。但看她的打扮和举止，好像有洁癖，一问下来，果然是一名内科医生。章媛媛好像跟母亲一个模子里铸造出来的，仿如一对孪生姐妹，只不过比她年轻一点而已。更确切地说，她是妈妈的复制人，尤其是那双浓眉明眸、挺拔的鼻子，简直一模一样，分毫不差。

儿子章鸣鸣倒像爸爸，又高又瘦，皮肤也有点黑黑的，好像被烟熏过一样。这一点不像白面书生的上海男人,有点北方男人的粗犷,恐怕就凭这点,受到不少女孩子的青睐。他正就读于上海外国语大学,三年级,学的是国际金融专业。夫妻俩当初"造人"时,好像约法三章过一样:一个孩子像一个人,各有各的宠爱。最终确也如愿,男像父,女似母,男孩有款有型,女孩漂漂亮亮。

人物对话(第 139—140 页)

"扑通"一声,他跪在地板上,打断了她的话。

"媛媛,请接受我的爱!今天,我是特意来求爱的,真的。抛弃过去的一切,从头开始。让我来分担你的痛苦吧。"他像背台词一样,一字一句,铿锵有力。

"起来,快起来。别一时冲动。"她用力地拉他,但他稳如泰山。

"你不答应,我就永远不起来。"他的态度很坚硬,坚硬得像冰块。

"别傻了。非常感谢你对我的关心,但你别忘了,我是个妓女。跟我好,没有结果的。让我们保持现在的关系,不是蛮好吗?"她试图耐心地说服他。

"不!我真的爱你,一刻都不能离开。考虑再三,我是真心爱你的,并非一时冲动,而是我的肺腑之言。"他依然跪在地板上,一动都不动,像个木头人钉在地板上。

她又尝试拉他起身,但还是无济于事。她怎么会有这么大的力气呢?三个章媛媛加起来,也不一定能扶起他。何况这时,他是玩真的。

"你先起来,有话慢慢讲。"她抚摸着他的头,像哄三岁的小孩一样。

"你不答应,等到明天天亮,我都跪在这里。"他的态度非常坚决。

两人僵持了二十多分钟,气氛依然紧张,互不相让。看他动真格的神态,她的泪水终于抑制不住,滚滚直流,滴在他的头上、脸上、身上。

"我何尝不想爱情,但我是被几十个男人插过的香炉啊。让我告别过去,并非轻而易举……”她泣不成声。

“我考虑过,我挣扎过。我不在乎你的过去,而是关心你的未来。”他的泪花盈盈。

人物对话(第 275—276 页)

“黄虹,我们是少年时代的好朋友,你为什么要这样对我?不要再伪装了,自己心知肚明。”说罢,我从包里取出磁带,扔在茶几上。

“怎么,阿林爬到你床上,吃到甜头嘴软了。这小子,也不是好东西,每样好处都有他一份。”她突然改了另一副嘴脸,这是一副我从来没有见过的凶恶之脸。

“我们是好朋友,我把你看得比亲人还要亲。”

她低下头说:“人为财死,鸟为食亡。我没你长得漂亮,没本事赚钱。在深圳挣的那些血汗钱,早已用完了……”

我声嘶力竭地说:“你以前对我,不是这样的。”

“小姐,人会变的。你没听说过,人是环境的产物吗?亏你还读了那么多书。”她仍强词夺理。

“你要钱,可以和我开口,我一定会给你的,何必这样?你知道不知道,凭这盘磁带我就可以告你,这是加拿大,法制健全。”我怒气冲冲地说。

“我的小姐,可别忘了,你还没入籍,我随时可以告你假结婚!我都可以拿出证据,移民部马上递解你出境。”她跷起二郎腿,抖了抖,趾高气扬起来。

“你,你…… 我真是瞎了眼。看来你早有预谋,吃准了这一点。你知道,我在东京赚这点钱多么不容易?”我的肺都气炸了。

她幸灾乐祸地说:“有什么不容易?不就是脱裤子嘛。你以为我不知道?上海女人在东京能做什么?不是当舞女,就是做人家情妇,报上都这么说了。短短两年,你规规矩矩打工,能挣这么多钱吗?”

我的眼泪夺眶而出:“既然你知道,还这样陷害我?”

她再一次低下头说:“小姐,我的大小姐,我早已不是以前的黄虹了。”

“你这样,不是逼我死吗?”我自言自语。

“章媛媛,我跟你讲清楚,你可别拿死来吓我,我可见多了。你怕什么?你有的是本钱,身材性感、相貌出众,从上到下,从里到外,都是钱……”

“黄虹,变了,你真的变了。”

“套句流行语,不是我的错,是社会的错!”她依然理直气壮,好像手握真理。

心理描写(第 132 页)

两个男人“HI,HI”两声,算是打过招呼了。在这种充满脂粉味的场合,在一个穿睡袍的年轻美女面前,两个男人相逢难免尴尬,彼此还是心照不宣为好。这种尴尬,瞬间就上升为一种敌对的心理战。而两个男人之间的心理战争,往往是不露声色的,说来就来,说战就战,见大卫不屑一顾的神态,赖文雄也没必要站起来,还是自顾自地看报纸,当他是真空。

大卫取了活页夹立即就准备走。临出门前,应付了章媛媛几句,声称赶着去签合约,一副不悦的样子。赖文雄手上抓着报纸,双眼都在他们两人身上,把这些都收在心里,没有吭一声。他心里嘀嘀咕咕起来,大卫有她的钥匙,说明他俩的关系非同寻常,不是恋人,至少也是老相好,没准啊,还是长期“包”她的富翁,如同那些台商去上海“包二奶”。

心理描写(第 297 页)

入籍那天,唱着加拿大国歌,我真想放声大哭。美丽而富有诗意的枫叶旗下,有多少肮脏的黑手在跳动。但我不该责怪加拿大,艰辛的移民之路是我自己选择的,没有人用鞭子抽打我,更没有人逼迫我。只能怪自己愚蠢,只能怪自己无知。不怨天不怨地,只怨自己的命不好。

情景描写(第1页)

尼亚加拉瀑布宛若巨大宽阔的水晶帘,破空而泻,气势磅礴。飞流拍石击水,发出雷鸣般的巨响,数里之外就能听得清清楚楚。到处飞溅的水花弥漫在半空中,有如烟雨,也似淡露,夹杂着呼啸的北风,使天地显得格外寒冷、坚硬,平添几分苍凉、悲恸。

但这刺骨的寒风和冰冷的水花,阻挡不住慕名而来的世界各地游客。他们有备而来,早已全副武装,有的穿着长大衣、戴着皮帽子,静静伫立在瀑布前,面对壮观的奇景流连忘返;有的裹着厚厚的羽绒服,走在雪痕斑斑的人行道上,亦步亦趋地向瀑布挺进。更有不少人把自己包扎得严严实实,丝风不入,全身上下只露出两只眼睛,远远看上去,活像一个个笨重的机器人,匍匐在滑溜溜、湿漉漉的马路上。

情景描写(第133—134页)

夜色如同一个巨大的怪兽,慢慢地张开嘴唇,低头亲吻广阔的土地。万家灯火齐放,做出拒绝黑暗的架势,似乎要和黑夜做一场生死搏斗。窗外的尼亚加拉瀑布奔腾不息,依然发出震天的巨响,掩盖了所有的声音,包括路上飞驰的汽车声。不论黑夜和灯火怎样厮杀,瀑布自有独特的内在节奏,有她自己的调,也有她自己的谱。

赖文雄和章媛媛面对面坐在饭桌上,共进晚餐,仿佛新婚燕尔的小两口了。两大碗香喷喷的皮蛋瘦肉粥已放在桌上,正冒着热气,桌上还有面包、腐乳、榨菜等。在她眼里,这种温馨的家庭小酌,不知胜过富丽堂皇的餐馆多少倍，漂洋过海多年来，她缺少的就是这种家庭氛围，渴望的就是这种“家”的感觉。但细细想来，她这号人是不该有如此奢侈的想法，“家”对她来讲只是一个大问号，确切地说，是一个可望而不可即的梦。

五、词语选注 / 詞語選註 cí yǔ xuǎn zhù

Words and Phrases with Translation and Annotations in English

biān hào 编号 編號	拼音 pīn yīn 简体 jiǎn tǐ 繁體 fán tǐ	yīng yì yǔ shì yì 英译与释义 英譯與釋義
#	Words and Phrases in *pīnyīn*, simple-form and complex-form characters	English translation and annotations
1	àn qíng 案情	details of a case; facts of a case
2	bǎ 把 bǎ wán 把玩	hold; grasp amuse oneself; appreciate; enjoy
3	bái miàn shū shēng 白面书生 白面書生	a pasty-faced pedant; a scholar inexperienced in life
4	bān bān xuè lèi 斑斑血泪 斑斑血淚	full of blood and tears
5	bāo èr nǎi 包二奶	have a concubine; keep a mistress
6	bǎo cháng 饱尝 飽嘗	taste varieties of; suffer enough from
7	bēi gē 悲歌	sad melody; sing with solemn fervor

8	bēi tòng 悲恸 悲慟	weep loudly from sorrow
9	bèi pò mài xiào 被迫卖笑 被迫賣笑	be forced to earn a living by prostitution or singing
10	bēn téng bù xī 奔腾不息 奔騰不息	roll ahead incessantly; flow on; surge ahead
11	bī liáng wéi chāng 逼良为娼 逼良為娼	force young girls of good families to prostitute themselves; compel a female to engage in prostitution
12	biàn huàn mò cè 变幻莫测 變幻莫測	unpredictable, changeable
13	bié chū xīn cái 别出心裁	be-original; break new ground
14	bìng xíng jiāo cuò 并行交错 並行交错	parallel and crisscross
16	bù xiè yī gù 不屑一顾 不屑一顧	will not spare a glance for; not pleasing to look at; beneath one's notice
15	bù guī lù 不归路 不歸路	road of no-return
17	cāng liáng 苍凉 蒼涼	bleak; desolate
18	chá huā nǚ 茶花女	*The Lady of the Camellias* (*La Dame aux Camélias*), a novel by Alexandre Dumas fils Jr. (xiǎo zhòng mǎ 小仲马/小仲馬, 1824—1895), first published in 1848. Adapted into a play, it was titled *Camille* in English, especially in the US.
19	chāng jì bù kě wéi qī 娼妓不可为妻 娼妓不可為妻	a prostitute cannot make a wife

20	chóng yáng mèi wài 崇洋媚外	crazy about foreign things and obsequious to foreigners; worship things foreign and fawn on foreign countries
21	chuān chā 穿插	interlude; subplot
22	chuāng tòng 创痛 創痛	agony
23	cóng liáng 从良 從良	(of prostitutes) get married and start a new life
24	cū guǎng 粗犷 粗獷	straightforward and uninhibited; bold and unconstrained; rugged
25	dào tīng tú shuō 道听途说 道聽途説	hearsay; rumour; gossip
26	dé xīn yìng shǒu 得心应手 得心應手	what the heart wishes one's hands accomplish; with high proficiency
27	dòng rén xīn xián 动人心弦 動人心弦	be deeply moving
28	duó kuàng ér chū 夺眶而出 奪眶而出	brim over with tears; burst into tears; tears gush out from one's eyes
29	ér lì zhī nián 而立之年	thirty years of age; the year in life at which a person should be independent
30	fān tiān fù dì 翻天覆地	turn the world upside down; a tremendous change
31	fǎn sī 反思	self-examination; introspection; rethink profoundly
32	fāng xīng wèi'ài 方兴未艾 方興未艾	just unfolding; something is about in full swing with no signs of slowing down

33	fèi fǔ zhī yán 肺腑之言	words from the bottom of one's heart
34	fēng chén nǚ zǐ 风尘女子 風塵女子	a woman amidst winds and dust-prostitute
35	fēng fēng yǔ yǔ 风风雨雨 風風雨雨	wind and rain; disturbances
36	fēng yùn yóu cún 风韵犹存 風韻猶存	keep one's charm; still retain one's graceful bearing
37	fù lì táng huáng 富丽堂皇 富麗堂皇	beautiful and imposing; magnificent in majestic splendor
38	gān gà 尴尬 尷尬	awkward; embarrassed
39	gēn zōng 跟踪 跟蹤	follow the tracks of; tail after
40	gòu sī 构思 構思	(of writers and artists) work out the plot of a literary work or the composition of a painting; make a preliminary sketch; conception
41	guì 跪	kneel
42	hàn rén xīn pò 撼人心魄	strikea deep chord [in the heart of someone]; move one's soul
43	hēi biān fú dǎng 黑蝙蝠党 黑蝙蝠黨	the Black Bat Party
44	hēi qī qī 黑漆漆	pitch-dark
45	héng kōng tiào yuè 横空跳跃 橫空跳躍	jump across

46	hóng zhǐ 宏旨	main point; main theme
47	huá liū liū 滑溜溜	slippery
48	hún duàn ní yà jiā lā pù bù 魂断尼亚加拉瀑布 魂斷尼亞加拉瀑布	die in Niagara Falls
49	jī 畸 jī xíng 畸形	lopsided; irregular; abnormal malformation; abnormal
50	jǐ sī xuè jì 几丝血迹 幾絲血跡	a few threads of bloodstain; traces of bloodstain
51	jiǎ jié hūn 假结婚 假結婚	sham marriage; marriage of convenience
52	jià yù 驾驭 駕馭	drive; control; master
53	jià zhí guān niàn 价值观念 價值觀念	values
54	jiān nán kùn kǔ 艰难困苦 艱難困苦	difficulties and hardships
55	jiàn zhū bào duān 见诸报端 見諸報端	reported in newspapers
56	jié rán bù tóng 截然不同	entirely different
57	jiè jiàn 借鉴 借鑒	draw lessons from; draw on the experience of

58	kǎn kě bù píng 坎坷不平	full of frustrations and difficulties
59	kǎn kě duō jiān 坎坷多艰 坎坷多艱	full of frustrations and hardships
60	kě gē kě qì 可歌可泣	heroic and moving
61	kè huà 刻画 刻畫	depict; portray
62	kě wàng ér bù kě jí 可望而不可即	within sight but beyond reach; unable to reach; unattainable; inaccessible
63	kēng qiāng yǒu lì 铿锵有力 鏗鏘有力	sonorous and forceful
64	kū long 窟窿	hole; pocket; cavity; debt
65	kǔ sè 苦涩 苦澀	pained; anguished; agonized; bitterness
66	lǎo yān qiāng 老"烟枪" 老"煙槍"	heavy smoker
67	lǐ zhí qì zhuàng 理直气壮 理直氣壯	in the right and self-confident; bold and straight; justified
68	lì chéng 历程 歷程	course; progress; experience
69	lì rén 丽人 麗人	beauty
70	lín lí jìn zhì 淋漓尽致 淋漓盡致	(of speaking, writing etc.) vividly and incisively

71	lín shū 林纾 林紓	Lin Shu (also Lin Qinnan 林琴南, 1852—1924), an influential figure in the dynamic interactions between translation, literary writing, and print culture in late nineteenth-and early twentieth-century China.
72	líng yǔ ròu 灵与肉 靈與肉	spirit and flesh
73	lìng lèi nǚ xìng 另类女性 另類女性	alternative females; women work in unconventional professions, such as sex industry
74	liú lián wàng fǎn 流连忘返 流連忘返	enjoy oneself so much as to forget to go home
75	liú luò fēng chén 流落风尘 流落風塵	sink into professions not socially respectable; become a courtesan; be driven to prostitution
76	luán shēng 孪生 孿生	twinborn
77	lún kuò 轮廓 輪廓	contour; outline
78	lún wéi 沦为 淪為	become; driven to
79	mài xiào nǚ zǐ 卖笑女子 賣笑女子	female prostitute
80	mài xiào shēng yá 卖笑生涯 賣笑生涯	make a living by prostitution
81	mài yín 卖淫 賣淫	prostitution
82	máo gǔ sǒng rán 毛骨悚然	terrifying; hair-raising

83	mí zú zhēn guì 弥足珍贵 彌足珍貴	precious
84	móu cái hài mìng 谋财害命 謀財害命	murder someone for his money; kill for money
85	mú zi 模子	matrix; pattern; mould
86	mǔ tí 母题 母題	motif (in an artistic or literary composition); theme
87	nóng méi míng móu 浓眉明眸 濃眉明眸	heavy eyebrows and bright eyes
88	nù qì chōng chōng 怒气冲冲 怒氣沖沖	boil with rage;in a towering rage
89	pān tán 攀谈 攀談	chitchat
90	pī lì mó tuō chē dǎng 霹雳摩托车党 霹靂摩托車黨	thunderbolt motorcycle club
91	piāo yáng guò hǎi 漂洋过海 漂洋過海	travel far away across the sea; go abroad
92	píng zhàng 屏障	protective screen
93	pò kōng ér xiè 破空而泻 破空而瀉	break the sky and flow (out) swiftly
94	pōu xī 剖析	analyze; dissect
95	pú fú 匍匐	grovel; lie prostrate

96	qī liáng 凄凉 淒涼	desolate
97	qì bù chéng shēng 泣不成声 泣不成聲	choke with sobs
98	qì shì páng bó 气势磅礴 氣勢磅礴	full of power and grandeur
99	qiǎng cí duó lǐ 强词夺理 強詞奪理	argue irrationally
100	qīng ér yì jǔ 轻而易举 輕而易舉	an easy job to do; can be easily done; no sweat
101	qīng lài 青睐 青睞	favour; good graces
102	qíng jié jié gòu 情节结构 情節結構	plot and structure in a literary work
103	qū zhé lí qí 曲折离奇 曲折離奇	complicate and eccentric
104	quán fù wǔ zhuāng 全副武装 全副武裝	armed to the teeth
105	rén shì jiān 人世间 人世間	the world
106	rén wèi cái sǐ, niǎo wèi shí wáng 人为财死,鸟为食亡 人為財死,鳥為食亡	human beings die in pursuit of wealth, and birds die in pursuit of food; the wages of avarice is death
107	róng yú yī lú 熔于一炉 熔於一爐	melt ina furnace; dissolve into a furnace; combine things in one

108	sān jiào jiǔ liú 三教九流	people of all walks of life
109	sān sī ér xíng 三思而行	think before you act; look before you leap
110	shā rén miè kǒu 杀人灭口 殺人滅口	silence a witness of crime by killing him off
111	shàng hǎi jiāo dà 上海交大	Shanghai JiaoTong University, known as one of the oldest and most prestigious universities in China
112	shē chǐ 奢侈	luxury; sumptuous
113	shè zhì 设置 設置	set up
114	shēn wù tòng jué 深恶痛绝 深惡痛絕	hate bitterly
115	shēng sī lì jié 声嘶力竭 聲嘶力竭	shout oneself hoarse; shout oneself blue in the face
116	shí kōng jiāo tì 时空交替 時空交替	replacement of space-time; alternation of space-time; interchange of space-time
117	shī lù lù 湿漉漉 濕漉漉	wet; damp
118	sī shā 厮杀 廝殺	fight closely
119	suí bō zhuī zhú 随波追逐 隨波追逐	drift with the tide
120	suì yuè cāng sāng 岁月沧桑 歲月滄桑	vicissitudes of the years of a person's life; have experienced many vicissitudes of life

121	tóu shí wèn lù 投石问路 投石問路	throw a stone to find out the way; try to find out if something is right for someone
122	tuō lí kǔ hǎi 脱离苦海 脫離苦海	shuffle off this mortal coil; escape from the human world of woes; get rid of this troublesome life
123	tuō tāi huàn gǔ 脱胎换骨 脫胎換骨	reborn; thoroughly remold; undergo a complete change
124	tuō yī wǔ niáng 脱衣舞娘 脫衣舞娘	stripper
125	wā jué 挖掘	excavate
126	wài mào yàn lì 外貌艳丽 外貌艷麗	flamboyant appearance
127	wǎn ruò 宛若	as if; just like
128	wàn jiā dēng huǒ 万家灯火 萬家燈火	(a light scene of a city or town) a myriad of twinkling lights
129	wēi bī yǐn yòu 威逼引诱 威逼引誘	bully and lure; coerce somebody into doing something
130	wěn rú tài shān 稳如泰山 穩如泰山	as stable as Mount Tai-standing firmly in place; as firm as a rock; like a rock
131	wú jì yú shì 无济于事 無濟於事	of no avail; of no effect
132	xì nì 细腻 細膩	subtle, refined

133	xiàn mù 羡慕 羨慕	admire; envy; envious
134	xiǎo shuō zhǔ tí 小说主题 小說主題	the theme of a novel
135	xiǎo zhòng mǎ 小仲马 小仲馬	Alexandre Dumas Jr. (1824—1895), a French playwright and novelist, known as Dumas fils. He gained fame with his novel *La Dame aux Camélias* (茶花女), in which a fallen girl, the heroine, gives up her lover rather than sees him become a social outcast. The story, translated into Chinese by Lin Shu has been filmed several times.
136	xīn hūn yàn' ěr 新婚燕尔 新婚燕爾	the couple joy in their marriage; happy wedding; newly married
137	xīn lǐ guǐ jì 心理轨迹 心理軌跡	psychological orbit
138	xīn lù lì chéng 心路历程 心路歷程	experience; journey of mental activities
139	xīn zhào bù xuān 心照不宣	both understand from their hearts what the matter is but choose not to say so openly; have a tacit (mutual) understanding
140	xīn zhī dù míng 心知肚明	know clearly
141	xìng zāi lè huò 幸灾乐祸 幸災樂禍	rejoice in the calamity of others
142	xióng xīn bó bó 雄心勃勃	ambitious
143	xuán niàn 悬念 懸念	suspense in a movie, play, etc.
144	xuě hén bān bān 雪痕斑斑	full of stains or spots of snow

145	xuè lèi jiāo róng 血泪交融 血淚交融	blood and tears blend together; blood mingles with tears
146	xuè yǔ lèi 血与泪 血與淚	blood and tears (bitter and sad)
147	yán shēn 延伸	extend; spread
148	yǎn jié mó 眼结膜 眼結膜	conjunctiva
149	yào zhǐ 要旨	main idea; purport; gist
150	yī jì zhī cháng 一技之长 一技之長	skill or proficiency in a particular line
151	yí mín cháo 移民潮	wave of immigration
152	yì bù yì qū 亦步亦趋 亦步亦趨	imitate sb. at every footsteps; follow suit blindly; follow slavishly
153	yī lǚ yáng guāng 一缕阳光 一縷陽光	a ray of sunshine
154	yī mú yī yàng 一模一样 一模一樣	exactly alike
155	yì shù chuàng zào 艺术创造 藝術創造	artistic creation
156	yīn jiàn 殷鉴 殷鑒	setback which serves as a warning to others
157	yǒu bèi ér lái 有备而来 有備而來	come with preparation

158	yǒu kuǎn yǒu xíng 有款有型	with style and taste
159	yòu huò 诱惑 誘惑	temptation; enticement
160	yuán chū yī zōng 源出一宗	come from the same family or model
161	yuē fǎ sān zhāng 约法三章 約法三章	agree on a three-point law-make a few simple rules to be observed by all concerned
162	yùn hán 蕴含 蘊含	inclusion; implication
163	zhé shè 折射	refract; reflect
164	zhēn tàn tuī lǐ 侦探推理 偵探推理	detective and speculative
165	zhēng níng xiǎn'è 狰狞险恶 猙獰險惡	ferocious and inclement; evil
166	zhǐ gāo qì yáng 趾高气扬 趾高氣揚	swagger about and give oneself airs
167	zhù lì 伫立 佇立	stand for a long while
168	zhù zào 铸造 鑄造	cast (pour metal into a mould); make
169	zhǔ zhǐ 主旨	purport; substance; gist
170	zì rán ér rán 自然而然	naturally; automatically; spontaneously

171	zì yán zì yǔ 自言自语 自言自語	talk to oneself; think aloud

六、讨论题

1.《茶花泪》的主题思想是什么？向读者传递怎样的信息？

2.《茶花泪》从哪几方面进行了反思？最主要的反思是什么？

3.《茶花泪》采取了什么创作手法？

4.在时空的交替上，小说将主人公章嫒嫒的生活分成几大块？请详细说明。

5.《茶花泪》在人物塑造上有什么特色？怎样剖析女主人公三十年的人生经历？

6.你怎样看待赖文雄和章嫒嫒之间的爱情？

7.孙博以同情为主线追述了章嫒嫒在复杂和充满罪恶的社会中的挣扎和无奈，你从中对人性和人生有什么体会？

8.《茶花泪》的现实教育意义是什么？你对移民潮中的沉重、残暴的一面有什么看法？

9.孙博的《茶花泪》和小仲马的《茶花女》有怎样的关系?

10.孙博作为新闻工作者型的作家,他的移民文学创作有什么特色?

七、扩展阅读

1.孙博的博客:http://blog.sina.com.cn/bobsun

2.维基百科孙博条目:http://en.wikipedia.org/wiki/Sun_Bo

3.吴小燕,《移民是要付出代价的:谈新移民文学与旅加作家孙博的〈茶花泪〉》,《环球华报》2002 年 5 月 17 日第 5 版。

4.徐学清,《孙博小说论》,《文学界》2009 年 6 月号第 17—28 页。

第四章

孫博與長篇小説《茶花淚》

一、作者簡介

孫博,旅加著名作家、編劇、導演。原名孫曰融,另有筆名南方。1962年生於上海,上海師範大學中文系畢業後留校任講師。1990年移居加拿大,曾任滑鐵盧大學心理學系訪問學者、多倫多《世界日報》編輯主任、加東《星島日報》資深編輯。現任加拿大網路電視(365netTV.com)總編輯、加拿大中國筆會會長、世界漢學學會加拿大學會副會長、多倫多華人作家協會會員。曾獲新移民文學突出貢獻獎。

孫博在海内外發表數百萬字小説、劇本、散文、評論,作品被收入多種文集並翻譯成其他語言,多部作品被改編爲電視劇、廣播劇。他的主要作品有長篇小説《回流》《小留學生淚灑异國》《茶花淚》和《男人三十》,紀實文學集《楓葉國裏建家園》和《小留學生闖世界》,散文集《您好！多倫多》等十餘部。

孫博還主編了《西方月亮——加華作家短篇小説精選集》《叛逆玫瑰——加華作家中篇小説精選集》《楓情萬種——加華作家散文精選集》《旋

轉的硬幣——加中筆會作品集》以及《走遍天下——首届世界華人遊記徵文大賽精選集》等文集；擔任電視系列紀録片《福建人在多倫多》《加拿大中國留學生紀實》《加拿大警察實録》導演。

他與曾曉文合作的20集電視文學劇本《中國創造》，後改編爲30集電視劇《錯放你的手》播出，榮獲第四届中國作家鄂爾多斯文學獎、第二届中山杯華僑華人文學獎、北京市廣電局2011年度優秀劇本獎。

二、創作歷程

孫博以長篇處女作《男人三十》向文壇投石問路之後，沒有沾沾自喜，裹足不前，而是思考著下一部作品怎樣深刻挖掘人性，在文壇留下痕跡。恰在這時，移民悲劇不斷上演，傳聞紛紛揚揚。作為一個勇於面對現實、有著強烈責任感的作家，對新移民的痛苦他不能置若罔聞。經過長期思索，孫博決定把筆觸伸向移民生活的黑暗面，並把重點從男性轉向女性，從得意人生轉向被推向社會邊緣的人。他要探究另類女性走上不歸路的生理、心理、文化、社會因素，從而吸引讀者與作者一起探索人性，關懷婦女，反思移民潮。

孫博大膽地選擇了妓女這個敏感話題。既如此，自然想起了法國小説家、戲劇家小仲馬(1824-1895)的《茶花女》。他重温了這部經典名著，決定站在偉人的肩膀上，學著偉人的筆法，刻畫以"茶花女"自喻的章媛媛從純真少女淪為妓女的歷程。他和偉人一樣，對妓女同樣寄予深切同情，同樣深惡痛絕釀成這一畸形惡果的社會根源。

孫博長期擔任中文日報的新聞編輯，間接得到了不少珍貴的資料。他也擔任過大型週刊的特約記者，採訪了無數三教九流，從而逐漸完成積累。為了使《茶花淚》的細節描寫得真實，孫博曾付錢給街頭女郎，深入按摩院，靠近脱衣舞娘，為的就是有機會近距離攀談，挖掘她們的心理。可以説，女主人公章媛媛是五六個不幸少女的綜合體，每一個階段的章媛媛幾乎都能找到原型,"章媛媛"其實是另類女性的代名詞。

為了使《茶花淚》更加引人入勝,孫博不想以單純的愛情小說模式來構思,而是運用偵探推理的手法,向讀者展現女主人公坎坷不平、血淚交融的人生。這樣,"新茶花女"身世的展露與案件偵破的過程,形成了交錯穿插的雙重情節結構,既不落偵探推理小說的俗套,又使妓女這一古老話題得到了新的詮釋。自然,小說的主旨不在於懸念設置和案情推理,而在於對女主角逐漸走向毀滅的心靈歷程和心理軌跡的跟蹤和剖析。移民潮至今方興未艾,但《茶花淚》卻像一面時代的鏡子,照出大浪下的泥沙,在移民的陽光下折射出最苦澀的斑斑血淚。

孫博的每部作品都鋪排得各具特色,他力求使《茶花淚》的人物、主題與風格均獨樹一幟。《回流》筆法是東西方橫空跳躍,三位高中好友在艱難困苦的創業中穿插友誼與愛情;《小留學生淚灑異國》描繪同居一樓但個性及背景完全不同的六位小留學生的遭遇;《男人三十》讓內地、香港、臺灣三位而立之年的男性聚集在一起,各自敘述為尋找社會地位而飽嘗愛情、婚姻、事業變幻莫測的創痛;《茶花淚》則刻畫風塵女子章媛媛三十年的人生經歷,藝術結構多樣化,顯出孫博駕馭寫作的能力。

三、作品評介

長篇小說《茶花淚:一個跨國風塵女的心靈跋涉》是孫博的代表作之一,2001 年由中國青年出版社出版簡體字中文版;2002 年由臺灣生智文化事業有限公司出版繁體字中文版;《廣州日報》2001 年 8 至 9 月連載;加拿大《環球華報》2002 年上半年連載。作品深受好評,產生了巨大的社會影響。

《茶花淚》描寫了上海麗人章媛媛在東京、多倫多不幸走上賣笑生涯,被迫充當脫衣舞娘,捲入黑社會賣淫、販毒的旋渦,後來巧遇臺灣留學生賴文雄脫離苦海,兩人展開了一場動人心弦的愛情,但她最終未敵愛滋病折磨、黑幫殘害,魂斷尼亞加拉瀑布。

小說熔偵探推理、異國情愛於一爐,寫作手法別出心裁,故事情節曲折離奇。故事以遊客在尼亞加拉河上發現女屍為序幕,警方在謀財害命、殺人滅口、誤殺情殺等多種可能下展開偵破,波譎雲詭,撲朔迷離,直到全書結尾才完全揭開案件之謎。

小說表現的雖是一個中國姑娘流落風塵最後絕望的故事,實際上卻掀開了移民潮中最沉重、最殘暴的一幕,向讀者展示了海外世界的猙獰險惡。作品尤以真實細膩的筆墨,剖析了女主人公三十年的心路歷程,深入地探究了另類女性走上不歸路的種種因素。其中蘊含的對趨之若鶩的移民潮進行詰問的情緒是不言而喻的。

在結構上,小說巧妙地利用時空的交替,將主人公章媛媛的生活分成了三段:一是在上海的少年明星夢、作家夢時期;二是在東京打工、被騙,繼而被日本老闆包養時期;三是通過假結婚到了加拿大,一心想做新移民的美夢無法實現而被迫賣笑的時期。與此同時,小說特意安排章媛媛和賴文雄各自的家庭背景,一個在大陸,一個在臺灣,兩個家庭的文化可謂源出一宗,都深受中華傳統觀念的影響,卻不能消弭矛盾,反而加劇了女主人公的悲劇命運。

《茶花淚》首先描述移民潮本身。主人公章媛媛寫給賴文雄的自述信中提到:"值得深思的是國門打開以後,無知的少男少女隨波追逐出國潮,認為海外遍地是黃金,但像我這類意志薄弱、語言不通、又沒有專業技術的女人,很難適應新的環境。俗話說,移民是一次靈魂的脫胎換骨,絕不是每一個人都經得起翻天覆地的'再活一次',不但有語言的障礙,還有文化的差異,最難的是心理上的調適。但願渴望成才的父母,千萬不要隨意放孩子走出國門,切記三思而行。"

小說還通過章媛媛的自傳體小說"新茶花女"表白:"那時,稍微有點本事的上海人都紛紛出國了,第一流的去了美國,二流的跑到加拿大、澳大利亞,三流的去日本,連最差的都跑到深圳。為了顯示自己也有本事,我雄心勃勃地匯入巨大的出國潮。上海人的眼光總是瞄準海外的,好像在海的那一邊,總有黃金在等待上海兒女。在中國所有省市中,也許要算上海最崇洋媚外了。"

小說對移民潮的反思加入了民族心理的探照,揭示出20世紀末的中國,人們的價值觀念已經發生了怎樣巨大而徹底的變化,打開國門興奮的同時也伴隨著看世界的茫然和盲目,尤其是物質金錢的誘惑使得原本善良純潔的人也變得自私和陰暗。章媛媛的父親老章最後對章太太說:"都是你,出國出國,弄成這個樣子。我看你,還要不要讓兒子嗚嗚出國。"嗚嗚接著說:"或許不必走這條路,如今的上海不像以前,發展的機會很多,外國公司也不少,為什麼非要出國不可呢?"《茶花淚》的意義正在於提醒所有的移民者,你面對的是一個先進但同時充滿罪惡與欺騙的社會。有了這樣的思想準備,才能在移民道路上尋覓自己生存的空間。

《茶花淚》接著進行文化反思。章媛媛在墮落前經過痛苦的掙扎,這種掙扎實際上是文化觀念的搏鬥。她知道,賣笑是道德觀念所不容的,是對女性尊嚴的背叛,但她同時又抵擋不住環境的威逼與金錢的誘惑,最終屈服於"身體就是本錢,青春就是資本"的色財觀念。在這兩種截然不同的文化觀念衝突中,《茶花淚》比較中肯地揭示出章媛媛在不同文化觀念相搏中失敗的根本原因:作為一個外貌艷麗的女子,章讀書成績平平,無一技之長,又羨慕浮華生活與虛榮,最終成為金錢的俘虜。至於賣笑女子可否從良,這種文化觀念的衝突則集中地反映在臺灣留學生賴文雄及其父母之間。賴與章之間所展現的一場可歌可泣的愛情,是《茶花淚》荒涼悲劇中的一縷陽光。但這縷陽光被"娼妓不可為妻"的傳統文化觀念所吞沒了。

對社會和人性的反思是《茶花淚》所關注的另一個方面。主人公章媛媛之所以走上賣笑生涯,並非她的本性所願,而是社會環境逼迫她一步一步地陷入的。她先被大學講師陳智偉騙取初戀,繼而被日本老闆青川角榮強暴,被中學同窗黃虹騙色,被酒保艾倫逼娼,再被霹靂摩托車党、黑蝙蝠黨逼誘。這就是發達繁榮的西方社會所隱藏的種種罪惡與欺詐,是千萬弱勢群體悲慘淪落的根本原因。而農民之子陳智偉對城市女性的報復心態,青川角榮利用金錢玩弄女性的無恥,黃虹受金錢誘惑而進行的一系列欺騙,酒保艾倫為錢為色的兇暴,均為人性中最為罪惡的一面。對於這些人性罪惡的揭露,《茶花淚》的主題愛憎分明,給予的是淋漓盡致、力透紙背的無情批判。無疑小說具有相當的社會現實意義,通過心理、文化、社會、人性諸方面的探究,引出某種人不適於移民的教訓,警示後人,這就是這部小說的宏旨所在。

小說的宏旨離不開作者善於多角度、全方位地塑造人物。作者深入挖掘女主人公的內心世界,作者讓她奮筆疾書、讓她盡情傾訴、讓她悲痛欲絕、讓她大聲疾呼。主人公的真實感還在於作者細膩地展示她的家庭背景、社會環境以及成長的全部歷程。尤其令人記憶深刻的是人物肖像的描繪,章媛媛最初給讀者留下的印記是那令人毛骨悚然的屍體,那欲言又止、微張的雙唇。這位上海麗人的悲劇,通過作者充滿感染力的人物塑造,震撼著讀者的心扉。

作者在小說中用多種角度來暗示小仲馬的《茶花女》對《茶花淚》的影響及後者對前者的承傳關係,表明作者對妓女一樣深切同情,對釀成這一畸形惡果的社會根源一樣深惡痛絕。1899 年,林紓的古文譯本《巴黎茶花女遺事》在中國文壇上形成了一股強烈的衝擊波,《茶花女》的藝術手法、敘述技巧對當時中國小說敘述模式的變革有著直接的影響。一個世紀之後,孫博則借鑒《茶花女》的母題,刻畫出一個"新茶花女"的形象,也許能給文學留下一個前後銜接的故事。章媛媛是現代茶花女,賴文雄是 20 世紀末的阿爾芒,這樣的故事將在不同的時代裡永遠上演。

四、片段欣賞

（頁次根據中國青年出版社 2001 年簡體字版）

人物描寫（第 5 頁）

女屍的臉色蒼白浮腫，凹陷下去的雙眼像兩個黑窟窿，眼結膜下有多處出血點，兩個黑漆漆的鼻孔如冰塊雕琢而成。她的嘴唇微微張開，好像有話要說，嘴角有幾絲血跡。長波浪頭髮像假髮般散亂地披在頭上，有幾撮還結著冰，胖呼呼的耳際下露出一對閃亮的金耳環，整個面部像一個女鬼，令人毛骨悚然。她身穿血紅色滑雪衫，黑色牛仔褲繃得緊緊的，黑皮靴好像硬套上去的，白白胖胖的左手中指戴著鑽石戒指。

人物描寫（第 54—55 頁）

老章身材瘦削，一看就知是個老"煙槍"。他臉龐輪廓分明，堅挺的鼻梁上架著黑邊眼鏡，一副典型的中國知識分子派頭。額頭數不清的皺紋，刻下了歲月的滄桑，粗看外貌像六十多歲的老人，比五十開外的人顯得更蒼老，倒也更突出上海人的精明。他早年畢業於上海交大，現在是一家電力廠的高級工程師，在業內也是位小有名氣的電氣專家。

章太太皮膚白淨，五官端莊，看不出已過 50，倒像 40 剛過的婦女，風韻猶存。但看她的打扮和舉止，好像有潔癖，一問下來，果然是一名內科醫生。章媛媛好像跟母親一個模子裡鑄造出來的，仿如一對孿生姐妹，只不過比她年輕一點而已。更確切地說，她是媽媽的複製人，尤其是那雙濃眉明眸、挺拔的鼻子，簡直一模一樣，分毫不差。

兒子章鳴鳴倒像爸爸，又高又瘦，皮膚也有點黑黑的，好像被煙熏過一樣。這一點不像白面書生的上海男人,有點北方男人的粗獷,恐怕就憑這點,受到不少女孩子的青睞。他正就讀於上海外國語大學,三年級,學的是國際金融專業。夫妻倆當初"造人"時,好像約法三章過一樣:一個孩子像一個人,各有各的寵愛。最終確也如願,男像父,女似母,男孩有款有型,女孩漂漂亮亮。

人物對話(第 139—140 頁)

"撲通"一聲,他跪在地板上,打斷了她的話。

"媛媛,請接受我的愛! 今天,我是特意來求愛的,真的。拋棄過去的一切,從頭開始。讓我來分擔你的痛苦吧。"他像背臺詞一樣,一字一句,鏗鏘有力。

"起來,快起來。別一時衝動。"她用力地拉他,但他穩如泰山。

"你不答應,我就永遠不起來。"他的態度很堅硬,堅硬得像冰塊。

"別傻了。非常感謝你對我的關心,但你別忘了,我是個妓女。跟我好,沒有結果的。讓我們保持現在的關係,不是蠻好嗎?"她試圖耐心地說服他。

"不! 我真的愛你,一刻都不能離開。考慮再三,我是真心愛你的,並非一時衝動,而是我的肺腑之言。"他依然跪在地板上,一動都不動,像個木頭人釘在地板上。

她又嘗試拉他起身,但還是無濟於事。她怎麼會有這麼大的力氣呢? 三個章媛媛加起來,也不一定能扶起他。何況這時,他是玩真的。

"你先起來,有話慢慢講。"她撫摸著他的頭,像哄三歲的小孩一樣。

"你不答應,等到明天天亮,我都跪在這裡。"他的態度非常堅決。

兩人僵持了二十多分鐘,氣氛依然緊張,互不相讓。看他動真格的神態,她的淚水終於抑制不住,滾滾直流,滴在他的頭上、臉上、身上。

"我何嘗不想愛情,但我是被幾十個男人插過的香爐啊。讓我告別過去,並非輕而易舉……"她泣不成聲。

"我考慮過,我掙扎過。我不在乎你的過去,而是關心你的未來。"他的淚花盈盈。

人物對話(第275—276頁)

"黃虹,我們是少年時代的好朋友,你為什麼要這樣對我?不要再偽裝了,自己心知肚明。"説罷,我從包裡取出磁帶,扔在茶几上。

"怎麼,阿林爬到你床上,吃到甜頭嘴軟了。這小子,也不是好東西,每樣好處都有他一份。"她突然改了另一副嘴臉,這是一副我從來沒有見過的兇惡之臉。

"我們是好朋友,我把你看得比親人還要親。"

她低下頭説:"人為財死,鳥為食亡。我沒你長得漂亮,沒本事賺錢。在深圳掙的那些血汗錢,早已用完了……"

我聲嘶力竭地説:"你以前對我,不是這樣的。"

"小姐,人會變的。你沒聽説過,人是環境的產物嗎?虧你還讀了那麼多書。"她仍強詞奪理。

"你要錢,可以和我開口,我一定會給你的,何必這樣?你知道不知道,憑這盤磁帶我就可以告你,這是加拿大,法制健全。"我怒氣沖沖地説。

"我的小姐,可別忘了,你還沒入籍,我隨時可以告你假結婚!我都可以拿出證據,移民部馬上遞解你出境。"她蹺起二郎腿,抖了抖,趾高氣揚起來。

"你,你…… 我真是瞎了眼。看來你早有預謀,吃準了這一點。你知道,我在東京賺這點錢多麼不容易?"我的肺都氣炸了。

她幸災樂禍地説:"有什麼不容易?不就是脱褲子嘛。你以為我不知道?上海女人在東京能做什麼?不是當舞女,就是做人家情婦,報上都這麼説了。短短兩年,你規規矩矩打工,能掙這麼多錢嗎?"

我的眼淚奪眶而出："既然你知道，還這樣陷害我？"

她再一次低下頭說："小姐，我的大小姐，我早已不是以前的黃虹了。"

"你這樣，不是逼我死嗎？"我自言自語。

"章媛媛，我跟你講清楚，你可別拿死來嚇我，我可見多了。你怕什麼？你有的是本錢，身材性感、相貌出眾，從上到下，從裡到外，都是錢……"

"黃虹，變了，你真的變了。"

"套句流行語，不是我的錯，是社會的錯！"她依然理直氣壯，好像手握真理。

心理描寫（第 132 頁）

兩個男人"HI，HI"兩聲，算是打過招呼了。在這種充滿脂粉味的場合，在一個穿睡袍的年輕美女面前，兩個男人相逢難免尷尬，彼此還是心照不宣為好。這種尷尬，瞬間就上升為一種敵對的心理戰。而兩個男人之間的心理戰爭，往往是不露聲色的，說來就來，說戰就戰，見大衛不屑一顧的神態，賴文雄也沒必要站起來，還是自顧自地看報紙，當他是真空。

大衛取了活頁夾立即就準備走。臨出門前，應付了章媛媛幾句，聲稱趕著去簽合約，一副不悅的樣子。賴文雄手上抓著報紙，雙眼都在他們兩人身上，把這些都收在心裡，沒有吭一聲。他心裡嘀嘀咕咕起來，大衛有她的鑰匙，說明他倆的關係非同尋常，不是戀人，至少也是老相好，沒準啊，還是長期"包"她的富翁，如同那些臺商去上海"包二奶"。

心理描寫（第 297 頁）

入籍那天，唱著加拿大國歌，我真想放聲大哭。美麗而富有詩意的楓葉旗下，有多少骯髒的黑手在跳動。但我不該責怪加拿大，艱辛的移民之路是我自己選擇的,沒有人用鞭子抽打我,更沒有人逼迫我。只能怪自己愚蠢,只能怪自己無知。不怨天不怨地,只怨自己的命不好。

情景描寫(第1頁)

尼亞加拉瀑布宛若巨大寬闊的水晶簾,破空而瀉,氣勢磅礴。飛流拍石擊水,發出雷鳴般的巨響,數里之外就能聽得清清楚楚。到處飛濺的水花彌漫在半空中,有如煙雨,也似淡露,夾雜著呼嘯的北風,使天地顯得格外寒冷、堅硬,平添幾分蒼涼、悲慟。

但這刺骨的寒風和冰冷的水花,阻擋不住慕名而來的世界各地遊客。他們有備而來,早已全副武裝,有的穿著長大衣、戴著皮帽子,靜靜佇立在瀑布前,面對壯觀的奇景流連忘返;有的裹著厚厚的羽絨服,走在雪痕斑斑的人行道上,亦步亦趨地向瀑布挺進。更有不少人把自己包紮得嚴嚴實實,絲風不入,全身上下只露出兩隻眼睛,遠遠看上去,活像一個個笨重的機器人,匍匐在滑溜溜、濕漉漉的馬路上。

情景描寫(第133—134頁)

夜色如同一個巨大的怪獸,慢慢地張開嘴唇,低頭親吻廣闊的土地。萬家燈火齊放,做出拒絕黑暗的架勢,似乎要和黑夜做一場生死搏鬥。窗外的尼亞加拉瀑布奔騰不息,依然發出震天的巨響,掩蓋了所有的聲音,包括路上飛馳的汽車聲。不論黑夜和燈火怎樣廝殺,瀑布自有獨特的內在節奏,有她自己的調,也有她自己的譜。

賴文雄和章媛媛面對面坐在飯桌上,共進晚餐,仿佛新婚燕爾的小兩口子。兩大碗香噴噴的皮蛋瘦肉粥已放在桌上,正冒著熱氣,桌上還有麵包、腐乳、榨菜等。在她眼裡,這種溫馨的家庭小酌,不知勝過富麗堂皇的餐館多少倍,漂洋過海多年來,她缺少的就是這種家庭氛圍,渴望的就是這種"家"的感覺。但細細想來,她這號人是不該有如此奢侈的想法,"家"對她來講只是一個大問號,確切地說,是一個可望而不可即的夢。

五、討論題

1.《茶花淚》的主題思想是什麼？向讀者傳遞怎樣的信息？

2.《茶花淚》從哪幾方面進行了反思？最主要的反思是什麼？

3.《茶花淚》採取了什麼創作手法？

4.在時空的交替上,小說將主人公章媛媛的生活分成幾大塊？請詳細說明。

5.《茶花淚》在人物塑造上有什麼特色？怎樣剖析女主人公三十年的人生經歷？

6.你怎樣看待賴文雄和章媛媛之間的愛情？

7.孫博以同情為主線追述了章媛媛在複雜和充滿罪惡的社會中的掙扎和無奈,你從中對人性和人生有什麼體會？

8.《茶花淚》的現實教育意義是什麼？你對移民潮中的沉重、殘暴的一面有什麼看法？

9.孫博的《茶花淚》和小仲馬的《茶花女》有怎樣的關係?

10.孫博作為新聞工作者型的作家,他的移民文學創作有什麼特色?

六、擴展閱讀

1.孫博的博客:http://blog.sina.com.cn/bobsun

2. 維基百科孫博條目:http://en.wikipedia.org/wiki/Sun_Bo

3.吳小燕,《移民是要付出代價的:談新移民文學與旅加作家孫博的〈茶花淚〉》,《環球華報》2002 年 5 月 17 日第 5 版。

4. 徐學清,《孫博小説論》,《文學界》2009 年 6 月號第 17—28 頁。

第五章
李彦与长篇小说《红浮萍》

一、作者简介

李彦,北京人,曾任记者、翻译。1987 年赴加拿大留学。1996 年起在滑铁卢大学任教。现任滑铁卢大学孔子学院院长、东亚系中文教研室主任。1985 年开始发表中英文作品。2002 至 2008 年担任加拿大中国笔会副会长。

李彦在旅加期间发表了多部作品。2015 年,她的《尺素天涯——白求恩最后的情书及其他》以及《吕梁箫声——加籍华人作家李彦小说自选集》均由商务印书馆国际有限公司出版。英文长篇小说 *Daughters of the Red Land*(《红浮萍》)由加拿大姐妹观感出版社于 1995 年出版,2009 年,北京作家出版社出版了此书简体中文版,同年还有由南京大学出版社出版的中英文双语《中国文学选读》, 以及由加拿大妇女出版社出版的英文长篇小说 *Lily in the Snow*(《雪百合》),此书的中文版为《海底》(*The Deep*),于 2013 年由人民文学出版社出版。2008 年,《羊群——李彦作品集》由上海人民出版社出版。中文长篇小说《嫁得西风》的简体版由北京文化艺术出版社于 2000 年出版,繁体版由香港明镜出版社于 1998 年出版。英译汉传记文学《白宫生活》由北京新华出版社于1988年出版。

李彦的作品多次获奖,英文长篇小说 *Daughters of the Red Land* 获1995年度加拿大全国小说新书提名奖,1996年获加拿大滑铁卢地区"文学艺术杰出女性奖",2002年获台湾"文艺协会"海外文艺奖章。李彦近年来热衷于在海外拓展中国文化与文学的传播和影响,她邀请了中国几位当代著名作家来加拿大,与加拿大的一些著名英文作家及专家学者做了成功的交流。李彦利用自己善于双语写作的特点和优势,为中国文学与文化在海外的传播不断地作出贡献。

二、创作历程

李彦到加拿大求学一年后,开始创作小说《红浮萍》。她决定直接用英语讲故事,一是因为发现西方人对中国和中国人了解甚少,虽然中文书籍铺天盖地,却难以找到几本中国人用英语讲述中国故事的作品;二是出国前李彦就已习惯了用英文写作,下笔很顺畅,所以初稿仅用三个月便完成了。显然,《红浮萍》是李彦的厚积薄发之作,小说里的故事在她的心中已经孕育多年,其中的人物已经到达了呼之欲出的成熟境界。

对于李彦,《红浮萍》的创作,是一种有感而发的冲动。她要写那些最能触动自己心灵的生活激流,如实地写下对生活的感受。她的创作初衷一方面是想对自己和家族多年来漂泊不定的历史给予一个客观的总结;另一方面,她要在书中描述某些普通人近一个世纪来的生活感受,希望能在社会、历史和文化传统的层面上向英文世界的读者介绍中国和中国人。

《红浮萍》的英文书名 *Daughters of the Red Land* 翻译成中文时,它的意思其实是"红土地的女儿们",可李彦选用"红浮萍"作中文书名。这个书名含义深刻。在构思和创作的初始阶段,最早出现在作者脑海中的书名是"红浮萍",因为它和作者想在书中表达的内容和情感比较贴切。在中国最近一百多年的历史中,尤其是在 1949 年后,肃反、反右、大跃进、“文革”等政治运动接二连三,书中的主人公们,置身其中,深受磨难,常常不能主宰自己的命运,的确给人以“身世浮沉雨打萍”之感。另外,书中女儿的名字叫小平,她后来移居加拿大,在富孀家边当女仆边写作。因此,“红浮萍”也暗指女儿“小平”的悲剧身世,以及中国人在西方漂泊的现象和心灵历程。

由于文化、历史、社会、信仰、思维方式等方面存在的差异,特别是东西方长期“冷战”隔绝,二十多年前,那时西方公众对中国还知之甚少。普通西方民众对中国的了解非常肤浅,其中还包含很多误解和扭曲。作者曾吃惊地发现,在不少从未去过中国的西方人心目中,中国人甚至还是梳着清朝的长辫子、开餐馆、做苦力、不讲卫生、头脑简单、没有是非感的形象。只是因为近年来中国的崛起、强大,有关中国的各方面情况才引起世界的关注和兴趣。面对这些,作者觉得有责任尽自己所能,让广大的西方民众对中国有更多了解,公平客观地看待那片曾经养育过作者的土地。

写《红浮萍》这样一本叙述家族和个人经历的书,也是作者内心的感触和冲撞积累到不得不宣泄的结果,不写就无法安睡,不写就无法认清自己和历史。比如,在书中,母亲总认为自己大半辈子的不幸都是因为有了这个女儿造成的,而女儿却另有看法,她在加拿大回首过去时,问道:难道应该责备其他人吗?如果是,责备谁?突然,作者被写点什么的冲动压倒了。为了澄清疑虑,她开始写下自我反省的心声。另外,她还有一个身份困惑,她在写前自问:我是谁?为什么会出现在加拿大阔妇的豪宅里?《红浮萍》的主要篇幅是对从反右到“文革”期间红色中国的悲剧和苦难、对残酷而真实的人性的忠实呈现与思考。小说的主人公“平”走出国门,但最终并未以对西方生活方式的认同、拥抱为旨归,而是通过“平”所栖居的西方遗孀物质富裕、但精神空虚的生活映照,来揭示东西方人性的共通之处,并因此发出了“哪里才是我的家园”的追问:“在童话的密林深处闪现”的故园,是灵魂得以安放的文化家园。

《红浮萍》是作者寻求人生答案的书，具有中国独特的难以复制的历史语境，也就是说一定要结合中国历史来读这本书。同时就《红浮萍》涉及的一些问题来看，比如，个人与政治、自由思考与国家意识、东西方文化沟通等，这本小说又具有超越个人、超越国家和种族的内涵。

作者主动选择了着意于意境的营构。中文译写本着力于语言的典雅性，在字词的运用、意象的选择、意境的营造中恰到好处地接续、融会古代汉语之诗词语汇、意象，作者追求文笔灵动而意蕴深厚。作者运用古色古香的书卷、典雅气质的散文诗般的语言，以此来烘托出古典意味的中国境界，使作品具有穿越时空的中国之气韵。作者力图在传统风韵中突出现代个性，将中国美学的诗意追求和西方文学艺术精髓自然融合。

加拿大英文杂志 *Books in Canada*（《加拿大书籍》）在评论中提到："李彦描述历史有她的独到之处。在她的笔下，历史不仅仅是背景与陪衬，历史本身就是故事，与书中的主人公有着千丝万缕的联系，对每个人物的生活、命运都产生着直接和深刻的影响。她的笔触恢宏细腻，情感丰富，使许多抽象枯燥的东西变得人情味浓郁，使读者仿佛置身于主人公的生活之中，与他们同悲共喜。她展示给读者的不是简单的黑白分明的人性，而是真实生活中常常使人徘徊于正确与错误的界限之间，很难找到答案的复杂的道德观。正是这种承认人性的复杂以及对中国历史的透彻掌握，使得她能够以如此丰富的情感写出这部极为深刻、令人敬佩的历史小说。"

三、作品评介

《红浮萍》是李彦于 1995 年创作的第一部英文长篇小说。中文版的《红浮萍》是作者本人对字词都经过了反复的推敲的重新创作。

《红浮萍》是一部自叙性的小说。叙述者"平"，被作者界定为加拿大一位上层阶级孤身老太太的“小保姆”。作者要展示的是一部沉重的中国当代人生存和心灵层面上磨难与奋进的历史。可是作为作家,既不能充当政治和道德裁判者,也不能充当伤痛的抚摸者与控诉者,而只能是一个历史的见证者与呈现者。由“平”把故事款款说起,自然、真实、准确,沉重中有冷静,质朴中有深邃,叙述尽管充满泪水,但读者与作者一样,不会被泪水所淹没,仍然能在哀伤中保持一双冷观的眼睛。叙述者是十分感性的,文本中也充溢悲情。所有的哀伤、叩问、怀疑、思索,都化作平静、平实的讲述。震撼读者的,正是作者如实地呈现历史真实所表现的自然汹涌的情感力量。然而,叙述者毕竟与那个时代拉开了时间和空间的距离,写作的位置站立在地球的另一个边缘,因此,这种情感力量也显得更内在、更实在,没有矫情,也没有空洞的呐喊。

西方的状态与东方的历史记忆的互映设计,还让人感到,人类社会的生存困境、人性困境是普遍的。在西方上层阶级老太太的这一端,她的生活是如此孤独、如此苍白,记忆中可缅怀的只是那四条已经死去的狗。这种堂皇富丽的物质所掩盖的令人难以承受的“轻”,与东方那种由阶级斗争、政治运动、物质匮乏所构成的令人难以承受的“重”,形成一种鲜明对照。小说作者面对生存困境只作呈现,不作价值判断,但它引发读者思索:人的存在意义在哪里?《红浮萍》的叙述框架是双向的,与单向性叙述不同,不只写中国一端。这种双向性结构所蕴含的精神内涵更为深邃,其叙述艺术也更为多彩。

《红浮萍》的中文译写,主要以抒情独白体方式、充满书卷气的语言娓娓道来。其语言表述方式不同于当今大多数文学作品中的生活化、口语化书写方式,作者使用了典雅的书面语。《红浮萍》主要以“平”的成长为叙述主体,以童年的“平”的视角切入成人的社会。小说节奏舒缓,情节像生活本身自然发展,因而从整体风貌来看,《红浮萍》是一部散文化的、典雅的诗化小说,在对苦难岁月的伤感追忆中、对随历史沉浮跌宕的人生命运的叩问中,小说充满了中国传统文化意味的意象的选取,以及唯美意境的运用。

《红浮萍》中文译写本的书名、章节目录整体上体现了对意境与诗性的追求。"红浮萍"这一意象既寓指"平"的漂泊身世,也暗喻了中国人的心灵和精神漂泊之旅。而中英文本的章节目录更能直观显示出中英文语言表述的不同风格。中译本共15章,每章标题为颇蕴意境的整齐的两字词,分别是回惶、故园、芦絮、易帜、危巢、蹉跎、喧嚣、雪乡、孤城、荒村、山野、诱惑、曙色、谜踪、除夕,若将标题并置连缀,会呈现出一幅满溢伤情诗意的画面。这些标题足以体现中文译写本无疑更重视通过意象的调遣来营构意境。作者通过"含不尽之意于言外"得以婉曲地呈现,更具诗性之美。在小说意象的选择与意境的营造上,作者主要以萃取传统诗词意象和意境的手法,不露痕迹地将经典诗词意境传达出来的韵味、氛围恰到好处地融入小说中。

如果说《红浮萍》的典雅的书面语有何不足的话,那就是《红浮萍》的语言虽然精湛,但因为与现实语言表述方式的差异,有些时候也难免给人不太自然,稍嫌刻意,甚或矫情的印象。如"平"与28年未曾见面的生父"楠"相见,"楠"说:"我知道,我没有认错人。当我在楼下看到你第一眼时,我看到了你年轻的母亲迎着朝霞朝我走来……" 这种近于舞台剧的人物对白,与生活化的语言相距较远。

小说结构恢弘而细致,是一部宏大的家族叙事小说,通过一个家族的沧桑写出了一个大时代。它见证了时代,也见证了人性。《红浮萍》里的时代是具体的。读者仿佛可以触摸到时代的肌理。因为生活在那个时代的人与人之间的关系,人际间的疏离、冲突、困惑,他们心灵的重负、苦难、变态,无一不饱含真实、有血有肉、有泪有歌。土地改革、抗美援朝、反右斗争、"文化大革命"、改革开放,每一个大情节,都是根本。它的质感来自于作者抓住了时代的脉搏,来自于抓住了其中的细节和肌理。《红浮萍》的可贵恰恰是它抒写时代,每一页里都有历史跳动的主旋律,每一行间都是中国人与知识分子所饱尝的生活苦汁,每一沧桑过程都回响着那些生死挣扎和良心的呼唤,那些麻木的惯性,那些不甘麻木的无助,一切都在作者的笔下得到活生生的、结结实实的呈现。虽然文学家不是历史学家,但作者呈现出更丰富、真切、富有生命感的历史画面。小说真切地展现了在沧桑苦难中坚韧追寻的知识分子的生存状态、心灵历程以及人性的复杂与异化。

作品的总体抒情风格也呈现出"怨而不怒""哀而不伤"的传统诗韵味。小说中有两条并行旋绕的线索,一方面以身在太平洋彼岸的"平"的生活映照过往的苦难岁月,小说15章中有6章是以"平"在加拿大富孀庄园的生活为线索,提拽中国内地的故事,"平"以一个既是亲历者又是旁观者的身份对过往的历史尘烟回望与沉思,时空距离让苦难仿佛经过一层滤筛,书写便有了一份从容与淡定,其叙述自然减弱了激越的铿锵之调。另一方面,"平"作为三代女性之一,小小年纪历经生活的磨难,却有着坚韧的对理想的矢志以求,三代女性的命运在历史的潮流中一波三折。

《红浮萍》对历史把握真实、对人性挖掘深刻。作者在创作时,坚持人物的情感真实性,对历史事件的描述力求真实,而不去追求耸人听闻和戏剧化的效果。在对人的精神层面的探索上,倾注了大量的笔墨。《红浮萍》对人性的揭示不仅在于描述了人性的扭曲,更在于剖析造成这一现象的社会机制。作品的悲剧色彩,正来自作者揭示历史真实的胆识。读者可以从这三代女性所蕴含的丰富故事中,感受到中国妇女自我解放的艰难,从而了解中国社会状况及未来走向。虽然小说里的主人公选择了走出国门,但这并不意味着国外就是天堂,这恰恰表明无论走到哪里,人性和人类的情感都是共通的,有善有恶,有美有丑,这是永恒的。

小说中的人物塑造真实、丰满,"外婆"的坚韧豁达,"母亲"的聪慧激进,"父亲"的宽厚善良,均各具特色。此外,即使着墨不多的角色,也个个性格鲜明,让人过目不忘。如"外公"家刁钻可怜的"紫嘴唇四小姐",被棠舅遗弃而绝望自尽的明媒妻子“木瓜脸鲍家小姐”，等等。在人物刻画上，作者尤其显得洗练生动，往往寥寥数笔，即活灵活现地勾勒出人物的心态和神态。

李彦的笔锋坦率细腻，具有浓厚的感情色彩。许多抽象枯燥的概念，在她笔下变得充满了人情味，使读者仿佛置身于主人公的生活之中，与他们同悲共喜。她展示给读者的不是黑白分明的单一个性，而是真实生活中常常使人徘徊于正确与错误之间，很难找到答案的复杂道德观。作者描绘了红色时代中各个人物的境遇，及人物对命运的理性屈从。人物的命运在风云变幻的历史中飘零，其间有惊骇，有坚忍，还有苦痛。小说着重塑造了红色年代中的女性，歌颂了她们的淳朴、坚韧和智慧，同时又深刻地表现了小说中男性内心的孤寂和脆弱。《红浮萍》的视野宽阔，用中西方双视角，来观察这个世界，观察两种不同社会形态下的人群和人性。作者写出了人物的性格魅力，以及对人性的深刻观察，冷静、客观地呈现了人的精神深处的不安。作者更善于挖掘的是那些深藏的和掩盖的东西，小说呈现出深刻的思想性特征。

《红浮萍》是一部写实记史的小说。作家出版社编辑指出：“这是一部最接近我们这一代人生活的小说。这些故事既亲切又悲伤，让我们再度那么热乎乎地接触那些已经逝去的年代。历史像潮湿的沙土，分量都在，能让人感受到它的力量。《红浮萍》用一个在情理之中的活生生的故事，把是非、褒贬乃至同情和批判表达出来，具备了心灵史的潜质，它不是单写遭遇，也不是在舔伤口，它的注意力在人的内心，而背景又有特殊的时代特点。小说的‘呈现’十分精彩，把悖论下的挣扎和少年的恐惧层层强化，形成了强大的冲击力。”《红浮萍》的文辞笔墨之间浸透着凝重的历史意韵，忠实地再现了在历史大潮中人物的漂泊命运和坚韧的人格，令读者在典雅的文字和引人入胜的故事中回味人生、反思历史。

四、片段欣赏

故　园

那个面目慈祥的老妇人,好像是外婆。在一间狭窄、低矮、简陋的黄土小屋里,她正忙忙碌碌,招待着三两个我似曾相识的人。

心中不由生出几许疑惑来。幼时曾数度返乡,记忆中的故园,依然鲜明如画,绝非眼前这番景象。

60 年代初,铁路尚未伸入这块秦岭南麓的盆地。在嘉陵江畔下了火车后,便坐进破旧不堪的长途汽车里,顺着蜿蜒曲折的汉水东行。公路边不时闪过一两幢颜色晦暗的茅舍,田间地头,三三两两挺立着几株芭蕉和棕榈,宽阔的叶柄在清晨飘浮的薄雾中影影绰绰,若隐若现。

古城位于汉江平原腹地。外婆家坐落在城南一条青石板铺就的街道旁。外公在世时, 为全县首富,在乡间和城里各有一所宅第。乡下的那处三进大院, 传说当年颇为气派,土改时分给了二十三户人家。城里那座四合院, 几经沧桑,也尽失昔日风光,成为数家合居的大杂院。

* * *

世纪之末, 外婆落生在小城东街一家裁缝铺里。裁缝的三个女儿个个如枝头带露的果子般鲜亮。裁缝铺里媒人不断。大女儿已在头年嫁到了褒城山货栈老板家, 现在轮到二女儿了。可任凭媒人说破了嘴皮, 裁缝总是笑眯眯地不置可否。二女儿满十九了, 裁缝依然不慌不忙地东挑西拣着。然而, 精于算计的裁缝哪里晓得, 清帝逊位后, 军阀间争夺势力的战争已蔓延开来。小城那与世隔绝、亘古不变的生活节奏,很快将被打乱。

一个炎热无风的夏日，正午的骄阳烤得人头昏脑胀，猫儿狗儿们也都躲在门洞阴影里喘息。忽然，一串清脆的马啼声踩在青石板街道上，由远而近。人们伸长了脖子，好奇地张望着。一个身材魁梧，骑高头大马的军官，正带领队伍途经小城。路过裁缝铺时，军官的目光落在门板后探出的一张脸上。军官一怔，勒住了马头。几天后，队伍开拔之时，二女儿被带离小城。

外婆和这个军官在一起是否幸福，她从这魁梧的汉子那里可曾得到过爱情，将永远无人知晓了。队伍离开小城不足半载，军官便在一次战斗中阵亡。

年轻的外婆被送往军官的家乡。她尚未从死亡的震惊中恢复过来，便获知了一个令她毛骨悚然的消息。军官家人密谋策划，企图将外婆卖入妓院，捞取一笔外快。幸亏有个良心尚存的亲属，将阴谋泄漏。于是，人贩子前来领人那夜，外婆已销声匿迹。

外婆逃回了千里之外的故乡。很难想象，在那兵荒马乱，盗贼蜂起的年月里，一个目不识丁的缠足女子，是怎样活着走出了险山恶水和刀光剑影的。然而，她回来了。在一个凛凛北风把古汉台角楼上小铜铃吹得叮当乱响的冬日傍晚，有人瞥见了外婆苍白瘦削如纸鹤剪影的身姿在街头飘过。

外婆返回家乡数月，裁缝便把她嫁给了外公。外公已年近六十。瘦高的身材微驼，长脸上垂着醒目的鹰钩鼻。他妻子去世不久。四个女儿中的三个也已嫁出。外公唯一的遗憾，是他花甲之年，尚无子息。族人中不断有前来说项者，欲将儿子过继给他。然而，精明的外公，对这些觊觎他庞大财产的建议，一概置之不理。他已拿定主意续弦，不使香火中断。

传说外公在媒人撮合下，对一个据称温柔贤慧的老姑娘较为中意。但在下定之前，外公执意要侧面看一下老姑娘相貌。几个媒人慌了手脚。原来他们受人之托，共谋要把一个其貌不扬的女子嫁入外公豪宅。情急之中，媒人们想出了偷梁换柱妙计。裁缝那红颜薄命的二女儿新寡在家，何不让她出面相亲。待生米煮成熟饭，还怕老头子反悔不成?

* * *

两年后，外婆怀孕了。严重的孕期反应使她粒米难进，呕吐不停。外公求子心切,请来城中最好的中医为她诊脉安胎。

一日,外公乘船到汉江下游办事未归。暮色中，外婆的女佣在厨房煎煮中药。她因事离开了片刻，返回时却见四小姐高大的身影在灶台前匆匆闪过。擦身离去时，四小姐神色慌张，险些被门槛绊倒。望着咕嘟嘟冒热气的药罐,女佣犹疑不决。最终,在她巧妙的暗示下,外婆未敢进药。

那夜更深人静时，外婆恍惚间听到一阵凄厉的惨叫。她披衣下床，循声来到室外。皎洁的月光下，一只黑猫在阶前痛苦挣扎。女佣欲言又止的面孔再次浮现。外婆迟疑着转过身，看见了打翻在窗下的药罐。

* * *

外婆已疲惫不堪,仍强打着精神接待亲友,指派下人。她所面临的,是双重艰巨的任务。外公在病势沉重时,亲自做主为十七岁的棠订下了一门亲事。未想,距迎娶仅差九天之时,外公却撒手人寰,终未能亲眼看见儿子的良辰吉日。喜帖已全部发出,办喜事的所有准备都已就绪,倘若此时取消婚礼,照习俗要在守孝三年后方可重新迎娶。鉴于红白喜事皆为兴师动众,耗时耗财又耗力的大场面,为节省起见,外婆果断决定,葬礼结束后,婚礼仍按原计划进行。

几天来,偏院里的厨房未曾熄火,大碗小碟地招待着川流不息的人群。今天是最后一日,来宾已达高峰,坐满十余张八仙桌。杨家亲友多,好吹毛求疵者亦不在少数。外婆小心谨慎地应付着各位,唯恐给爱挑眼者留下日后嚼舌的话柄。今日若顺利度过,后日的婚礼便可如期举行。外婆时而回首,朝摆在堂屋案上的大座钟撩去焦急的一瞥。择好的出殡之时就在眼前。

恍惚间,她似乎觉察到院中气氛异常,有人在挤眉弄眼。未待她看清究竟有何差池,只见族人中七八个老少爷们已经离席,迈入前厅。一个手势,众人便似一堵墙般,齐刷刷横在了灵前。

外婆定睛,见为首一人,竟是外公的同父异母弟,六老爷。只见他不慌不忙,边翘着小指用牙签剔着稀疏的齿缝,边用眼角冷冷扫视着外婆,拿腔拿调地代表几户人家,提出了对外公遗产重新分配的方案。

* * *

轰轰烈烈的土改运动卷来之时,雯毫不迟疑,奋笔疾书,力劝外婆积极回应政府号召,主动上交所有财产。“我们庞大的家财不过是剥削劳动人民血汗而得,现在应该是无条件地将其归还之时了!”

外婆手捏着一封封从省城传来的烫人的家书,辗转反侧,数夜难眠。她忘不了,多年来明里暗里对付贪婪狡黠的亲族及官府的敲诈勒索,保住家产至今的艰难,如今要把一切没收充公,她岂能甘心呢!可不甘心,又能如何?外婆明白,迟至今日,为时已晚。

早在共产党开来之前,古城中一些有钱有势者就在竞相抛售土地财产之后,携金银细软逃之夭夭。那个屡屡寻衅肇事的六爷也在其列。外婆一向做事光明磊落,问心无愧,自信共产党不会与自己过不去。因此,她既不变卖财产,也未加入逃亡队伍,稳坐家中,静观世态。

提到共产党,她也并非全无概念。虽说自民国以来本地一直为“国府”治下,但有关红军的踪迹,却时有耳闻目睹。约是 1934 年冬里,一股北上的红军进入陕南的崇山峻岭,翻天覆地闹革命。外公外婆带领阖家老小仓皇躲入城中。红军撤离后，外公外婆返回乡间老宅，见库中所存粮米被分放一空。外公仰天长叹。外婆却安慰外公，开仓济贫，也算是积德行善之举吧。

抗日时期的一次传闻，至今想起仍令外婆心惊肉跳。邻居一个破落户人家刘姓的女儿，在女师读书时演文明戏，唱救亡歌，出尽风头，成为家喻户晓的人物，却突然间不知去向。消失了两年后，刘家女子一日忽重返小城，行踪神秘地往来于大街小巷间，做些不知是何名堂的举动。有人私下传说，这小女子是在延安受了训。须臾，小女子忽又无了踪迹。刘家寡母四下打探，皆无音讯。直到一日清晨，寡母出门，见院门外隆起一方新土，似有人在此翻弄过。疑惑中叫人掘开，几锹下去，挖出一个麻袋，打开来，便见血淋淋被肢解的尸体碎块！寡母一声惨叫，当场昏厥。消息传开，有说是县“党部”所为，听说经拷打审讯后，女子不屈，便被拉到野地里悄悄杀害了。

* * *

外婆躲在厢房内，悄悄从窗帘的后面观望。一个穿黄军衣的精瘦汉子从人丛中挤出，纵身跳到一把太师椅上。只见他拿起吊在颈上的哨子，狠命吹了几声，混乱的人群立刻安静下来。黄军衣从袋中掏出几张揉皱的纸，开始宣布分到各人名下的财物。人群里鸦雀无声，间或能听到咂嘴之声。长长的名单终于念完，院子里一阵骚动，开始动手搬家具拿浮财了。

棠房里那套配有八把椅子的八仙桌，被分给了九户人家。外婆的思绪，飞到好多年前。棠订婚后，她请了十多个木匠在家日夜赶制新房中家具。这套核桃木桌椅上满是精雕细刻的花鸟图案，无一重样。可惜自从婚后棠离家出走，这套家具便与鲍家女子一起被冷落，从未派上过用场。

一阵喧闹声吸引了外婆的视线。一个老佃农，不情愿接受分给他的两尊瓷器。那是外公在世时的旧物，这尺多高、绘有仕女图的瓷帽筒，过去一直摆放在他卧室的几案上。

* * *

风声凄厉，秋雨临窗，怵然醒来，方明白此时身在遥远的异国。那黄土小屋，不过是梦中情景。外婆她老人家，已在故乡汉江旁青青的竹林中长眠十余载了。如今，外婆与她同时代的人们都已纷纷作古，有关故园老宅的传说，也早被小城人淡忘。

1987年农历除夕之夜，当古城的大街小巷里鞭炮声不绝于耳，夜幕中弥漫着浓烈呛人的烟火气味，家家户户都在觥筹交错辞旧迎新之时，双目失明已久的外婆，在一团漆黑的老宅中悄然离世。

据说，在外地教书的棠舅赶回家乡，为她老人家操办的丧事颇为隆重。送葬的队伍浩浩荡荡，在数辆缓慢移动的卡车跟随下，沿着古老狭长的石板街悠悠前行。街两旁挤满了看热闹的人群。黄白二色的纸钱漫天撒下，随风飘落，几十支唢呐高亢苍凉的声调直冲云霄，惊魂动魄。送葬队伍跨越汩汩东流的汉水，来到离城数里的乡间故居，在那座已被分割得七零八落、面目全非的老宅外郑重其事绕行一周。哀号与唢呐声，此时骤然达到高潮，翻江倒海，震耳欲聋。

半个月后，详尽记载了葬礼过程每一细节的长信和彩照寄到了北京。"雯妹，丧事办得十分排场，围观者人人羡慕。有人说，现在好啦，共产党不管这些事啦！也有人说，我死后怕是没有杨家婆这么风光……"

妈妈在悲哀的浪潮平息后，却对棠舅的行为多有微词。"'文革'中被关了十年，还不吸取教训，身为政协委员，竟敢把送葬队伍带到被没收的老宅去！倘若人家追究起来，说他反攻倒算，可怎么办！"

妈妈的担忧，已成多余。两年之后，棠舅便因病离世，未及看到如今天翻地覆的变化。想到此，我心中猛然一动，依稀记起梦中所见人物，其中一个，似乎正是棠舅。难道亲人们是在托梦给我，为了某些未竟的心事？我竭力回想，慌忙捕捉，却发现那梦境已渐渐淡化，消失，只留下一些模糊不清的痕迹。

怅然若失之余，我拧亮台灯，从抽屉里摸出包在绢子中的那双沉甸甸的象牙筷。灯下，淡黄色的光泽闪闪烁烁，无言地向我叙述着已被人们遗忘的，久远的传说。

五、词语选注 / 詞語選註 cí yǔ xuǎn zhù

Words and Phrases with Translation and Annotations in English

biān hào 编号 編號	拼音 pīn yīn 简体 jiǎn tǐ 繁體 fán tǐ	yīng yì yǔ shì yì 英译与释义 英譯與釋義
#	Words and Phrases in *pīnyīn*, simple-form and complex-form characters	English translation and annotations
1	bāo biǎn 褒贬 褒貶	pass judgment on; appraise
2	cán kù 残酷 殘酷	cruel; inhuman; brutal
3	cāng sāng jù biàn 沧桑巨变 滄桑巨變	great changes
4	chàn grán ruò shī 怅然若失 悵然若失	feel lost; in a despondent mood
5	chéng qīng 澄清	clarify; clear up
6	chǒng rǔ bù jīng 宠辱不惊 寵辱不驚	not be moved by honour or disgrace; remain indifferent whether granted favours or subjected to humiliation
7	chōu chù 抽搐	hyperspasmia; convulsion

8	chù mù jīng xīn 触目惊心 觸目驚心	strike the eye and rouse the mind
9	cū lì 粗粝 粗糲	simple or coarse food; unpolished rice
10	cuì qǔ 萃取	extraction
11	cuō tuó 蹉跎	waste time; idle away
12	dà yuè jìn 大跃进 大躍進	Great Leap Forward
13	dú dào zhī chù 独到之处 獨到之處	one's own knack in; originality
14	è hào 噩耗	sad news of the death of one's beloved; grievous news
15	fǎn yòu 反右	The Anti-Rightist Movement, in the People's Republic of China, which lasted from roughly 1957 to 1959, consisted of a series of campaigns to purge alleged "rightists" within the Communist Party of China (CPC) and abroad.
16	fēn zhì tà lái 纷至沓来 紛至沓來	come in a continuous stream
17	fú píng 浮萍	duckweed
18	fū qiǎn 肤浅 膚淺	superficial; shallow
19	fǔ mō 抚摸 撫摸	stroke; fondle

20	gān gà 尴尬 尷尬	awkward; embarrassed
21	gèn gǔ bù biàn 亘古不变 亙古不變	eternally immutable; everlasting
22	guō zào 聒噪	noisy
23	hòu jī bó fā 厚积薄发 厚積薄發	accumulate richly and break forth vastly
24	hū zhī yù chū 呼之欲出	seem ready to come out at one's call; vividly portrayed
25	huāng dàn 荒诞 荒誕	absurd; incredible; absurdity
26	huī hóng xì nì 恢宏细腻 恢宏細膩	magnificent and delicate; extensive and exquisite
27	huì mò rú shēn 讳莫如深 諱莫如深	closely guard a secret
28	jī lǐ 肌理	texture
29	jī liú 激流	torrent; turbulent current
30	jì yú 觊觎 覬覦	covet; cast greedy eyes on
31	jiǎo qíng 矫情 矯情	hypocritical; argumentative; contentious; unreasonable
32	jiē èr lián sān 接二连三 接二連三	another and yet another; in an unbroken line; continuously

33	jié'ào bù xùn 桀骜不驯 桀驁不馴	wild and intractable; arrogant and unyielding
34	jīng suí 精髓	essence; quintessence; marrow
35	jīng zhàn 精湛	exquisite craftsmanship; exquisiteness
36	jué qǐ 崛起	rise abruptly; spring up
37	kēng qiāng 铿锵 鏗鏘	clang; ring
38	kòng sù 控诉 控訴	accuse; denounce; make a complaint against
39	kòu wèn 叩问 叩問	make inquiries
40	kū zào 枯燥	dull and dry; uninteresting
41	kuǎn kuǎn shuō qǐ 款款说起 款款說起	speak leisurely
42	lú xù 芦絮 蘆絮	(reed) catkin
43	lǜ shāi 滤筛 濾篩	screen; strain
44	máo gǔ sǒng rán 毛骨悚然	with one's hair standing on end; absolutely terrified
45	méng lóng 朦胧 朦朧	obscuration; blur

46	miǎn huái 缅怀 緬懷	cherish the memory of；think of
47	mó nàn 磨难 磨難	tribulation；hardship；suffering
48	nà hǎn 呐喊 吶喊	shout loudly；cry out
49	nèi hán 内涵 內涵	connotation；meaning
50	niǔ qū 扭曲	tortuosity；distortion；contort
51	nóng yù 浓郁 濃郁	rich；strong
52	nù hǒu 怒吼	roar；bellow
53	pái huái 徘徊	pace up and down；linger about
54	piāo bó bù dìng 漂泊不定	vagrant；drift about
55	qī jū 栖居 棲居	dwelling；inhabitation
56	qì něi 气馁 氣餒	dejected；down-hearted
57	qiān sī wàn lǚ 千丝万缕 千絲萬縷	have all kinds of connections with；countless ties
58	qiú xué shēn zào 求学深造 求學深造	furthering study

59	rè zhōng 热衷 熱衷	self-absorption; fall over oneself for; zeal
60	shè jí 涉及	involve; relate to
61	shēn suì 深邃	deep; profound; abstruse
62	shǐ zhì bù yú 矢志不渝	persistent; persist in the ambition
63	shǐ zhì yǐ qiú 矢志以求	commitment to one's pursuit
64	shū lí 疏离 疏離	alienation
65	sī wéi fāng shì 思维方式 思維方式	mode of thinking
66	sù fǎn 肃反 肅反	elimination of counter revolutionaries
67	tí zhuài 提拽	lift and drag
68	tiǎn shì 舔舐	lick
69	tiē qiè 贴切 貼切	appropriate; suitable
70	tuò zhǎn 拓展	prolongation; expand
71	wān yán 蜿蜒	wind and twist; winding
72	wēi'é 巍峨	towering; majestic
73	wēi'è 危厄	trouble and danger

74	wéi miào wéi xiào 惟妙惟肖	absolutely lifelike;remarkably true to life
75	wò xuán 斡旋	mediate; conciliation
76	xià bǐ shùn chàng 下笔顺畅 下筆順暢	write smoothly
77	xié pò 胁迫 脅迫	coerce
78	xiōng jīn 胸襟	bosom; breadth of mind
79	xù xián 续弦 續弦	remarry after the death of one's wife
80	xuān xiè 宣泄	get sth. off one's chest; unbosom oneself
81	xún xìn 寻衅 尋釁	pick a quarrel
82	yí lǜ 疑虑 疑慮	misgiving; doubt
83	yí shuāng 遗孀 遺孀	widow
84	yōu shì 优势 優勢	superiority; dominant position
85	yǒu gǎn ér fā 有感而发 有感而發	explode not without reason
86	yǔ shì wú zhēng 与世无争 與世無爭	stand aloof from worldly success; in harmony with the rest of the world

87	yùn yù 孕育	pregnant with；breed
88	zé bèi 责备 責備	reproach；blame
89	zhǎn zhuǎn fǎn cè 辗转反侧 輾轉反側	toss and turn restlessly；have a sleepless night
90	zhǐ guī 旨归 旨歸	orientation；core subject
91	zhì gǎn 质感 質感	texture；tactile impression
92	zhǔ zǎi 主宰	dominate；dictate
93	zuò gǔ 作古	die；pass away

六、讨论题

1.书名《红浮萍》的寓意是什么？从哪些方面反映了小说的内容？

2.李彦写《红浮萍》的主要动机是什么？为什么初版是英文版？

3.书中一家三代女性生存的历史背景分别是什么时期？书中提到的哪些重大历史事件直接影响了故事中人物的命运？

4.平的外婆是一个怎样的人物？她经历了什么历史时期？这个人物说明了什么？

5.平的母亲雯是一个怎样的人物？她对平有什么影响？这个人物的特殊意义是什么？

6.平，即书中的“我”，是怎样的一个人物？她与她的外婆和母亲的相同和不同之处是什么？

7.《红浮萍》中的人物塑造有什么特性？作者是怎样揭示人性和人物的内心世界的？

8.为什么说对故事淳朴的叙述是《红浮萍》的写作风格？你怎样评价小说的叙述特色？作者通过什么故事和生活场景来表现外婆的人生纪实？

9.作者是如何把握历史的？为什么说在小说中历史不仅仅是背景与陪衬，历史本身就是故事？

10.你怎样理解《红浮萍》的主题？第二章对故园的记述中使你感受最深的是什么？

七、扩展阅读

1.赵庆庆：《论加拿大双语作家李彦的自我译写》

doc.qkzz.net/article/684e0e4e-738a-4110-b05b-4f6cf959e52c.htm

2.著名作家刘再复教授评论《红浮萍》：

http://book.douban.com/reading/10818406/

3.著名作家刘震云评《红浮萍》:

http://book.ifeng.com/ps1/dzsp/201001/0128_3553_1528558.shtml

4.饶芃子:《李彦小说〈红浮萍〉的艺术特色》

http://www.gzwl.org.cn/node_162/node_167/node_571/2012/02/07/13286018339538.shtml

5.易淑琼:《走不出的意境》

http://www.xzbu.com/5/view-3769837.htm

6.李彦:《中西文化交流中的文学表达》

http://sscp.cssn.cn/xkpd/dh/201609/t20160901_3184322.htm

第五章

李彥與長篇小説《紅浮萍》

一、作者簡介

李彥,北京人,曾任記者、翻譯。1987 年赴加拿大留學。1996 年起在滑鐵盧大學任教。現任滑鐵盧大學孔子學院院長、東亞系中文教研室主任。1985 年開始發表中英文作品。2002 至 2008 年擔任加拿大中國筆會副會長。

李彥在旅加期間發表了多部作品。2015 年,她的《尺素天涯——白求恩最後的情書及其他》以及《呂梁簫聲——加籍華人作家李彥小説自選集》均由商務印書館國際有限公司出版。英文長篇小説 *Daughters of the Red Land*(《紅浮萍》)由加拿大姊妹觀感出版社於 1995 年出版,2009 年,北京作家出版社出版了此書簡體中文版,同年還有由南京大學出版社出版的中英文雙語《中國文學選讀》,以及由加拿大婦女出版社出版的英文長篇小説 *Lily in the Snow*(《雪百合》),此書的中文版為《海底》(*The Deep*),於 2013 年由人民文學出版社出版。2008 年,《羊群——李彥作品集》由上海人民出版社出版。中文長篇小説《嫁得西風》的簡體版由北京文化藝術出版社於 2000 年出版,繁體版由香港明鏡出版社於 1998 年出版。英譯漢傳記文學《白宫生活》由北京新華出版社於 1988 年出版。

李彥的作品多次獲獎,英文長篇小説 *Daughters of the Red Land* 獲 1995 年度加拿大全國小説新書提名獎,1996 年獲加拿大滑鐵盧地區"文學藝術傑出女性獎",2002 年獲臺灣"文藝協會"海外文藝獎章。李彥近年來熱衷於在海外拓展中國文化與文學的傳播和影響,她邀請了中國幾位當代著名作家來加拿大,與加拿大的一些著名英文作家及專家學者做了成功的交流。李彥利用自己善於雙語寫作的特點和優勢,為中國文學與文化在海外的傳播不斷地作出貢獻。

二、創作歷程

李彥到加拿大求學一年後,開始創作小説《紅浮萍》。她決定直接用英語講故事,一是因為發現西方人對中國和中國人了解甚少,雖然中文書籍鋪天蓋地,卻難以找到幾本中國人用英語講述中國故事的作品;二是出國前李彥就已習慣了用英文寫作,下筆很順暢,所以初稿僅用三個月便完成了。顯然,《紅浮萍》是李彥的厚積薄發之作,小説裡的故事在她的心中已經孕育多年,其中的人物已經到達了呼之欲出的成熟境界。

對於李彥,《紅浮萍》的創作,是一種有感而發的衝動。她要寫那些最能觸動自己心靈的生活激流,如實地寫下對生活的感受。她的創作初衷一方面是想對自己和家族多年來漂泊不定的歷史給予一個客觀的總結;另一方面,她要在書中描述某些普通人近一個世紀來的生活感受,希望能在社會、歷史和文化傳統的層面上向英文世界的讀者介紹中國和中國人。

《紅浮萍》的英文書名 *Daughters of the Red Land* 翻譯成中文時,它的意思其實是"紅土地的女兒們",可李彥選用"紅浮萍"作中文書名。這個書名含義深刻。在構思和創作的初始階段,最早出現在作者腦海中的書名便是"紅浮萍",因為它和作者想在書中表達的內容和情感比較貼切。在中國最近一百多年的歷史中，尤其是在1949年後，肅反、反右、大躍進、“文革”等政治運動接二連三，書中的主人公們，置身其中，深受磨難，常常不能主宰自己的命運，的確給人以“身世浮沉雨打萍”之感。另外，書中女兒的名字叫小平，她後來移居加拿大，在富孀家邊當女僕邊寫作。因此，“紅浮萍”也暗指女兒“小平”的悲劇身世，以及中國人在西方漂泊的現象和心靈歷程。

由於文化、歷史、社會、信仰、思維方式等方面存在的差異，特別是東西方長期“冷戰”隔絕，二十多年前，那時西方公眾對中國還知之甚少。普通西方民眾對中國的了解非常膚淺，其中還包含很多誤解和扭曲。作者曾吃驚地發現，在不少從未去過中國的西方人心目中，中國人甚至還是梳著清朝的長辮子、開餐館、做苦力、不講衛生、頭腦簡單、沒有是非感的形象。只是因為近年來中國的崛起、強大，有關中國的各方面情況才引起世界的關注和興趣。面對這些，作者覺得有責任盡自己所能，讓廣大的西方民眾對中國有更多瞭解，公平客觀地看待那片曾經養育過作者的土地。

寫《紅浮萍》這樣一本敘述家族和個人經歷的書，也是作者內心的感觸和衝撞積累到不得不宣泄的結果，不寫就無法安睡，不寫就無法認清自己和歷史。比如，在書中，母親總認為自己大半輩子的不幸都是因為有了這個女兒造成的，而女兒卻另有看法，她在加拿大回首過去時，問道：難道應該責備其他人嗎？如果是，責備誰？突然，作者被寫點什麼的衝動壓倒了。為了澄清疑慮，她開始寫下自我反省的心聲。另外，她還有一個身份困惑，她在寫前自問：我是誰？為什麼會出現在加拿大闊婦的豪宅裡？《紅浮萍》的主要篇幅是對從反右到“文革”期間紅色中國的悲劇和苦難、對殘酷而真實的人性的忠實呈現與思考。小說的主人公“平”走出國門，但最終並未以對西方生活方式的認同、擁抱為旨歸，而是通過“平”所棲居的西方遺孀物質富裕、但精神空虛的生活映照，來揭示東西方人性的共通之處，並因此發出了“哪裡才是我的家園”的追問：“在童話的密林深處閃現”的故園，是靈魂得以安放的文化家園。

《紅浮萍》是作者尋求人生答案的書,具有中國獨特的難以複製的歷史語境,也就是説一定要結合中國歷史來讀這本書。同時就《紅浮萍》涉及的一些問題來看,比如,個人與政治、自由思考與國家意識、東西方文化溝通等,這本小説又具有超越個人、超越國家和種族的內涵。

作者主動選擇了著意於意境的營構。中文譯寫本著力於語言的典雅性,在字詞的運用、意象的選擇、意境的營造中恰到好處地接續、融會古代漢語之詩詞語彙、意象,作者追求文筆靈動而意蘊深厚。作者運用古色古香的書卷、典雅氣質的散文詩般的語言,以此來烘托出古典意味的中國境界,使作品具有穿越時空的中國之氣韻。作者力圖在傳統風韻中突出現代個性,將中國美學的詩意追求和西方文學藝術精髓自然融合。

加拿大英文雜誌 *Books in Canada*(《加拿大書籍》)在評論中提到:"李彥描述歷史有她的獨到之處。在她的筆下,歷史不僅僅是背景與陪襯,歷史本身就是故事,與書中的主人公有著千絲萬縷的聯繫,對每個人物的生活、命運都產生著直接和深刻的影響。她的筆觸恢宏細膩,情感豐富,使許多抽象枯燥的東西變得人情味濃郁,使讀者仿佛置身於主人公的生活之中,與他們同悲共喜。她展示給讀者的不是簡單的黑白分明的人性,而是真實生活中常常使人徘徊於正確與錯誤的界限之間,很難找到答案的複雜的道德觀。正是這種承認人性的複雜以及對中國歷史的透徹掌握,使得她能夠以如此豐富的情感寫出這部極為深刻、令人敬佩的歷史小説。"

三、作品評介

《紅浮萍》是李彥於 1995 年創作的第一部英文長篇小説。中文版的《紅浮萍》是作者本人對字詞都經過了反復的推敲的重新創作。

《紅浮萍》是一部自敘性的小説。敘述者"平",被作者界定為加拿大一位上層階級孤身老太太的"小保姆"。作者要展示的是一部沉重的中國當代人生存和心靈層面上磨難與奮進的歷史。可是作為作家,既不能充當政治和道德裁判者,也不能充當傷痛的撫摸者與控訴者,而只能是一個歷史的見證者與呈現者。由"平"把故事款款说起,自然、真實、準確,沉重中有冷靜,質樸中有深邃,敘述儘管充滿淚水,但讀者與作者一樣,不會被淚水所淹沒,仍然能在哀傷中保持一雙冷觀的眼睛。敘述者是十分感性的,文本中也充溢悲情。所有的哀傷、叩問、懷疑、思索,都化作平靜、平實的講述。震撼讀者的,正是作者如實地呈現歷史真實所表現的自然洶湧的情感力量。然而,敘述者畢竟與那個時代拉開了時間和空間的距離,寫作的位置站立在地球的另一個邊緣,因此,這種情感力量也顯得更內在、更實在,沒有矯情,也沒有空洞的吶喊。

西方的狀態與東方的歷史記憶的互映設計,還讓人感到,人類社會的生存困境、人性困境是普遍的。在西方上層階級老太太的這一端,她的生活是如此孤獨、如此蒼白,記憶中可緬懷的只是那四條已經死去的狗。這種堂皇富麗的物質所掩蓋的令人難以承受的"輕",與東方那種由階級鬥爭、政治運動、物質匱乏所構成的令人難以承受的"重",形成一種鮮明對照。小説作者面對生存困境只作呈現,不作價值判斷,但它引發讀者思索:人的存在意義在哪裡?《紅浮萍》的敘述框架是雙向的,與單向性敘述不同,不只寫中國一端。這種雙向性結構所蘊含的精神內涵更為深邃,其敘述藝術也更為多彩。

《紅浮萍》的中文譯寫,主要以抒情獨白體方式、充滿書卷氣的語言娓娓道來。其語言表述方式不同于當今大多數文學作品中的生活化、口語化書寫方式,作者使用了典雅的書面語。《紅浮萍》主要以"平"的成長為敘述主體,以童年的"平"的視角切入成人的社會。小説節奏舒緩,情節像生活本身自然發展,因而從整體風貌來看,《紅浮萍》是一部散文化的、典雅的詩化小説,在对苦難歲月的傷感追憶中、对隨歷史沉浮跌宕的人生命運的叩問中,小説充滿了中國傳統文化意味的意象的選取,以及唯美意境的運用。

《紅浮萍》中文譯寫本的書名、章節目錄整體上體現了對意境與詩性的追求。"紅浮萍"這一意象既寓指"平"的漂泊身世,也暗喻了中國人的心靈和精神漂泊之旅。而中英文本的章節目錄更能直觀顯示出中英文語言表述的不同風格。中譯本共 15 章,每章標題為頗蘊意境的整齊的兩字詞,分別是回惶、故園、蘆絮、易幟、危巢、蹉跎、喧囂、雪鄉、孤城、荒村、山野、誘惑、曙色、謎蹤、除夕,若將標題並置連綴,會呈現出一幅滿溢傷情詩意的畫面。這些標題足以體現中文譯寫本無疑更重視通過意象的調遣來營構意境。作者通過"含不盡之意於言外"得以婉曲地呈現,更具詩性之美。在小說意象的選擇與意境的營造上,作者主要以萃取傳統詩詞意象和意境的手法,不露痕跡地將經典詩詞意境傳達出來的韻味、氛圍恰到好處地融入小說中。

如果說《紅浮萍》的典雅的書面語有何不足的話,那就是《紅浮萍》的語言雖然精湛,但因為與現實語言表述方式的差異,有些時候也難免給人不太自然,稍嫌刻意,甚或矯情的印象。如"平"與 28 年未曾見面的生父"楠"相見,"楠"說:"我知道,我沒有認錯人。當我在樓下看到你第一眼時,我看到了你年輕的母親迎著朝霞朝我走來……" 這種近於舞臺劇的人物對白,與生活化的語言相距較遠。

小說結構恢弘而細緻,是一部宏大的家族敘事小說,通過一個家族的滄桑寫出了一個大時代。它見證了時代,也見證了人性。《紅浮萍》裡的時代是具體的。讀者仿佛可以觸摸到時代的肌理。因為生活在那個時代的人與人之間的關係,人際間的疏離、衝突、困惑,他們心靈的重負、苦難、變態,無一不飽含真實、有血有肉、有淚有歌。土地改革、抗美援朝、反右鬥爭、"文化大革命"、改革開放,每一個大情節,都是根本。它的質感來自於作者抓住了時代的脈搏,來自於抓住了其中的細節和肌理。《紅浮萍》的可貴恰恰是它抒寫時代,每一頁裡都有歷史跳動的主旋律,每一行間都是中國人與知識分子所飽嘗的生活苦汁，每一滄桑過程都迴響著那些生死掙扎和良心的呼喚，那些麻木的慣性，那些不甘麻木的無助，一切都在作者的筆下得到活生生的、結結實實的呈現。雖然文學家不是歷史學家，但作者呈現出更豐富、真切、富有生命感的歷史畫面。小說真切地展現了在滄桑苦難中堅韌追尋的知識分子的生存狀態、心靈歷程以及人性的複雜與異化。

作品的總體抒情風格也呈現出"怨而不怒""哀而不傷"的傳統詩韻味。小說中有兩條並行旋繞的線索，一方面以身在太平洋彼岸的"平"的生活映照過往的苦難歲月，小說 15 章中有 6 章是以"平"在加拿大富孀莊園的生活為線索，提拽中國內地的故事，"平"以一個既是親歷者又是旁觀者的身份對過往的歷史塵煙回望與沉思，時空距離讓苦難彷佛經過一層濾篩，書寫便有了一份從容與淡定，其敘述自然減弱了激越的鏗鏘之調。另一方面，"平"作為三代女性之一，小小年紀歷經生活的磨難，卻有著堅韌的對理想的矢志以求，三代女性的命運在歷史的潮流中一波三折。

《紅浮萍》對歷史把握真實、對人性挖掘深刻。作者在創作時，堅持人物的情感真實性，對歷史事件的描述力求真實，而不去追求聳人聽聞和戲劇化的效果。在對人的精神層面的探索上，傾注了大量的筆墨。《紅浮萍》對人性的揭示不僅在於描述了人性的扭曲，更在於剖析造成這一現象的社會機制。作品的悲劇色彩，正來自作者揭示歷史真實的膽識。讀者可以從這三代女性所蘊含的豐富故事中，感受到中國婦女自我解放的艱難，從而瞭解中國社會狀況及未來走向。雖然小說裡的主人公選擇了走出國門，但這並不意味著國外就是天堂，這恰恰表明無論走到哪裡，人性和人類的情感都是共通的，有善有惡，有美有醜，這是永恆的。

小說中的人物塑造真實、豐滿，"外婆"的堅韌豁達，"母親"的聰慧激進，"父親"的寬厚善良，均各具特色。此外，即使著墨不多的角色，也個個性格鮮明，讓人過目不忘。如"外公"家刁鑽可憐的"紫嘴唇四小姐"，被棠舅遺棄而絕望自盡的明媒妻子"木瓜臉鮑家小姐",等等。在人物刻畫上,作者尤其顯得洗練生動,往往寥寥數筆,即活靈活現地勾勒出人物的心態和神態。

李彥的筆鋒坦率細膩,具有濃厚的感情色彩。許多抽象枯燥的概念,在她筆下變得充滿了人情味,使讀者仿佛置身于主人公的生活之中,與他們同悲共喜。她展示給讀者的不是黑白分明的單一個性,而是真實生活中常常使人徘徊於正確與錯誤之間,很難找到答案的複雜道德觀。作者描繪了紅色時代中各個人物的境遇,及人物對命運的理性屈從。人物的命運在風雲變幻的歷史中飄零,其間有驚駭,有堅忍,還有苦痛。小說著重塑造了紅色年代中的女性,歌頌了她們的淳樸、堅韌和智慧,同時又深刻地表現了小說中男性內心的孤寂和脆弱。《紅浮萍》的視野寬闊,用中西方雙視角,來觀察這個世界,觀察兩種不同社會形態下的人群和人性。作者寫出了人物的性格魅力,以及對人性的深刻觀察,冷靜、客觀地呈現了人的精神深處的不安。作者更善於挖掘的是那些深藏的和掩蓋的東西,小說呈現出深刻的思想性特徵。

《紅浮萍》是一部寫實記史的小說。作家出版社編輯指出:"這是一部最接近我們這一代人生活的小說。這些故事既親切又悲傷,讓我們再度那麼熱乎乎地接觸那些已經逝去的年代。歷史像潮濕的沙土,分量都在,能讓人感受到它的力量。《紅浮萍》用一個在情理之中的活生生的故事,把是非、褒貶乃至同情和批判表達出來,具備了心靈史的潛質,它不是單寫遭遇,也不是在舔傷口,它的注意力在人的內心,而背景又有特殊的時代特點。小說的'呈現'十分精彩,把悖論下的掙扎和少年的恐懼層層強化,形成了強大的衝擊力。"《紅浮萍》的文辭筆墨之間浸透著凝重的歷史意韻,忠實地再現了在歷史大潮中人物的漂泊命運和堅韌的人格,令讀者在典雅的文字和引人入勝的故事中回味人生、反思歷史。

四、片段欣賞

故　園

那個面目慈祥的老婦人,好像是外婆。在一間狹窄、低矮、簡陋的黃土小屋裡,她正忙忙碌碌,招待著三兩個我似曾相識的人。

心中不由生出幾許疑惑來。幼時曾數度返鄉,記憶中的故園,依然鮮明如畫,絕非眼前這番景象。

60 年代初,鐵路尚未伸入這塊秦嶺南麓的盆地。在嘉陵江畔下了火車後,便坐進破舊不堪的長途汽車裡,順著蜿蜒曲折的漢水東行。公路邊不時閃過一兩幢顏色晦暗的茅舍,田間地頭,三三兩兩挺立著幾株芭蕉和棕櫚,寬闊的葉柄在清晨飄浮的薄霧中影影綽綽,若隱若現。

古城位於漢江平原腹地。外婆家坐落在城南一條青石板鋪就的街道旁。外公在世時, 為全縣首富,在鄉間和城裡各有一所宅第。鄉下的那處三進大院, 傳說當年頗為氣派,土改時分給了二十三戶人家。城裡那座四合院, 幾經滄桑,也盡失昔日風光,成為數家合居的大雜院。

* * *

世紀之末, 外婆落生在小城東街一家裁縫鋪裡。裁縫的三個女兒個個如枝頭帶露的果子般鮮亮。裁縫鋪裡媒人不斷。大女兒已在頭年嫁到了褒城山貨棧老闆家, 現在輪到二女兒了。可任憑媒人説破了嘴皮, 裁縫總是笑眯眯地不置可否。二女兒滿十九了, 裁縫依然不慌不忙地東挑西揀著。然而, 精於算計的裁縫哪裡曉得, 清帝遜位後, 軍閥間爭奪勢力的戰爭已蔓延開來。小城那與世隔絕,亙古不變的生活節奏,很快將被打亂。

一個炎熱無風的夏日，正午的驕陽烤得人頭昏腦脹，貓兒狗兒們也都躲在門洞陰影裡喘息。忽然，一串清脆的馬啼聲踩在青石板街道上，由遠而近。人們伸長了脖子，好奇地張望著。一個身材魁梧，騎高頭大馬的軍官，正帶領隊伍途經小城。路過裁縫鋪時，軍官的目光落在門板後探出的一張臉上。軍官一怔，勒住了馬頭。幾天後，隊伍開拔之時，二女兒被帶離小城。

外婆和這個軍官在一起是否幸福，她從這魁梧的漢子那裡可曾得到過愛情，將永遠無人知曉了。隊伍離開小城不足半載，軍官便在一次戰鬥中陣亡。

年輕的外婆被送往軍官的家鄉。她尚未從死亡的震驚中恢復過來，便獲知了一個令她毛骨悚然的消息。軍官家人密謀策劃，企圖將外婆賣入妓院，撈取一筆外快。幸虧有個良心尚存的親屬，將陰謀洩漏。於是，人販子前來領人那夜，外婆已銷聲匿跡。

外婆逃回了千里之外的故鄉。很難想象，在那兵荒馬亂，盜賊蜂起的年月裡，一個目不識丁的纏足女子，是怎樣活著走出了險山惡水和刀光劍影的。然而，她回來了。在一個凜凜北風把古漢台角樓上小銅鈴吹得叮噹亂響的冬日傍晚，有人瞥見了外婆蒼白瘦削如紙鶴剪影的身姿在街頭飄過。

外婆返回家鄉數月，裁縫便把她嫁給了外公。外公已年近六十。瘦高的身材微駝，長臉上垂著醒目的鷹钩鼻。他妻子去世不久。四個女兒中的三個也已嫁出。外公唯一的遺憾，是他花甲之年，尚無子息。族人中不斷有前來說項者，欲將兒子過繼給他。然而，精明的外公，對這些覬覦他龐大財產的建議，一概置之不理。他已拿定主意續弦，不使香火中斷。

傳說外公在媒人撮合下，對一個據稱溫柔賢慧的老姑娘較為中意。但在下定之前，外公執意要側面看一下老姑娘相貌。幾個媒人慌了手腳。原來他們受人之托，共謀要把一個其貌不揚的女子嫁入外公豪宅。情急之中，媒人們想出了偷樑換柱妙計。裁縫那紅顏薄命的二女兒新寡在家，何不讓她出面相親。待生米煮成熟飯，還怕老頭子反悔不成？

* * *

兩年後，外婆懷孕了。嚴重的孕期反應使她粒米難進，嘔吐不停。外公求子心切，請來城中最好的中醫為她診脈安胎。

一日，外公乘船到漢江下游辦事未歸。暮色中，外婆的女傭在廚房煎煮中藥。她因事離開了片刻，返回時卻見四小姐高大的身影在灶台前匆匆閃過。擦身離去時，四小姐神色慌張，險些被門檻絆倒。望著咕嘟嘟冒熱氣的藥罐，女傭猶疑不決。最終，在她巧妙的暗示下，外婆未敢進藥。

那夜更深人靜時，外婆恍惚間聽到一陣淒厲的慘叫。她披衣下床，循聲來到室外。皎潔的月光下，一隻黑貓在階前痛苦掙扎。女傭欲言又止的面孔再次浮現。外婆遲疑著轉過身，看見了打翻在窗下的藥罐。

* * *

外婆已疲憊不堪，仍強打著精神接待親友，指派下人。她所面臨的，是雙重艱巨的任務。外公在病勢沉重時，親自做主為十七歲的棠訂下了一門親事。未想，距迎娶僅差九天之時，外公卻撒手人寰，終未能親眼看見兒子的良辰吉日。喜帖已全部發出，辦喜事的所有準備都已就緒，倘若此時取消婚禮，照習俗要在守孝三年後方可重新迎娶。鑒於紅白喜事皆為興師動眾，耗時耗財又耗力的大場面，為節省起見，外婆果斷決定，葬禮結束後，婚禮仍按原計劃進行。

幾天來，偏院裡的廚房未曾熄火，大碗小碟地招待著川流不息的人群。今天是最後一日，來賓已達高峰，坐滿十餘張八仙桌。楊家親友多，好吹毛求疵者亦不在少數。外婆小心謹慎地應付著各位，唯恐給愛挑眼者留下日後嚼舌的話柄。今日若順利度過，後日的婚禮便可如期舉行。外婆時而回首，朝擺在堂屋案上的大座鐘撩去焦急的一瞥。擇好的出殯之時就在眼前。

恍惚間，她似乎覺察到院中氣氛異常，有人在擠眉弄眼。未待她看清究竟有何差池，只見族人中七八個老少爺們已經離席，邁入前廳。一個手勢，眾人便似一堵牆般，齊刷刷橫在了靈前。

外婆定睛，見為首一人，竟是外公的同父異母弟，六老爺。只見他不慌不忙，邊翹著小指用牙籤剔著稀疏的齒縫，邊用眼角冷冷掃視著外婆，拿腔拿調地代表幾戶人家，提出了對外公遺產重新分配的方案。

* * *

轟轟烈烈的土改運動卷來之時，雯毫不遲疑，奮筆疾書，力勸外婆積極回應政府號召，主動上交所有財產。"我們龐大的家財不過是剝削勞動人民血汗而得，現在應該是無條件地將其歸還之時了！"

外婆手捏著一封封從省城傳來的燙人的家書，輾轉反側，數夜難眠。她忘不了，多年來明裡暗裡對付貪婪狡黠的親族及官府的敲詐勒索，保住家產至今的艱難，如今要把一切沒收充公，她豈能甘心呢！可不甘心，又能如何？外婆明白，遲至今日，為時已晚。

早在共產黨開來之前，古城中一些有錢有勢者就在競相拋售土地財產之後，攜金銀細軟逃之夭夭。那個屢屢尋釁肇事的六爺也在其列。外婆一向做事光明磊落，問心無愧，自信共產黨不會與自己過不去。因此，她既不變賣財產，也未加入逃亡隊伍，穩坐家中，靜觀世態。

提到共產黨，她也並非全無概念。雖說自民國以來本地一直為"國府"治下，但有關紅軍的蹤跡，卻時有耳聞目睹。約是 1934 年冬裡，一股北上的紅軍進入陝南的崇山峻嶺，翻天覆地鬧革命。外公外婆帶領闔家老小倉皇躲入城中。紅軍撤離後,外公外婆返回鄉間老宅,見庫中所存糧米被分放一空。外公仰天長歎。外婆卻安慰外公,開倉濟貧,也算是積德行善之舉吧。

抗日時期的一次傳聞,至今想起仍令外婆心驚肉跳。鄰居一個破落戶人家劉姓的女兒,在女師讀書時演文明戲,唱救亡歌,出盡風頭,成爲家喻戶曉的人物,卻突然間不知去向。消失了兩年後,劉家女子一日忽重返小城,行蹤神祕地往來於大街小巷間,做些不知是何名堂的舉動。有人私下傳說,這小女子是在延安受了訓。須臾,小女子忽又無了蹤跡。劉家寡母四下打探,皆無音訊。直到一日清晨,寡母出門,見院門外隆起一方新土,似有人在此翻弄過。疑惑中叫人掘開,幾鍬下去,挖出一個麻袋,打開來,便見血淋淋被肢解的屍體碎塊！寡母一聲慘叫,當場昏厥。消息傳開,有說是縣"黨部"所為,聽說經拷打審訊後,女子不屈,便被拉到野地裡悄悄殺害了。

* * *

外婆躲在廂房內,悄悄從窗簾的後面觀望。一個穿黃軍衣的精瘦漢子從人叢中擠出,縱身跳到一把太師椅上。只見他拿起吊在頸上的哨子,狠命吹了幾聲,混亂的人群立刻安靜下來。黃軍衣從袋中掏出幾張揉皺的紙,開始宣佈分到各人名下的財物。人群裡鴉雀無聲,間或能聽到咂嘴之聲。長長的名單終於念完,院子裡一陣騷動,開始動手搬家具拿浮財了。

棠房裡那套配有八把椅子的八仙桌,被分給了九戶人家。外婆的思緒,飛到好多年前。棠訂婚後,她請了十多個木匠在家日夜趕製新房中傢俱。這套核桃木桌椅上滿是精雕細刻的花鳥圖案,無一重樣。可惜自從婚後棠離家出走,這套傢俱便與鮑家女子一起被冷落,從未派上過用場。

一陣喧鬧聲吸引了外婆的視線。一個老佃農,不情願接受分給他的兩尊瓷器。那是外公在世時的舊物,這尺多高、繪有仕女圖的瓷帽筒,過去一直擺放在他臥室的几案上。

* * *

風聲淒厲,秋雨臨窗,怵然醒來,方明白此時身在遙遠的異國。那黃土小屋,不過是夢中情景。外婆她老人家,已在故鄉漢江旁青青的竹林中長眠十餘載了。如今,外婆與她同時代的人們都已紛紛作古,有關故園老宅的傳說,也早被小城人淡忘。

1987 年農曆除夕之夜,當古城的大街小巷裡鞭炮聲不絕於耳,夜幕中彌漫著濃烈嗆人的煙火氣味,家家戶戶都在觥籌交錯辭舊迎新之時,雙目失明已久的外婆,在一團漆黑的老宅中悄然離世。

據說,在外地教書的棠舅趕回家鄉,為她老人家操辦的喪事頗為隆重。送葬的隊伍浩浩蕩蕩,在數輛緩慢移動的卡車跟隨下,沿著古老狹長的石板街悠悠前行。街兩旁擠滿了看熱鬧的人群。黃白二色的紙錢漫天撒下,隨風飄落,幾十支嗩吶高亢蒼涼的聲調直沖雲霄,驚魂動魄。送葬隊伍跨越汩汩東流的漢水,來到離城數里的鄉間故居,在那座已被分割得七零八落、面目全非的老宅外鄭重其事繞行一周。哀號與嗩吶聲,此時驟然達到高潮,翻江倒海,震耳欲聾。

半個月後,詳盡記載了葬禮過程每一細節的長信和彩照寄到了北京。"雯妹,喪事辦得十分排場,圍觀者人人羨慕。有人說,現在好啦,共產黨不管這些事啦! 也有人說,我死後怕是沒有楊家婆這麼風光……"

媽媽在悲哀的浪潮平息後,卻對棠舅的行為多有微詞。"'文革'中被關了十年,還不吸取教訓,身為政協委員,竟敢把送葬隊伍帶到被沒收的老宅去! 倘若人家追究起來,說他反攻倒算,可怎麼辦!"

媽媽的擔憂,已成多餘。兩年之後,棠舅便因病離世,未及看到如今天翻地覆的變化。想到此,我心中猛然一動,依稀記起夢中所見人物,其中一個,似乎正是棠舅。難道親人們是在托夢給我,為了某些未竟的心事? 我竭力回想,慌忙捕捉,卻發現那夢境已漸漸淡化,消失,只留下一些模糊不清的痕跡。

悵然若失之餘,我擰亮檯燈,從抽屜裡摸出包在絹子中的那雙沉甸甸的象牙筷。燈下,淡黃色的光澤閃閃爍爍,無言地向我敘述著已被人們遺忘的,久遠的傳說。

五、討論題

1.書名《紅浮萍》的寓意是什麼?從哪些方面反映了小說的內容?

2.李彦寫《紅浮萍》的主要動機是什麼?為什麼初版是英文版?

3.書中一家三代女性生存的歷史背景分別是什麼時期?書中提到的哪些重大歷史事件直接影響了故事中人物的命運?

4.平的外婆是一個怎樣的人物?她經歷了什麼歷史時期?這個人物說明了什麼?

5.平的母親雯是一個怎樣的人物?她對平有什麼影響?這個人物的特殊意義是什麼?

6.平,即書中的"我",是怎樣的一個人物?她與她的外婆和母親的相同和不同之處是什麼?

7.《紅浮萍》中的人物塑造有什麼特性?作者是怎樣揭示人性和人物的內心世界的?

8.為什麼説對故事淳樸的敘述是《紅浮萍》的寫作風格？你怎樣評價小説的敘述特色？作者通過什麼故事和生活場景來表現外婆的人生紀實？

9.作者是如何把握歷史的？為什麼説在小説中歷史不僅僅是背景與陪襯，歷史本身就是故事？

10.你怎樣理解《紅浮萍》的主題？第二章對故園的記述中使你感受最深的是什麼？

六、擴展閱讀

1.趙慶慶：《論加拿大雙語作家李彥的自我譯寫》
doc.qkzz.net/article/684e0e4e-738a-4110-b05b-4f6cf959e52c.htm

2.著名作家劉再復教授評論《紅浮萍》：
http://book.douban.com/reading/10818406/

3.著名作家劉震雲評《紅浮萍》：
http://book.ifeng.com/ps1/dzsp/201001/0128_3553_1528558.shtml

4.饒芃子：《李彥小説〈紅浮萍〉的藝術特色》
http://www.gzwl.org.cn/node_162/node_167/node_571/2012/02/07/13286018339538.shtml

5.易淑瓊:《走不出的意境》

http://www.xzbu.com/5/view-3769837.htm

6.李彦:《中西文化交流中的文學表達》

http://sscp.cssn.cn/xkpd/dh/201609/t20160901_3184322.htm

第六章

余曦与长篇小说《安大略湖畔》

一、作者简介

余曦，上海人，1982 年毕业于复旦大学新闻系，当年是复旦大学新闻系的高才生。1996 年移民加拿大，现定居多伦多。他是职业记者，在多伦多《明报》工作，也是业余作家，主要用汉语从事写作。余曦早在 1986 年即开始创作，曾在《上海文学》发表中篇小说《一个陷入政治事务的厂长》，《文汇月刊》发表短篇小说《错位》等。他在《收获》《当代》《钟山》《长城》《上海文学》《文汇月刊》等刊物发表过长、中、短篇小说多种，作品曾被《小说月报》转载。他还创作中篇小说《移民的爱情》《新闻部大姐大》，长篇小说《求知记》等。其中《移民的爱情》，以其对海外新移民情感生活的深刻把握而获得普遍好评。

多年的生活与艺术积累，使他在 2000 年厚积薄发，写出长篇小说《安大略湖畔》，先是在《收获》刊出，后由作家出版社于 2005 年出版单行本。《安大略湖畔》无疑是作者的代表力作。小说触及海外华文文学一个具有深远意义的主题，就是新移民面对异域文化的挑战将如何“突围”。这部小说广受佳评,评论家刘俊语认为这是北美华文文学史上一部“独特而重要”的作品,评论家部元宝和陈公仲分别在文学报和文艺报撰文推介,中国世界华文学会会刊《华文文学》(汕头大学主办)2006 年第 4 期出版了评论读书的专辑。此外,余曦在多伦多主持的评论加拿大政坛的专栏“星星走笔”获台湾 2002 年侨联文教基金会华文著述新闻评论头等奖。

二、创作历程

中国移民潮始于 20 世纪 80 年代改革开放之初,那时出国的人们,大多以取得学位和发家致富为已任。但是到了 20 世纪 90 年代中后期,出国移民在物质财富方面的渴望已经没有当年那么强烈,探索海外世界的愿望则越来越明显。而当年的新移民站住脚跟之后,他们也不满足于仅仅在物质生活方面,有一份收入稳定的工作和房产汽车就万事大吉了,他们同时渴望精神层面上和政治层面上的参与。余曦的《安大略湖畔》试图反映这一新的趋势。作者写作《安大略湖畔》的缘起,是亲自参加了公寓中与管理委员会的斗争,当时感觉颇有心得,但是一旦投入写作,则步履维艰,并不轻松,作者自己也开始感到不满意,及至写到中途,那些虚构的人物和故事站了起来,感觉才渐有改善。小说的后半部分,进展十分顺利,人物纷纷各自行动起来,情节势如破竹,一路辛苦的作者此时真的是喜获报偿了。

余曦在海外华文文学的迷宫中,摸索闯荡,从题材、视角、主题基调、审美观念、价值取向,以及意境情趣,全方位地走了出来。余曦突破早期的《北京人在纽约》《曼哈顿的中国女人》的观感性、经验性等模式,用思辩性和哲理性使他的《安大略湖畔》中的中国移民走出了孤独、悲观的阴影,逐步冷静地面对严峻的生活现实,走向抗争求生存发展的道路,他们更富有积极、进取、乐观、奋斗的精神以及对时代、社会、人生的深刻思考。

作者要写的是新移民在异国他乡的事,写的是他最为熟悉也最为关心的海外华人生活。出于职业记者的敏感,他对海外华人维权意识薄弱的问题备感关注。但是,余曦没有去写竞选和投票的政治场景,或者写圣人、高人、富人。他把焦点汇聚在安大略湖畔的一座名叫列克星顿的豪华公寓,要写发生在这座高级公寓内的物业纠纷:围绕着大楼"董事局"(类似于中国的"业主委员会")在运作过程中的腐败行为,楼中以中国大陆移民为主的居民们团结起来,针对洋人凭借在董事局占多数的有利地位,利用职权暴涨大楼管理费并从中谋利,进行了不屈不挠的斗争。虽然斗争一波三折,历经阻碍,但正义最终战胜了邪恶,以中国大陆移民为主的居民们靠着团结、坚韧、诚信和智慧,合理合法地赢得了最后的胜利。

作者要将他的人物写小,写低,而不是写大,写高。在小说中作者要表现的是一些很普通的芸芸众生。"维权"过程中,作者要层层剥开一些重要人物的心理,他将自己的所见所闻写出来,绝不勉强自己写那些没有看到、看不清楚或客观上根本不存在的东西。作者的目的,是想揭示不同人物参与"维权"的动机,以此刻画其灵魂。但他没有一句拔高的话,只是照实写来。不同人物同意采取一致行动,心理动机各不相同。有的为了虚荣,在漂亮的异性面前炫耀自己;有的为了鼓励对自己有好感的男子;有的只因为受到公寓保安的污辱而奋起反抗;有的则为了借这件事情摆脱糟糕的心境。

维权行动逐渐将大家凝聚起来,成了孤寂无聊的侨居生活中唯一的亮色,但就在这时候,也有人中途插进来,竟然是因为濒临破产,想从中捞一把。所有这些,都没有什么虚玄。他们有着各自迥然不同的海内外的人生遭际,有苦乐生涯,有爱情梦想,有屈辱困境,也有生命追求。他们还有各自难以言表的人性弱点,甚至有人还有某种不可原谅的人格缺失。他们参与这场斗争实际上是被动的自发行为,完全出于生活所迫,无奈而为。只是一种人性的良知、民族的自觉和东方的智慧,以此为支撑,他们才得以取得了胜利。作者在这里,把笔触直接指向了他们的灵魂深处,揭示出了他们真实的人情、人性的奥秘，让他们在这场现实的斗争中，灵魂受到拷问，人性得到张扬，思想境界获得净化。这样，作品成为了一曲颂扬人性的爱心、友情、善良、正义的生命赞歌。

作者将爱情描写得十分简单，基本上引而不发。男主人公一开始对心仪的异性有种种幻想，不料对方的心在短暂荡漾之后，很快"以理节情"，归于平静。两人的交往只限于"维权"过程中彼此合作，没有什么特别浪漫的佳期蜜约。作者甚至有意强调中年人偶尔发作的婚外情免不了的那份卑俗与难堪。这样写，虽然可能错过许多好戏，但也避免了流行的浮辞涨墨。两位主人公从动情到平静的某种默契和无伤大雅的误会，已经弥补了因为幻想没有进行到底而来的缺憾。在这方面，因为作者追求实在，反见新意。

作者将编织故事情节的主要场域放在列克星顿公寓，成为诸多出场人物互相发生关联的一个纽结点。也就是说，正是借助于列克星顿公寓，小说的海外华人群像才得以集体出场。围绕着住房管理费增减的问题，从中国的大陆、台湾、香港来的华人与公寓管理层的几个加拿大白人展开了一场斗争。这是一场公寓业主为维护自己的权益和公寓董事会斗争的故事。

在题材上，作者也试图在 20 世纪 80 年代以来北美华文文学中独树一帜，写一群中国人与一群外国人的斗争是没有先例的。通过《安大略湖畔》，作者表现了中国人不再是一盘散沙，喜内耗、不团结的中国人的"劣根性"，在《安大略湖畔》中的中国移民身上被克服了，北美的中国人在与异族"恶势力"抗争的时候，他们是如此团结、互助、忘我。而且作者让他们合理地运用法律武器，有理有节、有条不紊地展开合法斗争。正如小说中所写的那样："不管白人还是中国人，都有好人和坏人。"如果不是身在北美，斗争的对象不是"洋腐败分子"，那么这个小说就与我们国内屡见不鲜的"反腐"小说并无二致。因为作者设计了中国人所进行的"反腐"斗争面对的是洋人，因此这种"反腐"斗争就不单纯是"反腐"，还牵涉到两个族群之间的对决——其实质则是以罗伯特为首的董事局成员对中国人的歧视、压迫，以及中国人对这种歧视、压迫的反抗，于是在《安大略湖畔》这部小说中，“反腐”斗争也就具有了中国人为反抗歧视，为民族而战、为尊严而战的深层含义，而在这一斗争过程中所显示出的中国人的团结互助、懂法用法，也塑造了新一代中国移民形象。

虽然作者的立场是站在“中国人”一边，但他在塑造人物形象的时候，却没有简单化。虽然小说中的中国移民在与洋人“董事局”进行斗争的时候都表现出了“正义”的一面，但每个人又都有着自己的复杂性：穆求思对于自己的“责任”由敷衍到认真，林莺在感情上的动摇，刘有道在婚姻问题上的软弱，金奇芬的自私，杜家琪的暴力倾向，汤嘉钰对真正爱情的退缩和回避，郝永福在生存压力下的猥琐，尤杰的苦闷，爱丽丝的有勇无谋，姜梅英小市民式的琐碎，顾继佐的狡猾和深不可测……所有这些，都使这些“为了一个共同的目标走到一起来”的中国移民血肉丰满、各有特色。作者在呈现北美社会的“腐败”和种族歧视的同时，也旨在昭示正义感和同情心同样存在于“非我族类”的洋人中间。既有民族正义感但又不被这种民族正义感引向非理性，使余曦在创作《安大略湖畔》的时候能够避免简单化。

三、作品评介

《安大略湖畔》的故事发生在风光秀美的多伦多市，在碧波万顷的安大略湖畔刚落成的列克星顿公寓中。公寓召开大会选举大厦董事局，虽然大厦业主中将近六成是华人，但是出席大会的则以西人居多。来自上海的移民穆求思在美貌少妇林莺的推动下，临时决定参选董事局，竟然成功，和另外四名白人一起被选入董事局。进入之后，他才发现，自己不过是摆设而已，而董事局不久就决定将居民的管理费提高百分之七十。原因是建筑商以低管理费为诱饵招徕买主，第一年照规定由建筑商负责大厦的日常管理，亏损严重,因此他们与新董事局联手,大幅提高管理费,以弥补亏空。

这场斗争带有丰富的文化冲突的意义。在参战的过程中,中国移民都各有不同的收获,度过了一段有意义的人生。作者塑造了众多人物,他们活跃在列克星顿风波中:穆求思原是上海医生,目前却只能在多伦多打工,心头因此存下一段隐痛。他在误入董事局之后,在林莺的鼓舞下,对主席罗伯特奋起斗争;而在与董事局其他成员碰撞之际,他又品尝到与林莺之间另一种意味的碰撞,领略到无限风光,并发现了重操旧业的曙光。林莺作为加拿大皇家银行总部电脑部技师,拥有新西兰名牌大学硕士学位,本来就是一个为爱情而活在这个世界上的女人,更兼受到女权主义的光芒照耀,她是列克星顿风波中的灵魂人物之一,虽然她也醉心于放浪形骸的生活,但在千百年中国传统文化的制约下,演绎了更加精彩的情感之路:在丈夫儿子回国之际,她可以守身如玉,但为了一句表白感情的话语,她却主动邀请情人共赴巫乡。

作者塑造的其他人物也都个性鲜明,淳朴感人。刘有道在大公司任软件师,收入丰厚。老刘在风波中充当了顾问的角色,而他本身的经历更加令人感佩交加。他们一家三口最早投奔纽约,因身份难题而移民至加拿大。老刘在国内时是政府体改办官员,一时无法找到体面工作;妻子实在忍受不住,离他而去。面对如此惨重的打击,老刘忍辱负重,独自带着年幼的女儿,重新学习电脑专业,再战人生。在风波中,他结识了曾为复旦高才生的汤嘉钰,她陷入不幸的婚姻,遭受丈夫的责打,正当两人关系发展之际,在女儿的生日家宴上,他的妻子突然出现,因此引发一场争女之战,老刘泪洒法庭,保住了爱女留在他的身边。

作者运用了人物素描手法,无论正面、反面人物,无论主要人物、次要人物,都源于生活,真实贴切。爱丽丝是一位随父母从台湾来加的少妇,担任加国某公司的会计。她是个多血质的女子,感情奔放,自幼来加,曾经体会到种族歧视的滋味,因此对于列克星顿风波中种族之争的含义有着更加深刻的体验。她中英文俱佳,是主力队员。罗伯特身为列克星顿董事局主席,是个生意人。他受开发商之托,要做成大幅增加管理费的勾当。他虽然没有跟亚裔居民打过交道,但他认为亚裔人士怕官怕法,只要下大力猛烈镇压,必能成功,结果体面丢尽,败走滑铁卢。尤杰是中国某省工业局长之子,父亲受贿事发,临捕时安排他逃亡加拿大,匿居在列克星顿。他无意中参加到风波之中,却不料从中体会到人生的意义,越发投入,并且在上门征求签名时,无意中救了一位韩国老太的性命。无奈天网恢恢,列克星顿的斗争即将结束了,他却因一场意外被揭身份,他万念俱灰,打算绝食自尽;多伦多警方心理专家百般劝说无效,幸得林莺赶到,数语解开了他的心结。

作者对小人物的心态和纠结也写得淋漓尽致。郝永福在移民前系中国西北某大学政教系副教授,身无长技,糊口不易,夫妇俩平日靠打工生活,因自卑而自闭;他本来以为起来斗争未必奏效,而在董事局大幅加管理费时,他以“中国式”的方式反抗:拒付管理费,却被管理公司课以数以千计的罚款,一夜间急白了头发。他属于被逼上梁山的好汉,参加斗争后重焕生机,当管理员迈克狗急跳墙进行破坏时,他挺身捉拿,立下一功。风波过后,他发现了在加拿大做人的新天地。

《安大略湖畔》的海外众生相是生动而鲜活的,恍若是我们这个奇异的时代清晰而逼真的一面镜子。由于作者的笔墨过多地集中在对事件情节发展的推动上,虽然未对人物性格成长的背景和内涵做更深入的挖掘,未对作品的历史时空做宽广的拓展,但是,在现实舞台上的表演中,每个人物的个性轮廓仍卓然可辨。

在人物形象的塑造上,作者还采用了中国传统的串珠式结构,围绕着收回管理权这条主线,让一个个人物依次出场,并让他们的故事次第呈现于读者面前,不紧不慢,徐徐有致,每一个故事都让人回味悠长,每一个形象都因此而显得灵动活现。新华人形象的集体出场,采用了颇具古典气息的叙述方式,在叙述形式与情节内容之间就构成了一个富有张力的比较空间,参差对照中给人醇厚的审美感悟。这当然不是对民族文学传统的简单复归,而是一个炎黄子孙对中华民族文学历史的一种致敬,是一个心怀母亲和故乡的海外游子的独有的书写方式。有学者指出,形式就是文化,结构就是政治。这些形式上的选择和结构的使用,显示了作为一个移民作家,其内心深处依然保留着一颗以伟大祖国为依靠的拳拳爱国之心,表现出对于祖国历史文化的深沉敬仰和永恒依恋。

在艺术上,余曦的写作风格表现了记者的鲜明特色。他善于单刀直入地讲故事,节奏推进张弛有序,文字准确简洁而富有逻辑力量。作者对这场斗争故事的记叙描绘精彩纷呈,悬念迭起,惊心动魄,扣人心弦。这也显露出了作者对故事结构和情节的精心设计,描绘细节的功力,以及文笔流畅、细腻的素养。

在众多的北美华文文学作品中,《安大略湖畔》这部小说的另一个特别之处是它的语言。以往的许多北美华文文学作品在涉及人物讲英语的时候,往往用汉语代替英语,这种写法的好处是识汉字的读者都能读得懂,坏处是破坏了作品的"现场感"和"模拟性"。《安大略湖畔》改变了过去的"惯例",在作品中大量运用英语加上汉语翻译,这就使得整个作品不但更容易塑造出栩栩如生的北美环境,"现场感"和"模拟性"大为加强,而且,语言在《安大略湖畔》情节展开的过程中也十分重要:因为无论是与"董事局"的"斗争",还是与公寓中其他非中国移民居民的沟通,无论是搜集"董事局"的腐败证据,还是与法庭、律师打交道,都必须使用英语,在某种意义上讲,《安大略湖畔》中的中国移民所遭受的糊弄、歧视也与他们的语言不过关有一定的关系。语言问题既然在《安大略湖畔》中如此重要,那作者在写作过程中使用英语以强调语言的重要性,也就顺理成章,从中也可看出作者的用心。

用"双语交错、中英文互渗"作为小说语言的表现形态，无疑与作品的表现题材十分吻合，能更真实地"再现"中国移民的北美生活状况。《安大略湖畔》中的语言形态昭示了中国大陆移民在北美"融入的困难"与"语言"密切相关，大段的英文对话表现了中国移民在北美社会生活所遭遇到的无形阻隔。看上去北美社会似乎是个透明的世界，可是，他们如果语言不过关，那这层透明的墙就不容易打破，向他们展开的北美世界也就不容易进去。作品尝试用"语言"的本真形态构建出一个"模拟"的环境，来表现中国移民在北美所遭遇到的"阻隔"和"融入的困难"。

在当代华语文学的创作格局中，余曦在艺术个性和创作风格上已经具备了一个成熟的汉语小说作家必备的技能，而且在海外华人形象的塑造上有了突出的贡献。《安大略湖畔》难能可贵之处，更在于透过这场公寓风波，映照出一幅北美华人移民的众生相。余曦让新世纪的海外新华人集体出场面对大家，这正是我们解读作品的入门途径，也是作品的成功之处。

四、片段欣赏

安大略湖边的清风，一年四季，即使是酷暑难当的夏日，都带着一股沁人心脾的凉意，足以令人从尘世的浮躁中定下神来。

公寓立在央街（Yonge Street）的南端尽头，央街不仅在多伦多，即使在加拿大也颇负盛名，据说这是世界上最长的一条马路。它起自多伦多南端的安大略湖，一路北上，长驱直入，绵延一万公里，一直北上至安省中部的原始森林。

从大湖起步的这一段央街，堪称林荫大道，因为不但马路两边大树林立，而且马路中央的隔离带也种着枝叶清秀的小树，植盖着绿茵茵的草皮。早春天气，树脚下还积聚着些许残存的白雪，风依旧硬朗，但阳光已经明亮起来，空气中流动着春的气息。

正快步行走的穆求思，年近四十，长着一张四方脸，鼻梁端正，双目依然透亮，但边上已经可以见到微细的皱纹；他中等偏上的身材，因为体格略瘦，仍未见发福的迹象，令他的外表看起来比实际年龄要轻；他手指细长，头发梳理得十分整齐，举手投足之间，温文尔雅，处处显示出读书人的气质。

他走进会场的时候，选举大会还没有开始，但是会场里已经有许多人了。

这是湖滨社区中心属下的一个俱乐部，全部用木板制成；外表虽不起眼，里面则整洁而又宽敞；列克星顿公寓的居民大会借在二楼的礼堂召开。

穆求思一眼就发现，与他出门时的感觉相似，场内以西人为主，想到自己推掉客户可能遭致的损失，不由有些感慨，大楼中进进出出多见华人，可是临到开会选举董事局，怎么到会的都是西人？

西人居民一律穿戴整齐，虽然都是休闲服装，但衣料讲究，色彩搭配也很得体。他们中有的是老年夫妻，也有父母和自己成年的子女一起来的；还有一对白人夫妇，妻子已经怀孕，肚子小有隆起，丈夫小心翼翼地陪伴在侧。穆求思想到自己周围的几户邻居，一个韩国妇女，一个香港家庭，都不曾看见，眼光一扫，却看到一个楼道里的白人邻居安娜，她穿一件奶黄色的羊毛大衣，脖子上束一条大红底碎花围巾，显得十分典雅，她和另外一个白人老太婆坐在一起，絮絮而谈。

看到眼前的情形，穆求思感到一阵强烈的孤单感。他谁也不认识，和谁去说话呢。

他抑制住自己的惊慌，定神往周围打量，边上站着一个身材高挑的亚洲女人，也在张望。

* * *

“Huihui, I don’t want you to go either!（恢恢，我也不想你走啊！）”老刘

的嗓音哽咽了。

“爸爸,我要和你生活在一起!”仿佛生怕说英语不能让老爸明白问题的严重性,恢恢突然改口用中文大声嚷道。

“恢恢,爸爸的好女儿。”女儿这一改口,仿佛具有文化回归的巨大意义,令刘有道感情堤坝的最后一道防线终于被冲破。离开祖国以来生活中所遭遇到的艰难困苦此刻一起回到了眼前,甜酸苦辣,倾倒在心田。这小小的人儿,如今是他在加拿大唯一的亲人了啊,而她和他多么亲近。

眼泪涌出老刘的眼眶,他想用手抹去它们,可是眼泪滚滚而来,抹也抹不干净。

老刘哭了。他终于放弃了擦干眼泪的企图,一任自己感情的宣泄。

“Dad, don’t cry, don’t cry.(爸爸,别哭, 别哭。)” 恢恢一开始还想安慰爸爸, 可是从来也没有看到过爸爸这般伤心痛哭的场面,把她吓怕了,她一亮嗓子,也哭了起来。

大厅里的人早就注意到这一家子之间的恩怨,但出于教养,只是冷眼旁观,但现在事情演变到这一步,一个大男人抱着孩子痛哭起来,人们都鱼贯围了过来,一个黑人蹲下身来,轻轻地拍老刘的肩膀,“Take it easy, man.(不要太伤心了,朋友。)”

“So, Dad, who is it that made this stupid decision? (爸爸, 那到底是哪个家伙作出的这样愚蠢的决定?)”恢恢抬起泪眼迷蒙的脸,满腹怨恨地问道。

“My little girl,(小姑娘,)”刘有道一时不知作何回答, 边上一个似曾相识的声音却回答了恢恢,“There is yet a decision to be made upon this case.(这个案子迄今为止还没有作出决定啊。)”

刘有道睁开眼睛,却看到了刚才审案的法官。

“Really? (真的吗?)”恢恢仿佛绝处逢生,一刹那间竟破涕为笑,“How do you know? Who are you? (你怎么会知道的? 你是谁?)”

“I am the judge.(我是负责本案的法官。)”法官忍俊不禁,笑了起来,“So what are you crying for?(你究竟为什么哭呢?)”

边上的人都一起哈哈大笑起来,恢恢也跟着众人一起傻笑起来。

法官却收敛了笑容,对恢恢道:“我能知道你的名字吗?”

恢恢严肃地答道:“刘恢。”

法官道:“很高兴认识你。”他非常正式地和恢恢握握手,“我能不能请你谈几句呢?”

恢恢看看爸爸,老刘急忙点头。

“Sure, I will go with you.(当然,我跟你走。)”恢恢小大人似的,一溜烟跟着法官进了他的房间。

老刘坐在那里,对自己一度汹涌的男儿泪并无窘迫,反倒感到倾吐了满腹怨气似的,心底一阵舒畅。

现在轮到他爽爽地坐在横靠椅上歇息了。经历了刚才的这场风波,大厅又跌回原先的冷清。刚才围观的人们早已四散开去,人们在各自忙着自己的事。走来走去的人们,大都阴沉着脸,离婚法庭自然鲜有好事。

突然他看到金奇芬和赫巴斯基急匆匆地从他的面前穿过去,他们两人竟然没有看到他。赫巴斯基镇定如常,用一架轻型行李车拉着他巨大的公事包和几包资料,款款地走着,一边的金奇芬则板着张脸,脸拉得长长的,非常难看。

他霎时间意识到,自己今天无意中把恢恢带来的确是做对了,自己不懂得准备证据,可是却带来了恢恢这个最有用的活证据。

* * *

这真是天上掉下来的大饼,郝永福心情振奋。做翻译得钱还在其次,主要是在车间里的地位跃升,又做回部分脑力劳动。况且人事经理本人又亲自来到车间看过他一二回,其中一次是将要翻译的文件给他。阿皮克是何等媚上欺下之徒,如今见到郝永福突被提拔重用,西人经理又来看他,身价看涨,立刻转换嘴脸,将自己以往的言行忘得一干二净,从对他动辄斥责辱骂,到礼让三先,甚至人事经理拿来翻译材料时,便叫老郝停工,强邀到他的办公桌前坐下,让老郝动笔。郝永福因翻译是另计报酬的,怎肯在上班时候进行,坚不从命。阿皮克便嬉皮笑脸,道:“我们都是华人啦,你就不要客气了。”老郝对他也是又好气又好笑,只得不与他一般见识。

* * *

两人步出餐厅,穆求思送她到停车场她泊车的地方。

他其实并没有逼迫她解释的意思,只不过是按老规矩行事,站好最后一班岗,但她把他跟在后面理解成这个意思,她突然转过头来,有点动气地说:“你还要我怎么说?怎么说?好像一定要知道为什么似的!”

穆求思被她突如其来的火气吓了一跳,她并未觉得,仍然怒气冲冲地道:“好像跟我接触了一场就有多么吓人似的,难道我们就不能在人生途中共行一段了?难道,难道我们之间就不能发生一场Crash(撞击)了吗?”

Crash!林莺使用的这个英文单词深深印入了他的脑海,一瞬间,他想起多少英文歌曲,都在歌唱Crash,原来这就是人们津津乐道的Crash,而它就这样活生生地发生到了自己的身上!

“难道这场Crash伤害得你很深吗?”她突然带着关切的神色问他。

“没有。”他不需要怜悯,简短地回答。

“那就再见吧。”

她使用一系列反问句与他说话时转过了身子,午后的斜阳正好射在她的脸部,她不得不闭上眼睛,风吹乱了她的刘海,露出柔和的前额,他在前额上看到了清晰可辨的皱纹。他生出一种柔情,想要抚平它们。

但是——

人生途中的这一场撞击已经结束。

他克制了自己的冲动，默默地看着她灵巧地坐入汽车，汽车发动起来，一溜烟驶离了这个叫作“樱之花”的餐厅。

接下来，穆求思也发动了汽车，他默默地启动汽车，离开餐厅，汽车转过一条马路，开上了高速公路。

他的心头立刻渗透了孤寂之感。

多少次了，当他开着车来的时候，他的心头充满了激动，争分夺秒，唯恐晚一分钟就少了一分钟的欢愉；当他离开时，他的心中被喜悦填满，以致他不愿打开汽车收音机，生怕音乐扰乱了他欢乐的心境，打乱了他对林莺一言一行的回味。

尽管如此，他总还怀疑，怀疑这一切的真实含义，追究林莺是否真的钟情于他，当他正尽情享受着甜美的情感甘露时，他仍在怀疑它们的真实性。当这一切失去时，他才真正理解它们的意义。可是太晚了。

他感觉到彻心彻肺的痛楚。

他打开了汽车音响，将音量扭到最大，让立体声的摇滚乐充斥在飞驰的汽车内，他按一下电钮，让车窗全部洞开，让迎面的狂风呼啸着吹进车内，把椅子上散放着的纸片吹得天旋地转，又忽地飞出窗外。

此刻，他真的希望一切的一切都从头再来一遍，好让他珍惜。

五、词语选注 / 詞語選註 cí yǔ xuǎn zhù

Words and Phrases with Translation and Annotations in English

biān hào 编号 編號	拼音 pīn yīn 简体 jiǎn tǐ 繁體 fán tǐ	yīng yì yǔ shì yì 英译与释义 英譯與釋義

#	Words and Phrases in *pīnyīn*, simple-form and complex-form characters	English translation and annotations
1	bào zhǎng 暴涨 暴漲	rise suddenly and sharply; shoot up; boom
2	bēi sú 卑俗	profaneness
3	bǐ chù 笔触 筆觸	style of drawing or writing; brush stroke in Chinese painting and calligraphy
4	bīn lín pò chǎn 濒临破产 瀕臨破產	on the verge of bankruptcy
5	bù lǚ wéi jiān 步履维艰 步履維艱	walk with difficulty; meet with difficulties in one's work
6	bù qū bù náo 不屈不挠 不屈不撓	with great fortitude; great perseverance
7	cháng qū zhí rù 长驱直入 長驅直入	push deep in (war); drive straight; march into
8	dān dāo zhí rù 单刀直入 單刀直入	come straight to the point
9	fū yǎn 敷衍	walk through; play at; slight over
10	fǔ bài 腐败 腐敗	corruption; putridity
11	gěng yè 哽咽	choke with sobs
12	gǒu jí tiào qiáng 狗急跳墙 狗急跳牆	a cornered beast will do something desperate

13	gū jì 孤寂	solitude; loneness; desolation
14	guān si 官司	lawsuit
15	huǎng hū 恍惚	trance; absent mindedness
16	jìng xuǎn 竞选 競選	run for (electoral) office; campaign
17	jiǒng rán bù tóng 迥然不同	quite different
18	jué chù féng shēng 绝处逢生 絕處逢生	rescued unexpectedly from a desperate situation
19	liè gēn xìng 劣根性	deep-rooted bad habits
20	lǐng luè 领略 領略	realize; appreciate
21	lǚ jiàn bù xiān 屡见不鲜 屢見不鮮	there is nothing new in it
22	mò qì 默契	privity; agree by implication; tacit understanding
23	nǎo nù 恼怒 惱怒	angry; indignant
24	níng jù 凝聚	agglomeration; cohesion; agglomerate
25	qìn rén xīn pí 沁人心脾	affect people deeply
26	quán quán 拳拳	sincere
27	quē hàn 缺憾	regret; discount; defect

28	rěn jùn bù jīn 忍俊不禁	cannot help laughing
29	rěn rǔ fù zhòng 忍辱负重 忍辱負重	suffer disgrace and insults in order to accomplish a task
30	shèng quàn zài wò 胜券在握 勝券在握	sure to win
31	shì rú pò zhú 势如破竹 勢如破竹	push forward with an overwhelming momentum; with irresistible force
32	shǒu shēn rú yù 守身如玉	keep oneself as pure as jade; preserve one's honour or integrity
33	suǒ suì 琐碎 瑣碎	pettiness; trivialness
34	tiān wǎng huī huī 天网恢恢 天網恢恢	nobody escapes the judgement of heaven
35	tiān yá hǎi jiǎo 天涯海角	remote places; the ends of the earth
36	tóu piào 投票	vote; poll
37	wàn niàn jù huī 万念俱灰 萬念俱灰	extremely pessimistic
38	wàn shì dà jí 万事大吉 萬事大吉	all is well with everything
39	wéi quán 维权 維權	right-safeguarding; safeguard one's legal right
40	wěi suǒ 猥琐 猥瑣	obscene

41	xiāo shēng nì jì 销声匿迹 銷聲匿跡	keep silent and lie low
42	xīn yí 心仪 心儀	admire in the heart; respect
43	xū róng 虚荣 虛榮	peacockery; vanity
44	xū xuán 虚玄 虛玄	transient and abstruse
45	xù xù ér tán 絮絮而谈 絮絮而談	chattering endlessly
46	xuàn yào 炫耀	show off one's talent; prick up oneself
47	yán huáng zǐ sūn 炎黄子孙 炎黃子孫	descendants of the Yellow Emperor
48	yán jùn 严峻 嚴峻	severe; rigorous; grim
49	yī bō sān zhé 一波三折	full of twists and turns; ups and downs
50	yú guàn 鱼贯 魚貫	one following after the other; in single file
51	yún yún zhòng shēng 芸芸众生 芸芸眾生	the multitudes
52	zhuàn wén 撰文	write articles; bewrite

六、讨论题

1.余曦的《安大略湖畔》的题材与以往移民题材的不同是什么?

2.《安大略湖畔》的人物刻画有什么特色?

3.为什么说《安大略湖畔》的作者具有思辨性和哲理性?

4.你能举出几个不同人物参与“维权”的不同动机吗?作者是怎样刻画他们的灵魂的?

5.《安大略湖畔》中的爱情描写有什么特色?

6.为什么作者将故事设置在多伦多市安大略湖畔刚落成的列克星顿公寓?这对故事的展开有什么作用?

7.主人翁穆求思是怎样的一个人?他是怎样带领中国人进行维权斗争的?

8.为什么作者要将人物写小、写低,而不是写大、写高,要表现一些很普通的芸芸众生?

9.你认为用“双语交错、中英文互渗”作为小说语言的表现形态是否增强了“现场感”和“模拟性”?

10.在艺术上,余曦的写作风格有什么鲜明特色?

七、扩展阅读

1.《华文文学》2006 年第 04 期,《斗争 爱情 语言——论余曦的〈安大略湖畔〉》

http://mall.cnki.net/magazine/Article/HWWX200604010.htm

2.《华文文学》2006 年第 04 期,《突破〈重围〉——从余曦的长篇小说〈安大略湖畔〉说开去》

http://www.cnki.com.cn/Article/CJFDTotal-HWWX200604009.htm

3.刘红林:《我眼中的加拿大华文文学》

http://blog.sina.com.cn/s/blog_4qead5370101peh6.html

4.容旖旎:《〈曾在天涯〉与〈安大略湖畔〉的比较解读》

http://blog.sina.com.cn/s/blog_621c25cc0101165h.html

5.《可贵的新开拓——评〈多伦多市长〉》

http://www.chinawriter.com.cn/bk/2008-12-13/34217.html

6.《安大略湖畔》评论

http://info.51.ca/news/canada/2006-11/23379.html

第六章

余曦與長篇小説《安大略湖畔》

一、作者簡介

余曦,上海人,1982 年畢業於復旦大學新聞系,當年是復旦大學新聞系的高才生。1996 年移民加拿大,現定居多倫多。他是職業記者,在多倫多《明報》工作,也是業余作家,主要用漢語從事寫作。余曦早在 1986 年即開始創作,曾在《上海文學》發表中篇小説《一個陷入政治事務的廠長》,《文匯月刊》發表短篇小説《錯位》等。他在《收穫》《當代》《鍾山》《長城》《上海文學》《文匯月刊》等刊物發表過長、中、短篇小説多種,作品曾被《小説月報》轉載。他還創作中篇小説《移民的愛情》《新聞部大姐大》,長篇小説《求知記》等。其中《移民的愛情》,以其對海外新移民情感生活的深刻把握而獲得普遍好評。

多年的生活與藝術積累,使他在 2000 年厚積薄發,寫出長篇小説《安大略湖畔》,先是在《收穫》刊出,後由作家出版社於 2005 年出版單行本。《安大略湖畔》無疑是作者的代表力作。小説觸及海外華文文學一個具有深遠意義的主題,就是新移民面對異域文化的挑戰將如何"突圍"。這部小説廣受佳評,評論家劉俊語認為這是北美華文文學史上一部"獨特而重要"的作品,評論家部元寶和陳公仲分別在文學報和文藝報撰文推介,中國世界華文學會會刊《華文文學》(汕頭大學主辦)2006 年第 4 期出版了評論讀書的專輯。此外,余曦在多倫多主持的評論加拿大政壇的專欄"星星走筆"獲臺灣 2002 年僑聯文教基金會華文著述新聞評論頭等獎。

二、創作歷程

中國移民潮始於 20 世紀 80 年代改革開放之初,那時出國的人們,大多以取得學位和發家致富為己任。但是到了 20 世紀 90 年代中後期,出國移民在物質財富方面的渴望已經沒有當年那麼強烈,探索海外世界的願望則越來越明顯。而當年的新移民站住腳跟之後,他們也不滿足於僅僅在物質生活方面,有一份收入穩定的工作和房產汽車就萬事大吉了,他們同時渴望精神層面上和政治層面上的參與。余曦的《安大略湖畔》試圖反映這一新的趨勢。作者寫作《安大略湖畔》的緣起,是親自參加了公寓中與管理委員會的鬥爭,當時感覺頗有心得,但是一旦投入寫作,則步履維艱,並不輕鬆,作者自己也開始感到不滿意,及至寫到中途,那些虛構的人物和故事站了起來,感覺才漸有改善。小說的後半部分,進展十分順利,人物紛紛各自行動起來,情節勢如破竹,一路辛苦的作者此時真的是喜獲報償了。

余曦在海外華文文學的迷宮中,摸索闖蕩,從題材、視角、主題基調、審美觀念、價值取向,以及意境情趣,全方位地走了出來。余曦突破早期的《北京人在紐約》《曼哈頓的中國女人》的觀感性、經驗性等模式,用思辯性和哲理性使他的《安大略湖畔》中的中國移民走出了孤獨、悲觀的陰影,逐步冷靜地面對嚴峻的生活現實,走向抗爭求生存發展的道路, 他們更富有積極、進取、樂觀、奮鬥的精神以及對時代、社會、人生的深刻思考。

作者要寫的是新移民在異國他鄉的事,寫的是他最為熟悉也最為關心的海外華人生活。出於職業記者的敏感,他對海外華人維權意識薄弱的問題备感關注。但是,余曦沒有去寫競選和投票的政治場景,或者寫聖人、高人、富人。他把焦點彙聚在安大略湖畔的一座名叫列克星頓的豪華公寓,要寫發生在這座高級公寓內的物業糾紛:圍繞著大樓"董事局"(類似於中國的"業主委員會")在運作過程中的腐敗行為,樓中以中國大陸移民為主的居民們團結起來,針對洋人憑藉在董事局佔多數的有利地位,利用職權暴漲大樓管理費並從中謀利,進行了不屈不撓的鬥爭。雖然鬥爭一波三折,歷經阻礙,但正義最終戰勝了邪惡,以中國大陸移民為主的居民們靠著團結、堅韌、誠信和智慧,合理合法地贏得了最後的勝利。

作者要將他的人物寫小,寫低,而不是寫大,寫高。在小說中作者要表現的是一些很普通的芸芸眾生。"維權"過程中,作者要層層剝開一些重要人物的心理,他將自己的所見所聞寫出來,絕不勉強自己寫那些沒有看到、看不清楚或客觀上根本不存在的東西。作者的目的,是想揭示不同人物參與"維權"的動機,以此刻畫其靈魂。但他沒有一句拔高的話,只是照實寫來。不同人物同意採取一致行動,心理動機各不相同。有的為了虛榮,在漂亮的異性面前炫耀自己;有的為了鼓勵對自己有好感的男子;有的只因為受到公寓保安的污辱而奮起反抗;有的則為了借這件事情擺脫糟糕的心境。

維權行動逐漸將大家凝聚起來,成了孤寂無聊的僑居生活中唯一的亮色,但就在這時候,也有人中途插進來,竟然是因為瀕臨破產,想從中撈一把。所有這些,都沒有什麼虛玄。他們有著各自迥然不同的海內外的人生遭際,有苦樂生涯,有愛情夢想,有屈辱困境,也有生命追求。他們還有各自難以言表的人性弱點,甚至有人還有某種不可原諒的人格缺失。他們參與這場鬥爭實際上是被動的自發行為,完全出於生活所迫,無奈而為。只是一種人性的良知、民族的自覺和東方的智慧,以此為支撐,他們才得以取得了勝利。作者在這裡,把筆觸直接指向了他們的靈魂深處,揭示出了他們真實的人情、人性的奧祕,讓他們在這場現實的鬥爭中,靈魂受到拷問,人性得到張揚,思想境界獲得淨化。這樣,作品成為了一曲頌揚人性的愛心、友情、善良、正義的生命讚歌。

作者將愛情描寫得十分簡單,基本上引而不發。男主人公一開始對心儀的異性有種種幻想,不料對方的心在短暫蕩漾之後,很快"以理節情",歸於平靜。兩人的交往只限于"維權"過程中彼此合作,沒有什麼特別浪漫的佳期蜜約。作者甚至有意強調中年人偶爾發作的婚外情免不了的那份卑俗與難堪。這樣寫,雖然可能錯過許多好戲,但也避免了流行的浮辭漲墨。兩位主人公從動情到平靜的某種默契和無傷大雅的誤會,已經彌補了因為幻想沒有進行到底而來的缺憾。在這方面,因為作者追求實在,反見新意。

作者將編織故事情節的主要場域放在列克星頓公寓,成為諸多出場人物互相發生關聯的一個紐結點。也就是説,正是借助於列克星頓公寓,小説的海外華人群像才得以集體出場。圍繞著住房管理費增減的問題,從中國的大陸、臺灣、香港來的華人與公寓管理層的幾個加拿大白人展開了一場鬥爭。這是一場公寓業主為維護自己的權益和公寓董事會鬥爭的故事。

在題材上,作者也試圖在20世紀80年代以來北美華文文學中獨樹一幟,寫一群中國人與一群外國人的鬥爭是沒有先例的。通過《安大略湖畔》,作者表現了中國人不再是一盤散沙,喜內耗、不團結的中國人的"劣根性",在《安大略湖畔》中的中國移民身上被克服了,北美的中國人在與異族"惡勢力"抗爭的時候,他們是如此團結、互助、忘我。而且作者讓他們合理地運用法律武器,有理有節、有條不紊地展開合法鬥爭。正如小説中所寫的那樣:"不管白人還是中國人,都有好人和壞人。"如果不是身在北美,鬥爭的對象不是"洋腐敗分子",那麼這個小説就與我們國內屢見不鮮的"反腐"小説並無二致。因為作者設計了中國人所進行的"反腐"鬥爭面對的是洋人,因此這種"反腐"鬥爭就不單純是"反腐",還牽涉到兩個族群之間的對決——其實質則是以羅伯特為首的董事局成員對中國人的歧視、壓迫，以及中國人對這種歧視、壓迫的反抗，於是在《安大略湖畔》這部小説中，“反腐”鬥爭也就具有了中國人為反抗歧視，為民族而戰、為尊嚴而戰的深層含義，而在這一鬥爭過程中所顯示出的中國人的團結互助、懂法用法，也塑造了新一代中國移民形象。

雖然作者的立場是站在“中國人”一邊，但他在塑造人物形象的時候，卻沒有簡單化。雖然小説中的中國移民在與洋人“董事局”進行鬥爭的時候都表現出了“正義”的一面，但每個人又都有著自己的複雜性：穆求思對於自己的“責任”由敷衍到認真，林鶯在感情上的動搖，劉有道在婚姻問題上的軟弱，金奇芬的自私，杜家琪的暴力傾向，湯嘉鈺對真正愛情的退縮和回避，郝永福在生存壓力下的猥瑣，尤傑的苦悶，愛麗絲的有勇無謀，姜梅英小市民式的瑣碎，顧繼佐的狡猾和深不可測……所有這些，都使這些“為了一個共同的目標走到一起來”的中國移民血肉豐滿、各有特色。作者在呈現北美社會的“腐敗”和種族歧視的同時，也旨在昭示正義感和同情心同樣存在於“非我族類”的洋人中間。既有民族正義感但又不被這種民族正義感引向非理性，使余曦在創作《安大略湖畔》的時候能夠避免簡單化。

三、作品評介

《安大略湖畔》的故事發生在風光秀美的多倫多市，在碧波萬頃的安大略湖畔剛落成的列克星頓公寓中。公寓召開大會選舉大廈董事局，雖然大廈業主中將近六成是華人，但是出席大會的則以西人居多。來自上海的移民穆求思在美貌少婦林鶯的推動下，臨時決定參選董事局，竟然成功，和另外四名白人一起被選入董事局。進入之後，他才發現，自己不過是擺設而已，而董事局不久就決定將居民的管理費提高百分之七十。原因是建築商以低管理費為誘餌招徠買主，第一年照規定由建築商負責大廈的日常管理，虧損嚴重,因此他們與新董事局聯手,大幅提高管理費,以彌補虧空。

這場鬥爭帶有豐富的文化衝突的意義。在參戰的過程中,中國移民都各有不同的收穫,度過了一段有意義的人生。作者塑造了眾多人物,他們活躍在列克星頓風波中:穆求思原是上海醫生,目前卻只能在多倫多打工,心頭因此存下一段隱痛。他在誤入董事局之後,在林鶯的鼓舞下,對主席羅伯特奮起鬥爭;而在與董事局其他成員碰撞之際,他又品嘗到與林鶯之間另一種意味的碰撞,領略到無限風光,並發現了重操舊業的曙光。林鶯作為加拿大皇家銀行總部電腦部技師,擁有新西蘭名牌大學碩士學位,本來就是一個為愛情而活在這個世界上的女人,更兼受到女權主義的光芒照耀,她是列克星頓風波中的靈魂人物之一,雖然她也醉心於放浪形骸的生活,但在千百年中國傳統文化的制約下,演繹了更加精彩的情感之路:在丈夫兒子回國之際,她可以守身如玉,但為了一句表白感情的話語,她卻主動邀請情人共赴巫鄉。

作者塑造的其他人物也都個性鮮明,淳樸感人。劉有道在大公司任軟件師,收入豐厚。老劉在風波中充當了顧問的角色,而他本身的經歷更加令人感佩交加。他們一家三口最早投奔紐約,因身份難題而移民至加拿大。老劉在國內時是政府體改辦官員,一時無法找到體面工作;妻子實在忍受不住,離他而去。面對如此慘重的打擊,老劉忍辱負重,獨自帶著年幼的女兒,重新學習電腦專業,再戰人生。在風波中,他結識了曾為復旦高才生的湯嘉鈺,她陷入不幸的婚姻,遭受丈夫的責打,正當兩人關係發展之際,在女兒的生日家宴上,他的妻子突然出現,因此引發一場爭女之戰,老劉淚灑法庭,保住了愛女留在他的身邊。

作者運用了人物素描手法,無論正面、反面人物,無論主要人物、次要人物,都源於生活,真實貼切。愛麗絲是一位隨父母從臺灣來加的少婦,擔任加國某公司的會計。她是個多血质的女子,感情奔放,自幼來加,曾經體會到種族歧視的滋味,因此對於列克星頓風波中種族之爭的含義有著更加深刻的體驗。她中英文俱佳,是主力隊員。羅伯特身為列克星頓董事局主席,是個生意人。他受開發商之託,要做成大幅增加管理費的勾當。他雖然沒有跟亞裔居民打過交道,但他認為亞裔人士怕官怕法,只要下大力猛烈鎮壓,必能成功,結果體面丟盡,敗走滑鐵盧。尤傑是中國某省工業局長之子,父親受賄事發,臨捕時安排他逃亡加拿大,匿居在列克星頓。他無意中參加到風波之中,卻不料從中體會到人生的意義,越發投入,並且在上門徵求簽名時,無意中救了一位韓國老太的性命。無奈天網恢恢,列克星頓的鬥爭即將結束了,他卻因一場意外被揭身份,他萬念俱灰,打算絕食自盡;多倫多警方心理專家百般勸說無效,幸得林鶯趕到,數語解開了他的心結。

作者對小人物的心態和糾結也寫得淋漓盡致。郝永福在移民前系中國西北某大學政教系副教授,身無長技,糊口不易,夫婦倆平日靠打工生活,因自卑而自閉;他本來以為起來鬥爭未必奏效,而在董事局大幅加管理費時,他以"中國式"的方式反抗:拒付管理費,卻被管理公司課以數以千計的罰款,一夜間急白了頭髮。他屬於被逼上梁山的好漢,參加鬥爭後重煥生機,當管理員邁克狗急跳牆進行破壞時,他挺身捉拿,立下一功。風波過後,他發現了在加拿大做人的新天地。

《安大略湖畔》的海外眾生相是生動而鮮活的,恍若是我們這個奇異的時代清晰而逼真的一面鏡子。由於作者的筆墨過多地集中在對事件情節發展的推動上,雖然未對人物性格成長的背景和內涵做更深入的挖掘,未對作品的歷史時空做寬廣的拓展,但是,在現實舞臺上的表演中,每個人物的個性輪廓仍卓然可辨。

在人物形象的塑造上,作者還採用了中國傳統的串珠式結構,圍繞著收回管理權這條主線,讓一個個人物依次出場,並讓他們的故事次第呈現於讀者面前,不緊不慢,徐徐有緻,每一個故事都讓人回味悠長,每一個形象都因此而顯得靈動活現。新華人形象的集體出場，採用了頗具古典氣息的敘述方式，在敘述形式與情節內容之間就構成了一個富有張力的比較空間，參差對照中給人醇厚的審美感悟。這當然不是對民族文學傳統的簡單復歸，而是一個炎黃子孫對中華民族文學歷史的一種致敬，是一個心懷母親和故鄉的海外遊子的獨有的書寫方式。有學者指出，形式就是文化，結構就是政治。這些形式上的選擇和結構的使用，顯示了作為一個移民作家，其內心深處依然保留著一顆以偉大祖國為依靠的拳拳愛國之心，表現出對於祖國歷史文化的深沉敬仰和永恆依戀。

在藝術上，余曦的寫作風格表現了記者的鮮明特色。他善於單刀直入地講故事，節奏推進張弛有序，文字準確簡潔而富有邏輯力量。作者對這場鬥爭故事的記敘描繪精彩紛呈，懸念迭起，驚心動魄，扣人心弦。這也顯露出了作者對故事結構和情節的精心設計，描繪細節的功力，以及文筆流暢、細膩的素養。

在眾多的北美華文文學作品中，《安大略湖畔》這部小説的另一個特别之處是它的語言。以往的許多北美華文文學作品在涉及人物講英語的時候，往往用漢語代替英語，這種寫法的好處是識漢字的讀者都能讀得懂，壞處是破壞了作品的"現場感"和"模擬性"。《安大略湖畔》改變了過去的"慣例"，在作品中大量運用英語加上漢語翻譯，這就使得整個作品不但更容易塑造出栩栩如生的北美環境，"現場感"和"模擬性"大為加強，而且，語言在《安大略湖畔》情節展開的過程中也十分重要：因為無論是與"董事局"的"鬥爭"，還是與公寓中其他非中國移民居民的溝通，無論是搜集"董事局"的腐敗證據，還是與法庭、律師打交道，都必須使用英語，在某種意義上講，《安大略湖畔》中的中國移民所遭受的糊弄、歧視也與他們的語言不過關有一定的關係。語言問題既然在《安大略湖畔》中如此重要，那作者在寫作過程中使用英語以強調語言的重要性，也就順理成章，從中也可看出作者的用心。

用"雙語交錯、中英文互滲"作為小説語言的表現形態,無疑與作品的表現題材十分吻合,能更真實地"再現"中國移民的北美生活狀況。《安大略湖畔》中的語言形態昭示了中國大陸移民在北美"融入的困難"與"語言"密切相關,大段的英文對話表現了中國移民在北美社會生活所遭遇到的無形阻隔。看上去北美社會似乎是個透明的世界,可是,他們如果語言不過關,那這層透明的牆就不容易打破,向他們展開的北美世界也就不容易進去。作品嘗試用"語言"的本真形態構建出一個"模擬"的環境,來表現中國移民在北美所遭遇到的"阻隔"和"融入的困難"。

在當代華語文學的創作格局中,余曦在藝術個性和創作風格上已經具備了一個成熟的漢語小説作家必備的技能,而且在海外華人形象的塑造上有了突出的貢獻。《安大略湖畔》難能可貴之處,更在於透過這場公寓風波,映照出一幅北美華人移民的眾生相。余曦讓新世紀的海外新華人集體出場面對大家,這正是我們解讀作品的入門途徑,也是作品的成功之處。

四、片段欣賞

安大略湖邊的清風,一年四季,即使是酷暑難當的夏日,都帶著一股沁人心脾的涼意,足以令人從塵世的浮躁中定下神來。

公寓立在央街(Yonge Street)的南端盡頭,央街不僅在多倫多,即使在加拿大也頗負盛名,據説這是世界上最長的一條馬路。它起自多倫多南端的安大略湖,一路北上,長驅直入,綿延一萬公里,一直北上至安省中部的原始森林。

從大湖起步的這一段央街,堪稱林蔭大道,因為不但馬路兩邊大樹林立,而且馬路中央的隔離帶也種著枝葉清秀的小樹,植蓋著綠茵茵的草皮。早春天氣,樹腳下還積聚著些許殘存的白雪,風依舊硬朗,但陽光已經明亮起來,空氣中流動著春的氣息。

正快步行走的穆求思,年近四十,長著一張四方臉,鼻梁端正,雙目依然透亮,但邊上已經可以見到微細的皺紋;他中等偏上的身材,因為體格略瘦,仍未見發福的跡像,令他的外表看起來比實際年齡要輕;他手指細長,頭髮梳理得十分整齊,舉手投足之間,温文爾雅,處處顯示出讀書人的氣質。

他走進會場的時候,選舉大會還沒有開始,但是會場裡已經有許多人了。

這是湖濱社區中心屬下的一個俱樂部,全部用木板製成;外表雖不起眼,裡面則整潔而又寬敞;列克星頓公寓的居民大會借在二樓的禮堂召開。

穆求思一眼就發現,與他出門時的感覺相似,場内以西人為主,想到自己推掉客戶可能遭致的損失,不由有些感慨,大樓中進進出出多見華人,可是臨到開會選舉董事局,怎麼到會的都是西人?

西人居民一律穿戴整齊,雖然都是休閒服裝,但衣料講究,色彩搭配也很得體。他們中有的是老年夫妻,也有父母和自己成年的子女一起來的;還有一對白人夫婦,妻子已經懷孕,肚子小有隆起,丈夫小心翼翼地陪伴在側。穆求思想到自己周圍的幾戶鄰居,一個韓國婦女,一個香港家庭,都不曾看見,眼光一掃,卻看到一個樓道裡的白人鄰居安娜,她穿一件奶黄色的羊毛大衣,脖子上束一條大紅底碎花圍巾,顯得十分典雅,她和另外一個白人老太婆坐在一起,絮絮而談。

看到眼前的情形,穆求思感到一陣強烈的孤單感。他誰也不認識,和誰去説話呢。

他抑制住自己的驚慌,定神往周圍打量,邊上站著一個身材高挑的亞洲女人,也在張望。

* * *

"Huihui, I don't want you to go either!(恢恢,我也不想你走啊!)" 老劉

的嗓音哽咽了。

“爸爸,我要和你生活在一起!”仿佛生怕説英語不能讓老爸明白問題的嚴重性,恢恢突然改口用中文大聲嚷道。

“恢恢,爸爸的好女兒。”女兒這一改口,仿佛具有文化回歸的巨大意義,令劉有道感情堤壩的最後一道防線終於被衝破。離開祖國以來生活中所遭遇到的艱難困苦此刻一起回到了眼前,甜酸苦辣,傾倒在心田。這小小的人兒,如今是他在加拿大唯一的親人了啊,而她和他多麼親近。

眼淚湧出老劉的眼眶,他想用手抹去它們,可是眼淚滾滾而來,抹也抹不乾淨。

老劉哭了。他終於放棄了擦乾眼淚的企圖,一任自己感情的宣泄。

“Dad, don’t cry, don’t cry.(爸爸,别哭, 别哭。)” 恢恢一開始還想安慰爸爸, 可是從來也沒有看到過爸爸這般傷心痛哭的場面,把她嚇怕了,她一亮嗓子,也哭了起來。

大廳裡的人早就注意到這一家子之間的恩怨,但出於教養,只是冷眼旁觀,但現在事情演變到這一步,一個大男人抱著孩子痛哭起來,人們都魚貫圍了過來,一個黑人蹲下身來,輕輕地拍老劉的肩膀,“Take it easy, man.(不要太傷心了,朋友。)”

“So, Dad, who is it that made this stupid decision?(爸爸,那到底是哪個傢伙作出的這樣愚蠢的決定?)”恢恢抬起淚眼迷濛的臉,滿腹怨恨地問道。

“My little girl,(小姑娘,)”劉有道一時不知作何回答, 邊上一個似曾相識的聲音卻回答了恢恢,“There is yet a decision to be made upon this case.(這個案子迄今為止還沒有作出決定啊。)”

劉有道睜開眼睛,卻看到了剛才審案的法官。

“Really?(真的嗎?)”恢恢仿佛絕處逢生,一刹那間竟破涕為笑,“How do you know? Who are you?(你怎麼會知道的? 你是誰?)”

“I am the judge.(我是負責本案的法官。)”法官忍俊不禁,笑了起來,“So what are you crying for?(你究竟為什麼哭呢?)”

邊上的人都一起哈哈大笑起來,恢恢也跟著眾人一起傻笑起來。

法官卻收斂了笑容,對恢恢道:“我能知道你的名字嗎?”

恢恢嚴肅地答道:“劉恢。”

法官道:“很高興認識你。”他非常正式地和恢恢握握手,“我能不能請你談幾句呢?”

恢恢看看爸爸,老劉急忙點頭。

“Sure, I will go with you.(當然,我跟你走。)”恢恢小大人似的,一溜煙跟著法官進了他的房間。

老劉坐在那裡,對自己一度洶湧的男兒淚並無窘迫,反倒感到傾吐了滿腹怨氣似的,心底一陣舒暢。

現在輪到他爽爽地坐在橫靠椅上歇息了。經歷了剛才的這場風波,大廳又跌回原先的冷清。剛才圍觀的人們早已四散開去,人們在各自忙著自己的事。走來走去的人們,大都陰沉著臉,離婚法庭自然鮮有好事。

突然他看到金奇芬和赫巴斯基急匆匆地從他的面前穿過去,他們兩人竟然沒有看到他。赫巴斯基鎮定如常,用一架輕型行李車拉著他巨大的公事包和幾包資料,款款地走著,一邊的金奇芬則板著張臉,臉拉得長長的,非常難看。

他霎時間意識到,自己今天無意中把恢恢帶來的確是做對了,自己不懂得準備證據,可是卻帶來了恢恢這個最有用的活證據。

* * *

這真是天上掉下來的大餅,郝永福心情振奮。做翻譯得錢還在其次,主要是在車間裡的地位躍升,又做回部分腦力勞動。況且人事經理本人又親自來到車間看過他一二回,其中一次是將要翻譯的文件給他。阿皮克是何等媚上欺下之徒,如今見到郝永福突被提拔重用,西人經理又來看他,身價看漲,立刻轉換嘴臉,將自己以往的言行忘得一乾二淨,從對他動輒斥責辱罵,到禮讓三先,甚至人事經理拿來翻譯材料時,便叫老郝停工,強邀到他的辦公桌前坐下,讓老郝動筆。郝永福因翻譯是另計報酬的,怎肯在上班時候進行,堅不從命。阿皮克便嬉皮笑臉,道:"我們都是華人啦,你就不要客氣了。"老郝對他也是又好氣又好笑,只得不與他一般見識。

* * *

兩人步出餐廳,穆求思送她到停車場她泊車的地方。

他其實並沒有逼迫她解釋的意思,只不過是按老規矩行事,站好最後一班崗,但她把他跟在後面理解成這個意思,她突然轉過頭來,有點動氣地說:"你還要我怎麼説?怎麼説?好像一定要知道為什麼似的!"

穆求思被她突如其來的火氣嚇了一跳,她並未覺得,仍然怒氣沖沖地道:"好像跟我接觸了一場就有多麼嚇人似的,難道我們就不能在人生途中共行一段了?難道,難道我們之間就不能發生一場 Crash(撞擊)了嗎?"

Crash!林鶯使用的這個英文單詞深深印入了他的腦海,一瞬間,他想起多少英文歌曲,都在歌唱 Crash,原來這就是人們津津樂道的 Crash,而它就這樣活生生地發生到了自己的身上!

"難道這場 Crash 傷害得你很深嗎?"她突然帶著關切的神色問他。

"沒有。"他不需要憐憫,簡短地回答。

"那就再見吧。"

她使用一系列反問句與他説話時轉過了身子,午後的斜陽正好射在她的臉部,她不得不閉上眼睛,風吹亂了她的劉海,露出柔和的前額,他在前額上看到了清晰可辨的皺紋。他生出一種柔情,想要撫平它們。

但是——

人生途中的這一場撞擊已經結束。

他克制了自己的衝動，默默地看著她靈巧地坐入汽車，汽車發動起來，一溜煙駛離了這個叫作“櫻之花”的餐廳。

接下來，穆求思也發動了汽車，他默默地啟動汽車，離開餐廳，汽車轉過一條馬路，開上了高速公路。

他的心頭立刻滲透了孤寂之感。

多少次了，當他開著車來的時候，他的心頭充滿了激動，爭分奪秒，唯恐晚一分鐘就少了一分鐘的歡愉；當他離開時，他的心中被喜悦填滿，以致他不願打開汽車收音機，生怕音樂擾亂了他歡樂的心境，打亂了他對林鶯一言一行的回味。

儘管如此，他總還懷疑，懷疑這一切的真實含義，追究林鶯是否真的鍾情於他，當他正盡情享受著甜美的情感甘露時，他仍在懷疑它們的真實性。當這一切失去時，他才真正理解它們的意義。可是太晚了。

他感覺到徹心徹肺的痛楚。

他打開了汽車音響，將音量扭到最大，讓立體聲的搖滾樂充斥在飛馳的汽車內，他按一下電鈕，讓車窗全部洞開，讓迎面的狂風呼嘯著吹進車內，把椅子上散放著的紙片吹得天旋地轉，又忽地飛出窗外。

此刻，他真的希望一切的一切都從頭再來一遍，好讓他珍惜。

五、討論題

1.余曦的《安大略湖畔》的題材與以往移民題材的不同是什麼？

2.《安大略湖畔》的人物刻畫有什麼特色？

3.為什麼説《安大略湖畔》的作者具有思辨性和哲理性?

4.你能舉出幾個不同人物參與“維權”的不同動機嗎? 作者是怎樣刻畫他們的靈魂的?

5.《安大略湖畔》中的愛情描寫有什麼特色?

6.為什麼作者將故事設置在多倫多市安大略湖畔剛落成的列克星頓公寓? 這對故事的展開有什麼作用?

7.主人翁穆求思是怎樣的一個人? 他是怎樣帶領中國人進行維權鬥爭的?

8.為什麼作者要將人物寫小、寫低,而不是寫大、寫高,要表現一些很普通的芸芸衆生?

9.你認為用“雙語交錯、中英文互滲”作為小説語言的表現形態是否增強“現場感”和“模擬性”?

10.在藝術上,余曦的寫作風格有什麼鮮明特色?

六、擴展閱讀

1.《華文文學》2006年第04期,《鬥爭 愛情 語言——論余曦的〈安大略湖畔〉》

http://mall.cnki.net/magazine/Article/HWWX200604010.htm

2.《華文文學》2006 年第 04 期,《突破〈重圍〉——從余曦的長篇小說〈安大略湖畔〉說開去》

http://www.cnki.com.cn/Article/CJFDTotal-HWWX200604009.htm

3.劉紅林:《我眼中的加拿大華文文學》

http://blog.sina.com.cn/s/blog_4qead5370101peh6.html

4.容旖旎:《〈曾在天涯〉與〈安大略湖畔〉的比較解讀》

http://blog.sina.com.cn/s/blog_621c25cc0101165h.html

5.《可貴的新開拓——評〈多倫多市長〉》

http://www.chinawriter.com.cn/bk/2008-12-13/34217.html

6.《安大略湖畔》評論

http://info.51.ca/news/canada/2006-11/23379.html

第七章
张翎与中篇小说《余震》

一、作者简介

张翎1957年生于浙江温州。1983年毕业于复旦大学外文系,分配在煤炭部工作,做科技翻译。1986年赴加拿大留学,1988年获加拿大卡尔加利大学英美文学硕士,1993年获美国辛辛那提大学听力康复学硕士。居住过多个城市,尝试过多种职业,现定居于加拿大多伦多,在一家医院的听力诊所任听力康复师,是美国及加拿大语言听力康复协会会员。90年代中后期开始在海外写作并发表作品。曾任加拿大中国笔会副会长。

张翎于1977年就在《浙江文艺》杂志上发表过散文,大学时期也在《福建文学》《东海》等省级刊物上发表过短篇小说,90年代中期起逐渐在海内外文坛崭露头角。她在中国香港的明镜出版社和中国内地的百花文艺出版社和作家出版社,《收获》《人民文学》《十月》《钟山》《小说家》《江南》《上海文学》《清明》《东海》《福建文学》《香港文学》等刊物,北美的《明报》和《世界日报》,以及《澳门日报》上发表过小说、散文、译作20多篇。

张翎的第一部长篇小说《望月—— 一个关于多伦多和上海的故事》,

1997 年由北京的作家出版社出版，香港明镜出版社很快于 1998 年出版了繁体版，并更名为《上海小姐》。紧接着，她创作了第二部长篇小说《交错的彼岸——一个发生在大洋两岸的故事》，2001 年由天津的百花文艺出版社出版。到目前为止，她又陆续发表了长篇小说《邮购新娘》（台湾版名《温州女人》），以及《雁过藻溪》《盲约》《尘世》等中短篇小说集。她的十几部中篇小说大多发表在《收获》《人民文学》《十月》等著名杂志上。刊登在《十月》的短篇小说《女人四十》荣获中国第七届“十月文学奖”（2000）。她还获得第二届世界华文文学优秀散文奖（2003），首届加拿大袁惠松文学奖（2005），第四届人民文学奖（2006），第八届十月文学奖（2007）。其中篇小说《羊》《雁过藻溪》和《余震》分别进入中国小说学会 2003 年度、2005 年度和 2007 年度排行榜。长篇小说《金山》（2009）获首届“中山杯”华侨文学奖评委会特别大奖、华语文学传媒大奖年度小说家奖等多个奖项。

二、创作历程

谈到《余震》的写作缘起，张翎介绍，2006 年 7 月 29 日，那天下了一场倾盆大雨，她正要从北京赴加拿大，车子好不容易穿越积水赶到机场后，才得知那天所有的航班都推迟了，飞往多伦多的航班推迟了 9 个小时。她当时在北京机场，百无聊赖地在机场书店闲逛。她发现书店里摆满了关于“唐山大地震”的各种回忆录。其中有一本叫《唐山大地震亲历记》，写的是很多人对那一天的记忆。她才恍然大悟，那时候正是唐山大地震的 30 周年纪念日。她当时只是为了消磨时光，很偶然地翻看这本书，回忆录里面给她印象比较深刻的是一些关于孩子们的事情。

书里讲到一群孩子从震后的唐山坐火车到石家庄育红学校，一路上大人们以为孩子们会哭，可是他们一点都没有。他们吃着苹果，神情麻木，有几个孩子甚至带有一丝兴奋。然后到了育红学校，孩子们给大家汇报演出，载歌载舞，喊着一些那个年代特有的激烈口号，结果校长在底下看着受不了了，当场昏倒。这个故事深深地触动了张翎。

这本书还讲了一个孩子的手被截肢以后，从麻醉中苏醒过来，要求护士给他挠痒。护士以为他说的是剩下的那只手，结果他说不是。他不明白，为什么这样一个简单的要求竟让那个护士阿姨泪流满面。还有一个打动了张翎的故事，因为当时的防疫设施很差，死尸埋藏得很浅，过一阵子又得把尸体挖出来埋到更深的地方去。有姐弟俩就拉着手，去找妈妈被迁葬的地方。当时已是隆冬，尸袋已经结了冰，踩在上面吱吱作响。卫兵不让他们下去，他们说他们一定要找到妈妈。卫兵不忍心，就放他们下去了。可是他们在喀嚓作响的冰袋上走了一整天，什么也没找到，只好回去了。

这些孩子的故事震撼了张翎。地震那年她在温州，还是个十几岁的少年。灾难的消息通过层层过滤的宣传机器传到南方时，人们听到的只是一些标语、口号、数字，看到的照片只是倒塌的房屋，画面上却没有一个人。她当时生活的地区跟唐山是山高水远，人们心里也伤痛，但不是一种切肤之痛。她也为那些口号激昂过，可是激昂的情绪如鸟的翅翼总也无法栖息在一片结实的地面上。1976 年的唐山离她很远，可是那天在北京机场，那本书三下两下抹去了三十年的时光和几千公里的距离，将一些往事直直地杵到了张翎眼前。她被击中了，她感觉到了痛。痛通常是她写作灵感萌动的预兆。

仿佛冥冥之中的相遇，已经从事写作近十年的张翎，决定写一部有关唐山大地震的小说。回到多伦多，张翎阅读了能收集到的所有关于那次大灾难的资料，如钱钢的《唐山大地震》、张庆洲的《唐山警示录》，却发现很多书籍与报道里，地震孤儿的成长经历被简单化了，那些孩子的“后来”，只是被一些简单的句子概括为“成为企业的技术骨干”“以优异成绩考入大学”“建立了幸福家庭”，曾经难以想象的伤痛似乎从未在他们身上和心里留下任何痕迹。张翎对这些冷酷的句子充满了反叛，她觉得自己偏偏不肯接受这样肤浅的安慰,她固执地认为一定还有一些东西、一些关于地震之后的"后来",在岁月和人们善良的愿望中被过滤了。地震对自然地貌造成的毁坏,假以时日,都是可以修补的,而天灾对人的心灵,尤其是对幼小的孩子们,造成的伤害,却是很难用数字和量词来衡量的。她决定从这个角度写一篇与地震有关的小说。

终于,张翎找到了创作的灵感:孩子,以及他们没有流出的眼泪,还有那些没有被深究的"后来"。同时,在阅读资料的过程中,张翎看到一段回忆:"两个年轻女孩被压在一块水泥板之下,营救人员撬这头水泥板,那头的女孩就会被挤疼。两个女孩在那种时候依旧唱歌彼此鼓励,叫营救人员在救自己的时候'轻一点',不要伤着另一个女孩。"这个情节是《余震》里双胞胎被压在水泥板之下,母亲当时只能选择救一个的情节的雏形。

张翎认为这种残酷的选择是天灾把人逼到极限时才会有的,而天灾中类似的选择会发生在很多人身上,比如面对埋在废墟中的亲人,是决定立刻截肢还是继续等候时机?再比如坚持让营救人员在危险的境地里工作,还是决定放弃被埋的生命而撤离?残酷的选择是天灾的真实内容,不是为了制造小说才产生的。但这种残酷的选择是为了让小说真实地还原作家内心的感动。张翎在加拿大和美国的医疗部门工作过十七年,作为职业听力康复医师,她接触了很多病人,有从两次世界大战、朝鲜战争和中东战争的战场上归来的军人,也有从阿富汗、海地及其他灾区来的难民。她对战争和灾难之后的心理创伤,有一些第一手感受。在西方,心理专业治疗是很普通的治疗手段,尽管它并不能消除创伤带来的心理疼痛,那种心灵疼痛或许是终生的,但是它能指导人们如何正视疼痛,并学会和疼痛相处。

张翎写作的全过程都是欲哭无泪的伤痛,但从未想过要"催泪",她真正流泪只有一次,是写到小灯千里回乡,找到母亲,隔着30年的时空距离,母亲从阳台上俯下身来,问"闺女,你找谁?"那一刻是疼到极至的疼,作者说实际上她根本没有止痛药,没有答案。促使她动笔写这部小说的原因是"疼痛"的感觉。张翎用像对待其他小说一样的态度,力图在《余震》中真实地、少受污染地还原自己的内心感受。如果一个作家能够真实地对待自己的内心感受,那么写出来的作品应该也能够起到感动别人的效果。张翎认为有的疼痛是必须面对的,有的丑陋也一样,尽管它使我们感到不安,《余震》不是为了悦人耳目而写的。她只能说,在面对自己的感受时,她的态度是真诚的。

张翎虽然没有生在唐山,也没有经历过那场撕心裂肺的大灾难,但是它造成的疼痛依旧深深地刺伤了她。小说是出于对唐山那场天灾和对那些地震孤儿的默默关切。宣泄是一种表述,克制也是一种表述。对一个事件的表述应该允许有多重视角,有亲历者的视角,也有旁观者的视角。视角越多,叙述就变得越丰富。

张翎要强调的是一个"疼"字。之所以选择这样"疼痛"的视角,张翎有自己的见解:天灾带给地貌建筑物的伤害是惊心动魄的,可是这个伤害是看得见的;但是天灾带给人心灵的伤害,是看不见的。看得见的疼痛是容易救助的,而看不见的疼痛却很容易被假象遮盖而忽略。《余震》写在 2006 年,那时灾后儿童心理干预对大多数人来说,还是一个相对陌生的话题。作者就是想通过对疼痛淋漓尽致的描述,引起人们对灾后心理创伤的关注。她挑了一个侧面写了这篇小说。"我想写的是,有的时候苦难可以把人打倒,让人永远站不起来。"张翎对《中国新闻周刊》说,"并不是所有苦难都能成就一个人。它也可以摧毁一个人。"张翎着力于写一个人内心和精神上的余震,以及他们从未消失过的颤抖和内心无法愈合的创口。

小说关注在疼这一点上。一直到结尾,作者觉得也没能给那样一种疼痛找到一种解脱的方法。小灯被埋在地底下,那是疼的开始,可那只是肉体的疼。到后面三十年一直都是一种心灵的疼,她始终在经历着越来越深的疼,养母去世的痛,养父性侵害的疼,丈夫和女儿给她的疼。最后她自己没有办法以自身的能力来消除这个疼,所以她试图自杀了好几次。这个疼痛的发展过程是合理的,因为她的人生在七岁时就已经被毁坏了,她一直没有从七岁的回忆中间苏醒过来,她就包裹在这样一种对世界极端疏隔的情绪里行走在世界上。

小说写到最后,作者已经忍不住那种疼痛了,所以安排了让小灯回家。实际上作者的本意是不想让她回家的,可是作者再也写不下去了。结尾处她回到唐山找妈妈,母女隔着一层楼,似乎见了,似乎没见,那是一个巨大的想象空间。她给她的心理医生发了一封信,说:"我终于,推开了那扇窗。"那是一种比喻,预示着小灯终于能够推开她心灵里堆积已久的阻隔了。作者愿意这个世界上有一片哪怕是微薄的希望,让你走过漫长的隧道时能依稀看见前面有一点光亮。回到唐山对于小灯来说只是治疗的开始,对结果虽然有一线希望,但却是不确定的希望。虽然小灯敢于正视过去,但这种正视不确定能解决所有的问题。

小灯的举止只是浮在表面的泡沫,作者想把泡沫刮掉,看到底层的真相。但是刮掉一层又生出一层,并没有能够找到一个彻底治疗的药方。作者的确把痛苦写得很深,泡沫写得很厚,但是作者觉得找不到一个消除泡沫的方法。

当作者写《余震》的时候,只想安安静静地从一个旁观者的角度,来揭示一块表面结了痂内里却烂成一片的伤疤。作者没有正面叙述唐山大地震,她要探讨灾后一个个体案例的长久创痛。作者表示她没有正面书写这场浩大天灾的野心,如果唐山大地震这个题材是一条江的容量,《余震》只是力图表现它的一滴水。其实,即使母女面对面地相逢了,多年积累的疼痛也许不会彻底消失。我们善良的愿望是如此,然而,现实不是总能被善良的愿望修改成我们愿意看见的样子。亲情、社会支持、专业心理干预都不能令疼痛彻底消失, 只能给我们力量和方法,让我们学会和疼痛共存。

张翎只用了五六个星期创作这篇小说。她发现写作过程激情澎湃,一泻千里,完全没有任何阻隔和犹豫。她固执地连续五六个星期不停笔、不歇息,脱稿后她被一种沉重和悲哀压迫得好几天不想说话。小说发表在 2007 年第一期《人民文学》上,名为《余震》,当年登上了中国小说学会排行榜。写作之初,有文学杂志的朋友劝她,"关于唐山大地震的文字太多,不要写了"。张翎拒绝了。她觉得能写出与已有回忆录不同的东西。《人民文学》副主编李敬泽评价说:"《余震》几乎是仅有的一部'这样'写唐山大地震的小说。这么百感交集的经验和大事件,国内作家竟然没怎么涉及,需要一个旅居加拿大的作家去写。"

张翎说:"冯导的电影是为我的小说作了广告","如果勉强说我'成功'了,我想那必定不是因为我的才华,而是因为我的定力和耐心。"电影中加入了汶川地震,张翎认为她不知道汶川地震的插入是否使"人性挖掘"变得更深入,但是它给主人公的心理重建带来了一个合理的契机,小灯在另一场天灾中看到了另一个母亲的"残酷"选择,瞬间明白了自己母亲当年的无奈——这是她对母亲谅解的开始。

对于灾难题材的处理,国外有很多作品,即使是虚构的灾难(如《后天》等)都非常打动人心,张翎选择的是亲情。灾难题材让人无可回避地看到了人类被灭顶之灾猝然击倒时的无奈、失措和恐惧,对失去亲人、家园和熟悉的生活环境的哀伤和疼痛,以及人类在重建家园和重建心灵过程中的艰难和勇气。但是对待这个题材应该允许有多种写法,正面遭遇是一种,侧面观察也是一种。正像写作模式可以有多种,读者的反应也可以有多种。感动是一种,反思是一种,沉默也是一种。

2008 年 5 月 12 日,四川汶川发生了特大地震。张翎说:"那阵子多伦多的电视节目里几乎天天都有让人心碎的画面,我和我的一些朋友们都感觉患上了轻度抑郁症。又一群地震孤儿被推到了聚光灯下,庆幸的是这一次心理辅导的话题被许多人提了出来。人们开始意识到,天灾带给建筑物乃至地貌的摧毁和改变,终究会渐渐平复。而天灾在孩子们的心灵上刮擦出的血,也许会在时间的严密包裹之下,暗暗地渗流得更久,更久。”张翎表示,这才是真正意义上的《余震》。

三、作品评介

《余震》一书为张翎的中篇小说精选集。全书收录了《向北方》《余震》《空巢》三篇,均为张翎的代表作。这些小说都是描写在心灵上被压抑得比较深的人。《余震》这篇小说以精神上的“余震”为主题,深化了我们对灾难的认识。张翎的眼光超越了当时当地,体现了更为深远的思考和洞察。

《余震》描写了一个在唐山大地震中幸存下来的女孩的成长经历。不仅仅表现出大地震给唐山造成的破坏,更着力表现那场浩劫在经历者内心深处造成的强烈余震。这部小说以举世震惊的唐山大地震为背景,描写了 1976 年 7 月 28 日凌晨,一场 7.8 级大地震将唐山在 23 秒之内变成了一片废墟。主人公小灯(小登)地震时只有七岁,当面临她和双胞胎弟弟两者只能活一个的情况时,妈妈选择了弟弟,死里逃生的姐姐小灯陷入了一个震后三十年的情感困境。

小灯的遭遇可以说是大地震后很多孩子的遭遇:她心中一直背负着精神创伤,对任何人都不信任。所以在养母因病去世时,十三岁的小灯没有流一滴眼泪,只冷若冰霜地吐出一句话:你骗了我。在她眼里,养母的确是骗了她。七岁那年,养母领她回家时,说好了会收留她一辈子,可现在竟然早早地离她而去。养母去世后,寂寞难耐的养父又把魔爪伸向了青春期的小灯。小灯再一次感到了人性的丑恶。还没有被忘却的孤独感与仇恨感又开始在她心里滋生,并生了根,缠绕了她三十年。

因被亲情背弃,小灯背负着痛楚:管制女儿,猜忌丈夫,仇恨身边的每一个人。最后女儿离家出走,丈夫也离她而去。常年因严重焦虑而失眠,累累伤痕造成她心灵上的“余震”不断，在第三次自杀被救之后，她躺在了心理医生的病房中，在心理医生的引导下，她开始学习哭泣与倾诉，所有的惨痛经历在漫长幽深的记忆隧道中复活，她开始直视自己的命运，虽然她在地震中活下来了，但是从此命运开始了对她的放逐——被收养的生活、成长、上大学、出国、结婚生子，可那一天的伤痛却更加刻骨，直到使她崩溃。三十年后，她终于去推那最后一道生满铁锈的窗子，去见多年不曾联系的母亲。

张翎在《余震》中探讨的问题是自然灾害过后，留在人心底里的“余震”。天灾来临的时候，人是彼此相容的，因为天灾平等地击倒了每一个人。人们倒下去的方式，都是大同小异的，可是天灾过去之后，每一个人站起来的方式，却是千姿百态的。活下来只是开始。作者主要把目光聚焦在了小灯的“心灵余震”上，而她“心灵余震”的真正来源是被母亲亲口送上死亡线而产生的精神刺激和灵魂惊悸。作者主要通过从心理层面对女孩经历的剖析来反映这一主题。

《余震》中的小灯在被母亲亲口送上死亡线的一刹那，就已经开始了她失衡、痛苦、挣扎的心灵之旅。小灯不仅面对天灾而且面对丑恶，她通过外出求学而远离养父的侵犯。在她的心灵挣扎中，心也与丈夫渐行渐远，加之丈夫又结识了一个十分崇拜他的女画家，使得小灯的心灵余震愈演愈烈。女儿苏西对小灯的管教也颇为不满，所以最终她选择在父母离异之后跟随父亲，小灯的心灵余震的波澜一次次地撞击着她。小灯在心理医生的指导下，终于鼓足勇气去面对引发她心灵余震的震源，她完成了一次对自我的心灵救赎。

尽管小灯的人生经历崎岖坎坷，心路历程也充满挣扎与苦痛，从死亡中走出来的经历也造就了小灯的性格“伸手不是小灯做人的姿势，从来不是”。在她的一生中，她总是显得那么强势：给自己起名字；抵抗养父的管制；努力学习考上理想中的复旦大学；主动追求同校的杨阳作男友；结婚之后去加拿大留学并把丈夫女儿也带出国去；超越丈夫的成就成为知名作家；在家中掌握一切大权；决定同丈夫离婚。但是这一切都使她越来越紧地包裹在心灵的伤痛中，越来越深地陷入痛苦的深渊中。张翎认为，小灯在感情上的失败，居多是自己的心理障碍造成的，劫后余生的小灯再也不能信任别人，永远害怕失去。小灯若不能解开“亲情”这个巨大的心结，她永远不能正常地拥有爱情。所以“亲情”是症结，也是药方。

《余震》塑造了多个人物，尽管是寥寥几笔一闪而过的人物，也是令人铭心刻骨的。除了主人公小灯以外，另一个重要人物，那就是小灯的生母李元妮。如果说小灯是宽恕的主体，那么李元妮无疑就是客体、是被宽恕者。这个被宽恕者的一生又有怎样的遭遇呢？作品中有两处提到李元妮的“遭人恨”。第一次是因为羡慕她过得比别人幸福：丈夫跑货车，挣的钱比大学毕业的技术员还多，一双儿女又乖巧可爱，在那个灰色的年代，她又是个非常懂得修饰自己的女人，经常与众不同地出现在人们眼前，因此她遭到忌恨。第二次是在大地震之后，李元妮又开始遭人恨了。灾难可以改变一个人，人在灾难后或多或少都会有改变，李元妮却貌似没有改变，依然穿着“扎眼”，可在她的心里，她一定对爱有了更深一层的诠释，否则，决不会为了不让儿子被奶奶带走就放弃当年那么多人梦寐以求的铁饭碗，也不会坚持不和儿子到南方扎根。也许，亲人的感应让母亲在冥冥中感知着女儿有一天会回来，只是，她所谓的回来是“灵魂”。天灾后她家破人亡，人们想用同情弱者的眼光来打量这个可怜的女人时，可看到的却是另一番景致：“李元妮高抬着头，把微跛的步子走得如同京剧台步，将每一个日子过得如同一个盛典。”这让大家很失望，一个寡妇竟然成了灾难后第一个站起来的人。

作者在反映人性本质的同时也把李元妮这个人物“立”了起来。人们对李元妮的两次“恨”，实质上是作者对她的同样多的“赞”。第一次的“遭人恨”时，描写到万家一家四口骑车去外婆家，字里行间无不透露作者的欣羡和认同，这种认同是对人间美好亲情的赞扬。但第二次李元妮“遭人恨”的时候，表现得勇敢与坚强，却是作者对现实世界女性面临困难而不屈不挠的褒扬。作为中国传统的女性，李元妮在面对选择时逃避不了传统观念的束缚，选择了男孩小达。作出选择之后，她的灵魂并没有得到丝毫的安宁：二十六岁的她一夜之间头发变白了；不肯随儿子远行，留守家乡等候丈夫和女儿的灵魂归来；为双胞胎孙子孙女取名纪登、念登。三十年前她放弃了女儿，但三十年来，女儿又无时无刻不在她身边。这个被作者花费较多笔墨刻画的人物，也是作者想竭力表达的一种精神寄托，她是集中国传统妇女品质于一身的典型形象，也代表了作者的一种向往。作品的结尾也是作品的高潮部分，当被宽恕者得到宽恕时，也是她灵魂得到安宁的时候。

小说的结构是紧致的，故事的情节以时间和地点为条目贯穿一体，小说开端的场景设在多伦多的圣麦克医院的心理科，时间是 2006 年 1 月 6 日，结尾是 2006 年 4 月 21 日，结尾和开端都发生在同样的场景，都是心理医生沃尔佛的办公室。在开端，主人公小灯是由心理诊所的秘书凯西衬托出来的，久经世故、无动于衷的凯西挑了一挑的眉毛预示了棘手的病例；而小说的结尾也是通过凯西，她等在电梯门口微笑着，带来小灯的希望。在这三个月的心理治疗中，作者展示了主人公三十年的心灵历程，小灯生命中的主要阶段发生在唐山、石家庄、上海和多伦多这四个地点，小灯在唐山的地震中与母亲分离，三十年后回到唐山与母亲相认。小说中写了十三岁的小灯在石家庄失去养母并被养父侵犯，也写了小灯在多伦多管教她十三岁的女儿；她在上海和多伦多的求学、创业和建立家庭的拼搏，都由于背负的心灵创伤而成为痛苦的挣扎，直到她不得不向心理医生求救，帮助她面对残酷的过去，获得生存的力量。

张翎是个善于编织故事和讲述故事的人，更能通过女性作家的温柔敏感去触摸情感和人性中最脆弱的神经。文学批评家李敬泽说："张翎写作方式的这种传统——讲故事，中国大陆作家已经忘记了，不会了。人们总在说现实主义。而现实主义怎么做？现实主义的艺术品质和工作伦理，从张翎这里可以看到。”张翎的小说更多的是对于家族历史的回溯。“我偏爱从历史延伸到当下。只写当下我就会很迷惑，没经过时间的考验（的事），我写着很没底气。”张翎深信，成年后的叙事都只是对于童年各种版本的回溯。

历史和现实相互交错是张翎独特的叙事风格，在张翎的写作脉络中，她的许多作品是围绕着一个人，或一个家族跨越大洋之后的生活，由此牵连出的人物命运和背后更为深厚的历史背景。《余震》也正是通过这样的方式穿越历史的厚厚屏障，出色地构建了一个地震之后疼痛与梦魇相纠缠的世界，然后又一步一步为我们展示她解脱疼痛的希望。在张翎的眼里，每个人都有自己的过去，过去和现在必须结合才能是一个完整的躯壳。小灯的过去就是她的母亲，三十年间她背负着过去的创伤，她只有正视过去，才能实现自我的完整。张翎是个写情的高手，《余震》里的情尽管没有剪不断、理还乱的繁琐，但也在她温婉诗化的语言里尽显出来。作者也是借这种情来激发小灯潜藏和压抑已久的感情的，把心理医生亨利和秘书凯西送来的生日礼物作为导火索，点燃小灯的情感的阀门，照亮她自己隐藏了三十年的真实的情感世界。这种情感的激发也让她感到失去后再次拥有的珍贵，同时也激发了她人性中更可贵的品质——宽恕。小灯对母亲的宽恕是她对人生的深层认识和理解，是作者对生活的另一种诠释。

《人民文学》副主编、文学批评家李敬泽读过《余震》后，评价小说以精神上的“余震”为主题，深化了人们对灾难的认识。以前的同类作品很少涉及于此，大多是英雄主义叙事或者广义的人道主义叙事，而没有关注个人的内心和命运。张翎的眼光超越了当时当地，体现了更为深远的思考和洞察，是“至今为止写地震写得最好的小说”。

四、片段欣赏

2006年1月6日　多伦多　圣麦克医院

沃尔佛医生走进办公室的时候,看见秘书凯西的眉毛挑了一挑。

"急诊外科转过来的,等你有一会儿了。"凯西朝一号诊疗室呶了呶嘴。

沃尔佛医生挂牌行医已经将近二十年了。可是在还没有出现一个叫亨利·沃尔佛的心理医生的时候,早就已经存在着一个叫凯西·史密斯的医务秘书了。凯西在医院里已经工作了三十三年了,凯西可谓阅人无数。这无数的人犹如一把又一把的细沙,日复一日年复一年地打磨着凯西的神经触角,到后来凯西不仅没有了触角,凯西甚至也没有了神经,所以平日极难在凯西脸上找到诸如惊讶悲喜之类的表情。

沃尔佛医生立刻知道,他碰上一个有点劲道的病例了。

"《神州梦》的作者,刚被提名总督文学奖。上周六 CBC 电视台'国情'节目里有她一个小时的采访。"

沃尔佛医生嗯了一声,就去拿放在门架上的病历,匆匆扫了一眼边沿上的名字:雪梨·小灯·王。

"急救车晚到十分钟,就没她的小命了。"凯西做了个割腕的动作,轻声说,"自杀。"

沃尔佛医生翻开病历,里面是急诊外科的转诊报告。

沃尔佛医生突然醒悟过来女人说的那句话是"救我"。

女人的话如一柄小而薄的铁锥,在沃尔佛医生的思维表层扎开一个细细的缺口,灵感意外地从缺口里汩汩流出。

"请你躺下来,雪梨。"

一阵窸窸窣窣的声响之后，女人身上的蓝条子渐渐地平顺起来，变成了一些直线。女人的双手交叠着安放在小腹之上，袖子翻落着，露出右腕层层缠绕的纱布和纱布上一些形迹可疑的斑点。

“闭上眼睛。”

女人脸上的黑洞消失了，屋子陷入了前所未有的安谧。

“雪梨，你来加拿大多久了?”

“十年。请叫我小灯——那才是我的真名。”

“中国名字吗?”

“是的，夜里照明的那个灯。”

“小灯，你对西方心理治疗学理论了解多少?”

“佛洛伊德。童年。性。”

女人的英文大致通顺，疑难的发音有些轻微的怪异，却依旧很容易听懂。

“那只是其中的一种。你是怎么看的?”

“一堆狗屎。”

沃尔佛医生忍不住轻轻一笑。

“小灯，上一次发生性行为，是在什么时候?”

女人的回应来得很是缓慢，仿佛在进行一次艰难的心算。

“两年零八个月之前。”

“上一次流泪，是在什么时候?”

这一次女人的反应很快，几乎没有任何迟疑和停顿。“从来没有流过眼泪，七岁以前不算。”

“小灯，现在请你继续闭眼，做五次深呼吸。很深，深到腰腹两叶肌肉几乎相贴。然后放慢呼吸节奏，非常，非常，非常缓慢。完全放松，每一丝肌肉，每一根神经。然后告诉我，你看见了什么。”

两人都不再说话，屋里只有女人先是深沉再渐渐变得细碎起来的呼吸声。女人的鼻息如一条拨开草叶穿行的小蛇,窸窸窣窣。草很密,路很长,蛇蜿蜒爬行了许久,才停了下来。

“窗户,沃尔佛医生,我看见了一扇窗户。”

“试试看,推开那扇窗户,看见的是什么?”

“还是窗户,一扇接一扇。”

“再接着推,推到最后,看到的是什么?”

“最后的那扇窗户,我推不开,怎么也推不开。”女人叹了一口气。

“小灯,再做五次深呼吸,放松,再推。一直到你推开了,告诉我你看见了什么。”

女人的呼吸声再次响起,粗重,缓慢,仿佛驮兽爬山一样的艰难。

沃尔佛医生撕下桌子上的处方笺,潦草地写了两张便条,一张给凯西,一张给自己。

给凯西的那张是:立即停用一切助眠止疼药物,改用安慰剂。

给自己的那张是:尽量鼓励流泪。

1976 年 7 月 28 日　唐山市丰南县

母亲似乎被提醒,忽然凄厉地喊了起来:“小登啊小达……”母亲那天的呼喊如一把尖锐的锉刀,在小登的耳膜上留下了一道永远无法修复的划痕。

小达突然松开了小登的手,剧烈地挣动起来,砰砰地砸着黑暗中坚固无比的四壁。小登看不见小达的动作,只觉得他像陷在泥潭里的一尾鱼,拼死也要跳出那一潭的泥。小登动了动右手,发现似乎有些松动,就把全身的力都押在那只手上,猛力往上一顶,突然,她看见了一线天。天极小,小得像针眼,从针眼里望出去,她看见了一个浑身是血的女人。女人只穿了一件裤衩,胸前一颤一颤地坠着两个裹满了灰泥的圆球。

“妈,妈!”

小达声嘶力竭地喊了起来。小登说不出话来，小达是两个人共同的声音。小达喊了很久，小达的声音渐渐地低了下去。“难受啊，姐。”小达沉默了，仿佛知道了自己的无望。

“天爷，小，小达在这底下。来，来人啊。”那是母亲的呼叫。母亲那天的声音一点儿也不像是母亲，母亲的声音更像是一股脱离了母亲的身体自行其是的气流，在空气中犀利地横冲直撞，将一切拦截它的东西切割成碎片。

一阵纷乱的脚步声，那一线天空消失了 ——大约是有人趴在地上听。

“在这，这里。”小达有气无力地叫了一声。

接着是母亲狼一样的咆哮喘息声，小登猜想是母亲在扒土。

“大姐，没用，孩子是压在一块水泥板底下的，只能拿家伙撬，刨是刨不开的。”

又是一阵纷乱的脚步声，有人说家伙来了，大姐你让开。几声叮当之后，便又停了下来。有一个声音结结巴巴地说，这这块水泥板，是横压着的，撬，撬了这头，就朝那头倒。

两个孩子，一个压在这头，一个压在那头。

四周是死一样的寂静。

“姐，你说话，救哪一个。”是小舅在说话。

母亲的额头嘭嘭地撞着地，说天爷，天爷啊。一阵撕扯声之后，母亲的哭声就低了下来。小登听见小舅厉声喝斥着母亲：“姐你再不说话，两个都没了。”

在似乎无限冗长的沉默之后，母亲终于开了口。

母亲的声音非常柔弱，旁边的人几乎是靠猜测揣摩出来的。可是小登和小达却都准确无误地听到了那两个音节，以及音节之间的一个细微停顿。

母亲石破天惊的那句话是：

小……达。

小达一下子拽紧了小登的手。小登期待着小达说一句话,可是小达什么也没有说。头顶上响起了一阵滚雷一样的声音,小登觉得有人在她的脑壳上凶猛地砸了一锤。

“姐哦,姐。”

这是小登陷入万劫不复的沉睡之前听到的最后一个声音。

2006年3月29日　多伦多　圣麦克医院

“小灯,《神州梦》里的那个女人,为什么一直不愿意回到她出生长大的地方呢?”沃尔佛医生问。

“亨利,因为有的事情你情愿永远忘记。”

“可是,人逃得再远,也逃不过自己的影子。不如回过头来,面对影子。说不定你会发觉,影子其实也就是影子,并没有你想象得那样不可逾越。”

“也许,仅仅是也许。”

小灯低头,抠着手掌上的死皮。经历过一整个安大略的冬季,手掌上都是沟壑丛生的细碎裂纹。手摸到衣服上,总能钩起丝丝缕缕的线头。

“小灯,你的童年呢?你从来没有说起过,你七岁以前的经历。"

小灯的手颤了一颤,皮撕破了,渗出一颗乌黑的血珠。血珠像一只撑得很饱的甲壳虫,顺着指甲缝滚落下来,在衣袖上爬出一条黑线。

2006年4月20日　唐山市丰南区

小灯走进那条小街时,正是傍晚时分。

阳台里就走进来一男一女两个孩子,都是七八岁的样子,长得很是相像。男孩在先,女孩在后。男孩提着一个簸箕,女孩拿着一把扫帚。女孩站定了,就把手里的扫帚塞给男孩,说念登你去扫地。男孩拿了扫帚,却有些不情愿,嘟嘟囔囔地说奶奶是叫你扫的。女孩靠在门上,将眉眼立了起来,指着男孩的眉心说:"叫你扫你就扫。"男孩就噤了声。

妇人拿过扫帚,轻轻地拍了女孩一下,骂道:"纪登你个丫头,忒霸道了些。"

妇人将碎瓦片都扫拢来,找了个塑胶袋装了,就直起身来抹额上的汗。突然间,妇人发现了站在楼下的小灯。妇人愣了一愣,才问:"闺女,你找谁?"

小灯的嘴唇颤颤地抖了起来,却半天扯不出一个字来。只觉得脸上有些麻痒,就拿手去抓。

过了一会儿才明白,那是眼泪。

2006 年 4 月 21 日　多伦多　圣麦克医院

沃尔佛医生今天上班迟到了十五分钟。跨出电梯的时候,突然发现秘书凯西正等在电梯门口。沃尔佛医生刚刚被安大略医疗科学学会推举为 2005 年的年度医生,心情大好,就忍不住和秘书开了个玩笑。

"出了什么事? 地震了吗?"

凯西递过去一张纸,微微一笑,说那得看你怎么想。

那是一张传真,从中国送过来的,只有一句话:

亨利:我终于,推开了那扇窗。小灯

五、词语选注 / 詞語選註 cí yǔ xuǎn zhù

Words and Phrases with Translation and Annotations in English

biān hào 编号 編號	拼音 pīn yīn 简体 jiǎn tǐ 繁體 fán tǐ	yīng yì yǔ shì yì 英译与释义 英譯與釋義

#	Words and Phrases in *pīn yīn*, simple-form and complex-form characters	English translation and annotations
1	ān mì 安谧 安謐	peaceful; tranquil
2	bǎi gǎn jiāo jí 百感交集	a multitude of feelings surge up; all sorts of feelings well up in one's heart; be moved by a mixture of feelings
3	bǎi wú liáo lài 百无聊赖 百無聊賴	the time hangs heavy on one's hands; bored to death; idle away time aimlessly
4	bāo yáng 褒扬 褒揚	praise; commend; compliment, canonize
5	bēng kuì 崩溃 崩潰	breakdown; collapse; fall apart
6	bō lán 波澜 波瀾	great waves; billows
7	cāi jì 猜忌	be suspicious and jealous of; envious; envy
8	chà nà 刹那 剎那	instant; in a flash; in the twinkling of an eye
9	chán rǎo 缠绕 纏繞	twine; bind; wind; enwind; intertwine; convolve
10	chè lí 撤离 撤離	withdraw from; leave; evacuate
11	chén diàn 沉淀 沈澱	sediment; precipitate

12	chèn tuō 衬托 襯托	set off；serve as a foil to
13	chuǎi mó 揣摩	try to fathom；try to figure out；weigh and consider
14	chuān yún liè bó 穿云裂帛 穿雲裂帛	soar through the clouds and split the silk cloth；cross the cloudy sky and crack silk cloth
15	chú xíng 雏形 雛形	miniature；embryo pattern
16	chǔ 杵	pestle；poke
17	chù dòng 触动 觸動	move sb.；stir up sb.'s feelings；touch one's heart
18	cù rán 猝然	suddenly；abruptly；unexpectedly
19	cuī huǐ 摧毁 摧毀	destroy；knock out；smash；wreck
20	cuò dāo 锉刀 銼刀	file；grater；rasp
21	dǎo tā 倒塌	collapse；topple down
22	dà tóng xiǎo yì 大同小异 大同小異	the same in essentials while differing in minor points；a general resemblance with small differences
23	fǎn pàn 反叛	revolt；insurgence；uprising；insurrection；rebel
24	fáng yì 防疫	epidemic prevention；anti-epidemic
25	fèi xū 废墟 廢墟	ruins；wasteland；debris；relic；shambles

26	fēn zhì tà lái 纷至沓来 紛至沓來	come in flocks; come as thick as hail; come thick and fast; roll in
27	gōu hè 沟壑 溝壑	gully; ravine
28	gōu lóu 佝偻 佝僂	stoop
29	gǔ 汩	rushing; precipitate
30	guā cā 刮擦	scraping; scrub
31	guò lǜ 过滤 過濾	filtrate; screening
32	hào jié 浩劫	great calamity; catastrophe; holocaust; scourge
33	huǎng rán dà wù 恍然大悟	see light suddenly; a light breaks in upon sb.; suddenly enlightened
34	jī' áng 激昂	aroused; excited and indignant; emotionally wrought up
35	jí shǒu 棘手	thorny; troublesome; difficult to handle
36	jī lěi 积累 積累	accumulate
37	jiàn xíng jiàn yuǎn 渐行渐远 漸行漸遠	fade away; drift apart; grow apart; go far gradually
38	jiāo lǜ 焦虑 焦慮	extremely anxious; have worries and misgivings
39	jié hòu yú shēng 劫后余生 劫後餘生	a survivor of a disaster; life after surviving a disaster; lucky survivor from a holocaust

40	jié zhī 截肢	amputation
41	jìn dào 劲道 勁道	effort; power; strength
42	jīng jì 惊悸 驚悸	palpitate with fear; horrified
43	jīng xīn dòng pò 惊心动魄 驚心動魄	struck with fright; soul stirring; profoundly affecting; shake sb. to the core
44	jiù shú 救赎 救贖	redemption; salvation
45	jǔ shì zhèn jīng 举世震惊 舉世震驚	strike the world with amazement
46	kāng fù 康复 康復	restored to health; recovery; rehabilitation
47	kè gǔ 刻骨	deeply ingrained; deep-rooted
48	kǒu hào 口号 口號	slogan; catch word
49	kuān shù 宽恕 寬恕	forgive; excuse; pardon
50	kuáng fèi 狂吠	bark furiously; howl
51	lèi liú mǎn miàn 泪流满面 淚流滿面	have one's face covered with tears
52	lěng ruò bīng shuāng 冷若冰霜	as chill as an icicle; frosty in manner; have an icy manner; severe looks; treat sb.coldly

53	lián mián bù duàn 连绵不断 連綿不斷	without stop; incessantly
54	liáo liáo jǐ bǐ 寥寥几笔 寥寥幾筆	with a few strokes of the brush
55	lín lí jìn zhì 淋漓尽致 淋漓盡致	describe fully; give full expression of delicacy of lines and beauty of form; most beautifully described; incisively and vividly
56	lóng dōng 隆冬	midwinter; the depth of winter
57	má zuì 麻醉	narcotize; narcosis; anesthesia
58	méng dòng 萌动 萌動	germinate; shoot forth; begin an action
59	mèng mèi yǐ qiú 梦寐以求 夢寐以求	yearn for something day and night; a long cherished goal night
60	miè dǐng zhī zāi 灭顶之灾 滅頂之災	catastrophe; great calamity
61	míng míng zhī zhōng 冥冥之中	in the unseen world
62	míng xīn kè gǔ 铭心刻骨 銘心刻骨	imprinted on one's bones and in one's heart; bear in mind forever; always remember; engraved on the heart
63	mó zhǎo 魔爪	devil's talons; claws
64	mù zhì míng 墓志铭 墓誌銘	gravestone epitaph; inscription on the gravestone; tombstone
65	náo yǎng 挠痒 撓癢	scratch the itch

66	nǔ zuǐ 努嘴 呶嘴	pout one's lips as a signal; make signal with the lips
67	niè yǎo 啮咬 囓咬	chew;nibble
68	niǔ qū 扭曲	warp; tortuosity ; distortion; contort
69	pán pán shān shān 蹒蹒跚跚 蹣蹣跚跚	walk haltingly; stump; lurch; flounder; blunder; stumble
70	páo xiào 咆哮	roar
71	péng pài 澎湃	surge; be in an upsurge; the roaring of breakers
72	pò zhàn 破绽 破綻	rip; a burst seam;flaw; weak point
73	pú sà 菩萨 菩薩	Bodhisattva; Buddha; Buddhist idol; a kindhe-arted person
74	qì jī 契机 契機	turning point; juncture; opportunity; moment; chance
75	qí qū kǎn kě 崎岖坎坷 崎嶇坎坷	rough rugged
76	qī xī 栖息 棲息	perch; rest;inhabit
77	qiān zàng 迁葬 遷葬	move graveyard to another place
78	qiān zī bǎi tài 千姿百态 千姿百態	in different poses and with different expressions; in thousands of postures

79	qiǎn quǎn 缱绻 繾綣	deeply attached to each other; sentimental attachment
80	qiáng shì 强势 強勢	mighty; aggressiveness; strength
81	qiè fū zhī tòng 切肤之痛 切膚之痛	pain of cutting one's body; a deep sorrow; an acute pain; keenly-felt pain; sorrow like cutting one's flesh
82	qīng sù 倾诉 傾訴	pour out; pour forth; talk out; confide
83	quán shì 诠释 詮釋	annotation; explanatory notes
84	rǒng cháng 冗长 冗長	tediously long; lengthy; long-winded; cumbersome
85	shān gāo shuǐ yuǎn 山高水远 山高水遠	high mountain and long river; a long distance
86	shí pò tiān jīng 石破天惊 石破天驚	earth-shattering and heaven-battering; extraordinarily surprising; great vibration or shock
87	shū gé 疏隔	alienation; estrangement
88	sī xīn liè fèi 撕心裂肺	grieved; heartbreaking
89	sū xǐng 苏醒 蘇醒	revive; regain consciousness; come to one's senses
90	tán yú 痰盂	spittoon; cuspidor
91	wǎ lì 瓦砾 瓦礫	rubble; debris

92	wàn jié bù fù 万劫不复 萬劫不復	doomed eternally; beyond redemption; everlasting perdition
93	wēi bó 微薄	meager
94	xī xī sū sū 窸窸窣窣	rustling
95	xiāng tí bìng lùn 相提并论 相提並論	put on a par with; mentioned in the same breath with; regarded as being in the same category
96	xié hu 邪乎	extraordinary; severe
97	xuān huá 喧哗 喧嘩	confused noise; hubbub; uproar; tumult
98	xuān xiè 宣泄	vent; emotionally charged; catharsis
99	yǎn rán 俨然 儼然	solemn; dignified; just like
100	yào 鹞 鷂	snipe; kite
101	yí wéi píng dì 夷为平地 夷為平地	raze houses [cities] to the ground; reduce the city to a shambles
102	yī xiè qiān lǐ 一泻千里 一瀉千里	flow down in a rushing torrent to a far distance; flow down vigorously; write in a free, bold and flowing style
103	yì yù zhèng 抑郁症 抑鬱症	depression; tristimania; depressive disorder
104	yōu shēn 幽深	deep and serene; profound and lasting; far-reaching

105	zài gē zài wǔ 载歌载舞 載歌載舞	singing and dancing joyously
106	zhǎn lù tóu jiǎo 崭露头角 嶄露頭角	rise in the world; show up prominently; make oneself conspicuous
107	zhēng jié 症结 癥結	the crux of the problem; where the trouble lies; where the shoe pinches
108	zī shēng 滋生	multiply; breed; propagate

六、思考题

1.张翎是在什么时候并在什么情况下萌生写作《余震》的想法的？作者的灵感从何而来？

2.《余震》不同于以往描写地震作品的是什么？

3.《余震》是怎样体现天灾对人们心灵的震撼的？

4.主人公小灯地震中所受创伤的心理疼痛的根源是什么？

5.作者是怎样表现小灯的心理历程的？小灯三十年的痛苦挣扎是通过什么表现的？

6.你认为小灯的母亲是怎样的人？作者为什么要这样塑造她？

7.小说的结构和情节设计有什么特点?

8.心理医生是怎样帮助小灯医治心理创伤的?

9.在小说的结尾,小灯给心理医生的传真说:“我终于,推开了那扇窗。”意味着什么?

10.《余震》被改编成电影《唐山大地震》,电影中加入了汶川地震,为什么说它给主人公的心理重建带来了一个合理的契机?

七、扩展阅读

1.张翎介绍

http://www.baike.com/wiki/%E5%BC%A0%E7%BF%8E

2.小说《余震》与电影《唐山大地震》的区别

http://www.booknn.com/shuping/201304/24/sp_in_211.html

3.张翎《余震》

http://www.baike.com/wiki/%E3%80%8A%E4%BD%99%E9%9C%87%E3%80%8B

http://bbs.wenxuecity.com/ghost/149499.html

4.冯小刚导演新作《唐山大地震》

http://ent.yxlady.com/ylist/11832/index_2.shtml

5.《余震》作者张翎回温讲学

http://wzed.66wz.com/html/2011-03/18/content_874417.htm

6.张悠哲:《一个女人的心灵史诗——解读张翎小说〈余震〉》

http://mall.cnki.net/magazine/Article/MZXS201109054.htm

第七章
張翎與中篇小説《餘震》

一、作者簡介

張翎 1957 年生於浙江温州。1983 年畢業於復旦大學外文系,分配在煤炭部工作,做科技翻譯。1986 年赴加拿大留學,1988 年獲加拿大卡爾加利大學英美文學碩士,1993 年獲美國辛辛那提大學聽力康復學碩士。居住過多個城市,嘗試過多種職業,現定居於加拿大多倫多, 在一家醫院的聽力診所任聽力康復師,是美國及加拿大語言聽力康復協會會員。90 年代中後期開始在海外寫作並發表作品。曾任加拿大中國筆會副會長。

張翎於 1977 年就在《浙江文藝》雜誌上發表過散文,大學時期也在《福建文學》《東海》等省級刊物上發表過短篇小説,90 年代中期起逐漸在海內外文壇嶄露頭角。她在中國香港的明鏡出版社,和中國內地的百花文藝出版社和作家出版社,《收穫》《人民文學》《十月》《鍾山》《小説家》《江南》《上海文學》《清明》《東海》《福建文學》《香港文學》等刊物,北美的《明報》和《世界日報》,以及《澳門日報》上發表過小説、散文、譯作 20 多篇。

張翎的第一部長篇小説《望月—— 一個關於多倫多和上海的故事》,

1997 年由北京的作家出版社出版,香港明鏡出版社很快於 1998 年出版了繁體版,並更名為《上海小姐》。緊接著,她創作了第二部長篇小說《交錯的彼岸——一個發生在大洋兩岸的故事》,2001 年由天津的百花文藝出版社出版。到目前為止,她又陸續發表了長篇小說《郵購新娘》(臺灣版名《温州女人》),以及《雁過藻溪》《盲約》《塵世》等中短篇小説集。她的十幾部中篇小說大多發表在《收穫》、《人民文學》、《十月》等著名雜誌上。刊登在《十月》的短篇小說《女人四十》榮獲中國第七屆"十月文學獎"(2000)。她還獲得第二屆世界華文文學優秀散文獎(2003),首屆加拿大袁惠松文學獎(2005),第四屆人民文學獎(2006),第八屆十月文學獎(2007)。其中篇小說《羊》《雁過藻溪》和《餘震》分別進入中國小說學會 2003 年度、2005 年度和 2007 年度排行榜。長篇小說《金山》(2009)獲首屆"中山杯"華僑文學獎評委會特別大獎、華語文學傳媒大獎年度小說家獎等多個獎項。

二、創作歷程

談到《餘震》的寫作緣起,張翎介紹,2006 年 7 月 29 日,那天下了一場傾盆大雨,她正要從北京赴加拿大,車子好不容易穿越積水趕到機場後,才得知那天所有的航班都推遲了,飛往多倫多的航班推遲了 9 個小時。她當時在北京機場,百無聊賴地在機場書店閒逛。她發現書店裡擺滿了關於"唐山大地震"的各種回憶錄。其中有一本叫《唐山大地震親歷記》,寫的是很多人對那一天的記憶。她才恍然大悟,那時候正是唐山大地震的 30 周年紀念日。她當時只是為了消磨時光,很偶然地翻看這本書,回憶錄裡面給她印象比較深刻的是一些關於孩子們的事情。

書裡講到一群孩子從震後的唐山坐火車到石家莊育紅學校,一路上大人們以為孩子們會哭,可是他們一點都沒有。他們吃著蘋果,神情麻木,有幾個孩子甚至帶有一絲興奮。然後到了育紅學校,孩子們給大家彙報演出,載歌載舞，喊著一些那個年代特有的激烈口號，結果校長在底下看著受不了了，當場昏倒。這個故事深深地觸動了張翎。

這本書還講了一個孩子的手被截肢以後，從麻醉中蘇醒過來，要求護士給他撓癢。護士以為他説的是剩下的那只手，結果他説不是。他不明白，為什麼這樣一個簡單的要求竟讓那個護士阿姨淚流滿面。還有一個打動了張翎的故事，因為當時的防疫設施很差，死屍埋藏得很淺，過一陣子又得把屍體挖出來埋到更深的地方去。有姐弟倆就拉著手，去找媽媽被遷葬的地方。當時已是隆冬，屍袋已經結了冰，踩在上面吱吱作響。衛兵不讓他們下去，他們説他們一定要找到媽媽。衛兵不忍心，就放他們下去了。可是他們在喀嚓作響的冰袋上走了一整天，什麼也沒找到，只好回去了。

這些孩子的故事震撼了張翎。地震那年她在温州，還是個十幾歲的少年。災難的消息通過層層過濾的宣傳機器傳到南方時，人們聽到的只是一些標語、口號、數字，看到的照片只是倒塌的房屋，畫面上卻沒有一個人。她當時生活的地區跟唐山是山高水遠，人們心裡也傷痛，但不是一種切膚之痛。她也為那些口號激昂過，可是激昂的情緒如鳥的翅翼總也無法棲息在一片結實的地面上。1976 年的唐山離她很遠，可是那天在北京機場，那本書三下兩下抹去了三十年的時光和幾千公里的距離，將一些往事直直地杵到了張翎眼前。她被擊中了，她感覺到了痛。痛通常是她寫作靈感萌動的預兆。

彷彿冥冥之中的相遇，已經從事寫作近十年的張翎，決定寫一部有關唐山大地震的小説。回到多倫多，張翎閱讀了能收集到的所有關於那次大災難的資料，如錢鋼的《唐山大地震》、張慶洲的《唐山警示錄》，卻發現很多書籍與報導裡，地震孤兒的成長經歷被簡單化了，那些孩子的“後來”，只是被一些簡單的句子概括為“成為企業的技術骨幹”“以優異成績考入大學”“建立了幸福家庭”，曾經難以想像的傷痛似乎從未在他們身上和心裡留下任何痕跡。張翎對這些冷酷的句子充滿了反叛，她覺得自己偏偏不肯接受這樣膚淺的安慰,她固執地認為一定還有一些東西、一些關於地震之後的"後來",在歲月和人們善良的願望中被過濾了。地震對自然地貌造成的毀壞,假以時日,都是可以修補的,而天災對人的心靈,尤其是對幼小的孩子們,造成的傷害,卻是很難用數字和量詞來衡量的。她決定從這個角度寫一篇與地震有關的小説。

終於,張翎找到了創作的靈感:孩子,以及他們沒有流出的眼淚,還有那些沒有被深究的"後來"。同時,在閱讀資料的過程中,張翎看到一段回憶:"兩個年輕女孩被壓在一塊水泥板之下,營救人員撬這頭水泥板,那頭的女孩就會被擠疼。兩個女孩在那種時候依舊唱歌彼此鼓勵,叫營救人員在救自己的時候'輕一點',不要傷著另一個女孩。"這個情節是《餘震》裡雙胞胎被壓在水泥板之下,母親當時只能選擇救一個的情節的雛型。

張翎認為這種殘酷的選擇是天災把人逼到極限時才會有的,而天災中類似的選擇會發生在很多人身上,比如面對埋在廢墟中的親人,是決定立刻截肢還是繼續等候時機?再比如堅持讓營救人員在危險的境地裡工作,還是決定放棄被埋的生命而撤離?殘酷的選擇是天災的真實內容,不是為了製造小説才產生的。但這種殘酷的選擇是為了讓小説真實地還原作家內心的感動。張翎在加拿大和美國的醫療部門工作過十七年,作為職業聽力康復醫師,她接觸了很多病人,有從兩次世界大戰、朝鮮戰爭和中東戰爭的戰場上歸來的軍人,也有從阿富汗、海地及其他災區來的難民。她對戰爭和災難之後的心理創傷,有一些第一手感受。在西方,心理專業治療是很普通的治療手段,儘管它並不能消除創傷帶來的心理疼痛,那種心靈疼痛或許是終生的,但是它能指導人們如何正視疼痛,並學會和疼痛相處。

張翎寫作的全過程都是欲哭無淚的傷痛,但從未想過要"催淚",她真正流淚只有一次,是寫到小燈千里回鄉,找到母親,隔著30年的時空距離,母親從陽臺上俯下身來,問"閨女,你找誰?"那一刻是疼到極至的疼,作者説實際上她根本沒有止痛藥,沒有答案。促使她動筆寫這部小說的原因是"疼痛"的感覺。張翎用像對待其他小說一樣的態度,力圖在《餘震》中真實地、少受污染地還原自己的內心感受。如果一個作家能夠真實地對待自己的內心感受,那麼寫出來的作品應該也能夠起到感動別人的效果。張翎認為有的疼痛是必須面對的,有的醜陋也一樣,儘管它使我們感到不安,《餘震》不是為了悅人耳目而寫的。她只能說,在面對自己的感受時,她的態度是真誠的。

張翎雖然沒有生在唐山,也沒有經歷過那場撕心裂肺的大災難,但是它造成的疼痛依舊深深地刺傷了她。小說是出於對唐山那場天災和對那些地震孤兒的默默關切。宣泄是一種表述,克制也是一種表述。對一個事件的表述應該允許有多重視角,有親歷者的視角,也有旁觀者的視角。視角越多,敘述就變得越豐富。

張翎要強調的是一個"疼"字。之所以選擇這樣"疼痛"的視角,張翎有自己的見解:天災帶給地貌建築物的傷害是驚心動魄的,可是這個傷害是看得見的;但是天災帶給人心靈的傷害,是看不見的。看得見的疼痛是容易救助的,而看不見的疼痛卻很容易被假像遮蓋而忽略。《餘震》寫在 2006 年,那時災後兒童心理干預對大多數人來說,還是一個相對陌生的話題。作者就是想通過對疼痛淋漓盡致的描述,引起人們對災後心理創傷的關注。她挑了一個側面寫了這篇小說。"我想寫的是,有的時候苦難可以把人打倒,讓人永遠站不起來。"張翎對《中國新聞週刊》說,"並不是所有苦難都能成就一個人。它也可以摧毀一個人。"張翎著力於寫一個人內心和精神上的餘震,以及他們從未消失過的顫抖和內心無法癒合的創口。

小說關注在疼這一點上。一直到結尾,作者覺得也沒能給那樣一種疼痛找到一種解脱的方法。小燈被埋在地底下,那是疼的開始,可那只是肉體的疼。到後面三十年一直都是一種心靈的疼,她始終在經歷著越來越深的疼,養母去世的痛,養父性侵害的疼,丈夫和女兒給她的疼。最後她自己沒有辦法以自身的能力來消除這個疼,所以她試圖自殺了好幾次。這個疼痛的發展過程是合理的,因為她的人生在七歲時就已經被毀壞了,她一直沒有從七歲的回憶中間蘇醒過來,她就包裹在這樣一種對世界極端疏隔的情緒裡行走在世界上。

小說寫到最後,作者已經忍不住那種疼痛了,所以安排了讓小燈回家。實際上作者的本意是不想讓她回家的,可是作者再也寫不下去了。結尾處她回到唐山找媽媽,母女隔著一層樓,似乎見了,似乎沒見,那是一個巨大的想像空間。她給她的心理醫生發了一封信,說:"我終於,推開了那扇窗。"那是一種比喻,預示著小燈終於能夠推開她心靈裡堆積已久的阻隔了。作者願意這個世界上有一片哪怕是微薄的希望,讓你走過漫長的隧道時能依稀看見前面有一點光亮。回到唐山對於小燈來說只是治療的開始,對結果雖然有一線希望,但卻是不確定的希望。雖然小燈敢於正視過去,但這種正視不確定能解決所有的問題。

小燈的舉止只是浮在表面的泡沫,作者想把泡沫刮掉,看到底層的真相。但是刮掉一層又生出一層,並沒有能夠找到一個徹底治療的藥方。作者的確把痛苦寫得很深,泡沫寫得很厚,但是作者覺得找不到一個消除泡沫的方法。

當作者寫《餘震》的時候,只想安安靜靜地從一個旁觀者的角度,來揭示一塊表面結了痂內裡卻爛成一片的傷疤。作者沒有正面敘述唐山大地震,她要探討災後一個個體案例的長久創痛。作者表示她沒有正面書寫這場浩大天災的野心,如果唐山大地震這個題材是一條江的容量,《餘震》只是力圖表現它的一滴水。其實,即使母女面對面地相逢了,多年積累的疼痛也許不會徹底消失。我們善良的願望是如此,然而,現實不是總能被善良的願望修改成我們願意看見的樣子。親情、社會支持、專業心理干預都不能令疼痛徹底消失, 只能給我們力量和方法,讓我們學會和疼痛共存。

張翎只用了五六個星期創作這篇小說。她發現寫作過程激情澎湃,一瀉千里,完全沒有任何阻隔和猶豫。她固執地連續五六個星期不停筆、不歇息,脫稿後她被一種沉重和悲哀壓迫得好幾天不想説話。小説發表在 2007 年第一期《人民文學》上,名為《餘震》,當年登上了中國小説學會排行榜。寫作之初,有文學雜誌的朋友勸她,"關於唐山大地震的文字太多,不要寫了"。張翎拒絕了。她覺得能寫出與已有回憶錄不同的東西。《人民文學》副主編李敬澤評價説:"《餘震》幾乎是僅有的一部'這樣'寫唐山大地震的小説。這麼百感交集的經驗和大事件,國內作家竟然沒怎麼涉及,需要一個旅居加拿大的作家去寫。"

張翎説:"馮導的電影是為我的小説作了廣告","如果勉強説我'成功'了,我想那必定不是因為我的才華,而是因為我的定力和耐心。"電影中加入了汶川地震,張翎認為她不知道汶川地震的插入是否使"人性挖掘"變得更深入,但是它給主人公的心理重建帶來了一個合理的契機,小燈在另一場天災中看到了另一個母親的"殘酷"選擇,瞬間明白了自己母親當年的無奈——這是她對母親諒解的開始。

對於災難題材的處理,國外有很多作品,即使是虛構的災難(如《後天》等)都非常打動人心,張翎選擇的是親情。災難題材讓人無可迴避地看到了人類被滅頂之災猝然擊倒時的無奈、失措和恐懼,對失去親人、家園和熟悉的生活環境的哀傷和疼痛,以及人類在重建家園和重建心靈過程中的艱難和勇氣。但是對待這個題材應該允許有多種寫法,正面遭遇是一種,側面觀察也是一種。正像寫作模式可以有多種,讀者的反應也可以有多種。感動是一種,反思是一種,沉默也是一種。

2008 年 5 月 12 日,四川汶川發生了特大地震。張翎説:"那陣子多倫多的電視節目裡幾乎天天都有讓人心碎的畫面,我和我的一些朋友們都感覺患上了輕度抑鬱症。又一群地震孤兒被推到了聚光燈下,慶幸的是這一次心理輔導的話題被許多人提了出來。人們開始意識到,天災帶給建築物乃至地貌的摧毀和改變,終究會漸漸平復。而天災在孩子們的心靈上刮擦出的血,也許會在時間的嚴密包裹之下,暗暗地滲流得更久,更久。”張翎表示,這才是真正意義上的《餘震》。

三、作品評介

《餘震》一書為張翎的中篇小說精選集。全書收錄了《向北方》《餘震》《空巢》三篇,均為張翎的代表作。這些小說都是描寫在心靈上被壓抑得比較深的人。《餘震》這篇小說以精神上的“餘震”為主題,深化了我們對災難的認識。張翎的眼光超越了當時當地,體現了更為深遠的思考和洞察。

《餘震》描寫了一個在唐山大地震中倖存下來的女孩的成長經歷。不僅僅表現出大地震給唐山造成的破壞,更著力表現那場浩劫在經歷者內心深處造成的強烈餘震。這部小說以舉世震驚的唐山大地震為背景,描寫了 1976 年 7 月 28 日凌晨,一場 7.8 級大地震將唐山在 23 秒之內變成了一片廢墟。主人公小燈(小登)地震時只有七歲,當面臨她和雙胞胎弟弟兩者只能活一個的情況時,媽媽選擇了弟弟,死裡逃生的姐姐小燈陷入了一個震後三十年的情感困境。

小燈的遭遇可以說是大地震後很多孩子的遭遇:她心中一直背負著精神創傷,對任何人都不信任。所以在養母因病去世時,十三歲的小燈沒有流一滴眼淚,只冷若冰霜地吐出一句話:你騙了我。在她眼裡,養母的確是騙了她。七歲那年,養母領她回家時,說好了會收留她一輩子,可現在竟然早早地離她而去。養母去世後,寂寞難耐的養父又把魔爪伸向了青春期的小燈。小燈再一次感到了人性的醜惡。還沒有被忘卻的孤獨感與仇恨感又開始在她心裡滋生,並生了根,纏繞了她三十年。

因被親情背棄,小燈背負著痛楚:管制女兒,猜忌丈夫,仇恨身邊的每一個人。最後女兒離家出走,丈夫也離她而去。常年因嚴重焦慮而失眠,累累傷痕造成她心靈上的"餘震"不斷,在第三次自殺被救之後,她躺在了心理醫生的病房中,在心理醫生的引導下,她開始學習哭泣與傾訴,所有的慘痛經歷在漫長幽深的記憶隧道中復活,她開始直視自己的命運,雖然她在地震中活下來了,但是從此命運開始了對她的放逐——被收養的生活、成長、上大學、出國、結婚生子,可那一天的傷痛卻更加刻骨,直到使她崩潰。三十年後,她終於去推那最後一道生滿鐵銹的窗子,去見多年不曾聯繫的母親。

張翎在《餘震》中探討的問題是自然災害過後,留在人心底裡的"餘震"。天災來臨的時候,人是彼此相容的,因為天災平等地擊倒了每一個人。人們倒下去的方式,都是大同小異的,可是天災過去之後,每一個人站起來的方式,卻是千姿百態的。活下來只是開始。作者主要把目光聚焦在了小燈的"心靈餘震"上,而她"心靈餘震"的真正來源是被母親親口送上死亡線而產生的精神刺激和靈魂驚悸。作者主要通過從心理層面對女孩經歷的剖析來反映這一主題。

《餘震》中的小燈在被母親親口送上死亡線的一剎那,就已經開始了她失衡、痛苦、掙扎的心靈之旅。小燈不僅面對天災而且面對醜惡,她通過外出求學而遠離養父的侵犯。在她的心靈掙扎中,心也與丈夫漸行漸遠,加之丈夫又結識了一個十分崇拜他的女畫家,使得小燈的心靈餘震愈演愈烈。女兒蘇西對小燈的管教也頗為不滿,所以最終她選擇在父母離異之後跟隨父親,小燈的心靈餘震的波瀾一次次地撞擊著她。小燈在心理醫生的指導下,終於鼓足勇氣去面對引發她心靈餘震的震源,她完成了一次對自我的心靈救贖。

儘管小燈的人生經歷崎嶇坎坷,心路歷程也充滿掙扎與苦痛,從死亡中走出來的經歷也造就了小燈的性格"伸手不是小燈做人的姿勢,從來不是"。在她的一生中,她總是顯得那麼強勢:給自己起名字;抵抗養父的管制;努力學習考上理想中的復旦大學;主動追求同校的楊陽作男友;結婚之後去加拿大留學並把丈夫女兒也帶出國去;超越丈夫的成就成為知名作家;在家中掌握一切大權;決定同丈夫離婚。但是這一切都使她越來越緊地包裹在心靈的傷痛中,越來越深地陷入痛苦的深淵中。張翎認為,小燈在感情上的失敗,居多是自己的心理障礙造成的,劫後餘生的小燈再也不能信任別人,永遠害怕失去。小燈若不能解開"親情"這個巨大的心結,她永遠不能正常地擁有愛情。所以"親情"是癥結,也是藥方。

《餘震》塑造了多個人物,儘管是寥寥幾筆一閃而過的人物,也是令人銘心刻骨的。除了主人公小燈以外,另一個重要人物,那就是小燈的生母李元妮。如果說小燈是寬恕的主體,那麼李元妮無疑就是客體、是被寬恕者。這個被寬恕者的一生又有怎樣的遭遇呢?作品中有兩處提到李元妮的"遭人恨"。第一次是因為羡慕她過得比別人幸福:丈夫跑貨車,掙的錢比大學畢業的技術員還多,一雙兒女又乖巧可愛,在那個灰色的年代,她又是個非常懂得修飾自己的女人,經常與眾不同地出現在人們眼前,因此她遭到忌恨。第二次是在大地震之後,李元妮又開始遭人恨了。災難可以改變一個人,人在災難後或多或少都會有改變,李元妮卻貌似沒有改變,依然穿著"扎眼",可在她的心裡,她一定對愛有了更深一層的詮釋,否則,決不會為了不讓兒子被奶奶帶走就放棄當年那麼多人夢寐以求的鐵飯碗,也不會堅持不和兒子到南方扎根。也許,親人的感應讓母親在冥冥中感知著女兒有一天會回來,只是,她所謂的回來是"靈魂"。天災後她家破人亡,人們想用同情弱者的眼光來打量這個可憐的女人時,可看到的卻是另一番景致:"李元妮高抬著頭,把微跛的步子走得如同京劇臺步,將每一個日子過得如同一個盛典。"這讓大家很失望,一個寡婦竟然成了災難後第一個站起來的人。

作者在反映人性本質的同時也把李元妮這個人物"立"了起來。人們對李元妮的兩次"恨",實質上是作者對她的同樣多的"贊"。第一次的"遭人恨"時,描寫到萬家一家四口騎車去外婆家,字裡行間無不透露作者的欣羨和認同,這種認同是對人間美好親情的讚揚。但第二次李元妮"遭人恨"的時候,表現得勇敢與堅強,卻是作者對現實世界女性面臨困難而不屈不撓的褒揚。作為中國傳統的女性,李元妮在面對選擇時逃避不了傳統觀念的束縛,選擇了男孩小達。作出選擇之後,她的靈魂並沒有得到絲毫的安寧:二十六歲的她一夜之間頭髮變白了;不肯隨兒子遠行,留守家鄉等候丈夫和女兒的靈魂歸來;為雙胞胎孫子孫女取名紀登、念登。三十年前她放棄了女兒,但三十年來,女兒又無時無刻不在她身邊。這個被作者花費較多筆墨刻畫的人物,也是作者想竭力表達的一種精神寄託,她是集中國傳統婦女品質於一身的典型形象,也代表了作者的一種嚮往。作品的結尾也是作品的高潮部分,當被寬恕者得到寬恕時,也是她靈魂得到安寧的時候。

小說的結構是緊緻的,故事的情節以時間和地點為條目貫穿一體,小說開端的場景設在多倫多的聖麥克醫院的心理科,時間是 2006 年 1 月 6 日,結尾是 2006 年 4 月 21 日,結尾和開端都發生在同樣的場景,都是心理醫生沃爾佛的辦公室。在開端,主人公小燈是由心理診所的祕書凱西襯托出來的,久經世故、無動於衷的凱西挑了一挑的眉毛預示了棘手的病例;而小說的結尾也是通過凱西,她等在電梯門口微笑著,帶來小燈的希望。在這三個月的心理治療中,作者展示了主人公三十年的心靈歷程,小燈生命中的主要階段發生在唐山、石家莊、上海和多倫多這四個地點,小燈在唐山的地震中與母親分離,三十年後回到唐山與母親相認。小說中寫了十三歲的小燈在石家莊失去養母並被養父侵犯,也寫了小燈在多倫多管教她十三歲的女兒;她在上海和多倫多的求學、創業和建立家庭的拼搏,都由於背負的心靈創傷而成為痛苦的掙扎,直到她不得不向心理醫生求救,幫助她面對殘酷的過去,獲得生存的力量。

張翎是個善於編織故事和講述故事的人,更能通過女性作家的溫柔敏感去觸摸情感和人性中最脆弱的神經。文學批評家李敬澤說:“張翎寫作方式的這種傳統——講故事,中國大陸作家已經忘記了,不會了。人們總在說現實主義。而現實主義怎麼做?現實主義的藝術品質和工作倫理,從張翎這裡可以看到。”張翎的小說更多的是對於家族歷史的回溯。“我偏愛從歷史延伸到當下。只寫當下我就會很迷惑,沒經過時間的考驗(的事),我寫著很沒底氣。”張翎深信,成年後的敘事都只是對於童年各種版本的回溯。

歷史和現實相互交錯是張翎獨特的敘事風格,在張翎的寫作脈絡中,她的許多作品是圍繞著一個人,或一個家族跨越大洋之後的生活,由此牽連出的人物命運和背後更為深厚的歷史背景。《餘震》也正是通過這樣的方式穿越歷史的厚厚屏障,出色地構建了一個地震之後疼痛與夢魘相糾纏的世界,然後又一步一步為我們展示她解脫疼痛的希望。在張翎的眼裡,每個人都有自己的過去,過去和現在必須結合才能是一個完整的軀殼。小燈的過去就是她的母親,三十年間她背負著過去的創傷,她只有正視過去,才能實現自我的完整。張翎是個寫情的高手,《餘震》裡的情儘管沒有剪不斷、理還亂的繁瑣,但也在她溫婉詩化的語言裡盡顯出來。作者也是借這種情來激發小燈潛藏和壓抑已久的感情的,把心理醫生亨利和祕書凱西送來的生日禮物作為導火索,點燃小燈的情感的閥門,照亮她自己隱藏了三十年的真實的情感世界。這種情感的激發也讓她感到失去後再次擁有的珍貴,同時也激發了她人性中更可貴的品質——寬恕。小燈對母親的寬恕是她對人生的深層認識和理解,是作者對生活的另一種詮釋。

《人民文學》副主編、文學批評家李敬澤讀過《餘震》後,評價小說以精神上的“餘震”為主題,深化了人們對災難的認識。以前的同類作品很少涉及於此,大多是英雄主義敘事或者廣義的人道主義敘事,而沒有關注個人的內心和命運。張翎的眼光超越了當時當地,體現了更為深遠的思考和洞察,是“至今為止寫地震寫得最好的小說”。

四、片段欣賞

2006 年 1 月 6 日　多倫多　聖麥克醫院

沃爾佛醫生走進辦公室的時候,看見秘書凱西的眉毛挑了一挑。

“急診外科轉過來的,等你有一會兒了。”凱西朝一號診療室呶了呶嘴。

沃爾佛醫生掛牌行醫已經將近二十年了。可是在還沒有出現一個叫亨利・沃爾佛的心理醫生的時候,早就已經存在著一個叫凱西・史密斯的醫務秘書了。凱西在醫院裡已經工作了三十三年了,凱西可謂閱人無數。這無數的人猶如一把又一把的細沙,日復一日年復一年地打磨著凱西的神經觸角,到後來凱西不僅沒有了觸角,凱西甚至也沒有了神經,所以平日極難在凱西臉上找到諸如驚訝悲喜之類的表情。

沃爾佛醫生立刻知道,他碰上一個有點勁道的病例了。

“《神州夢》的作者,剛被提名總督文學獎。上週六 CBC 電視臺‘國情’節目裡有她一個小時的採訪。”

沃爾佛醫生嗯了一聲,就去拿放在門架上的病歷,匆匆掃了一眼邊沿上的名字:雪梨・小燈・王。

“急救車晚到十分鐘,就沒她的小命了。”凱西做了個割腕的動作,輕聲說,“自殺。”

沃爾佛醫生翻開病歷,裡面是急診外科的轉診報告。

沃爾佛醫生突然醒悟過來女人說的那句話是“救我”。

女人的話如一柄小而薄的鐵錐,在沃爾佛醫生的思維表層紮開一個細細的缺口,靈感意外地從缺口裡汩汩流出。

“請你躺下來,雪梨。”

一陣窸窸窣窣的聲響之後,女人身上的藍條子漸漸地平順起來,變成了一些直線。女人的雙手交疊著安放在小腹之上,袖子翻落著,露出右腕層層纏繞的紗布和紗布上一些形跡可疑的斑點。

"閉上眼睛。"

女人臉上的黑洞消失了,屋子陷入了前所未有的安謐。

"雪梨,你來加拿大多久了?"

"十年。請叫我小燈 —— 那才是我的真名。"

"中國名字嗎?"

"是的,夜裡照明的那個燈。"

"小燈,你對西方心理治療學理論瞭解多少?"

"佛洛伊德。童年。性。"

女人的英文大致通順,疑難的發音有些輕微的怪異,卻依舊很容易聽懂。

"那只是其中的一種。你是怎麼看的?"

"一堆狗屎。"

沃爾佛醫生忍不住輕輕一笑。

"小燈,上一次發生性行為,是在什麼時候?"

女人的回應來得很是緩慢,仿佛在進行一次艱難的心算。

"兩年零八個月之前。"

"上一次流淚,是在什麼時候?"

這一次女人的反應很快,幾乎沒有任何遲疑和停頓。"從來沒有流過眼淚,七歲以前不算。"

"小燈,現在請你繼續閉眼,做五次深呼吸。很深,深到腰腹兩葉肌肉幾乎相貼。然後放慢呼吸節奏,非常,非常,非常緩慢。完全放鬆,每一絲肌肉,每一根神經。然後告訴我,你看見了什麼。"

兩人都不再説話,屋裡只有女人先是深沉再漸漸變得細碎起來的呼吸聲。女人的鼻息如一條撥開草葉穿行的小蛇,窸窸窣窣。草很密,路很長,蛇蜿蜒爬行了許久,才停了下來。

“窗戶,沃爾佛醫生,我看見了一扇窗戶。”

“試試看,推開那扇窗戶,看見的是什麼?”

“還是窗戶,一扇接一扇。”

“再接著推,推到最後,看到的是什麼?”

“最後的那扇窗戶,我推不開,怎麼也推不開。”女人歎了一口氣。

“小燈,再做五次深呼吸,放鬆,再推。一直到你推開了,告訴我你看見了什麼。”

女人的呼吸聲再次響起,粗重,緩慢,仿佛馱獸爬山一樣的艱難。

沃爾佛醫生撕下桌子上的處方箋,潦草地寫了兩張便條,一張給凱西,一張給自己。

給凱西的那張是:立即停用一切助眠止疼藥物,改用安慰劑。

給自己的那張是:儘量鼓勵流淚。

1976年7月28日　唐山市豐南縣

母親似乎被提醒,忽然淒厲地喊了起來:“小登啊小達……”母親那天的呼喊如一把尖銳的銼刀,在小登的耳膜上留下了一道永遠無法修復的劃痕。

小達突然鬆開了小登的手,劇烈地掙動起來,砰砰地砸著黑暗中堅固無比的四壁。小登看不見小達的動作,只覺得他像陷在泥潭裡的一尾魚,拼死也要跳出那一潭的泥。小登動了動右手,發現似乎有些鬆動,就把全身的力都押在那只手上,猛力往上一頂,突然,她看見了一線天。天極小,小得像針眼,從針眼裡望出去,她看見了一個渾身是血的女人。女人只穿了一件褲衩,胸前一顫一顫地墜著兩個裹滿了灰泥的圓球。

“媽,媽!”

小達聲嘶力竭地喊了起來。小登説不出話來，小達是兩個人共同的聲音。小達喊了很久，小達的聲音漸漸地低了下去。“難受啊，姐。”小達沉默了，仿佛知道了自己的無望。

“天爺，小，小達在這底下。來，來人啊。”那是母親的呼叫。母親那天的聲音一點兒也不像是母親，母親的聲音更像是一股脱離了母親的身體自行其是的氣流，在空氣中犀利地横衝直撞，將一切攔截它的東西切割成碎片。

一陣紛亂的腳步聲，那一線天空消失了 ——大約是有人趴在地上聽。

“在這，這裡。”小達有氣無力地叫了一聲。

接著是母親狼一樣的咆哮喘息聲，小登猜想是母親在扒土。

“大姐，沒用，孩子是壓在一塊水泥板底下的，只能拿傢伙撬，刨是刨不開的。”

又是一陣紛亂的腳步聲，有人説傢伙來了，大姐你讓開。幾聲叮噹之後，便又停了下來。有一個聲音結結巴巴地説，這這塊水泥板，是横壓著的，撬，橇了這頭，就朝那頭倒。

兩個孩子，一個壓在這頭，一個壓在那頭。

四周是死一樣的寂靜。

“姐，你説話，救哪一個。”是小舅在説話。

母親的額頭嘭嘭地撞著地，説天爺，天爺啊。一陣撕扯聲之後，母親的哭聲就低了下來。小登聽見小舅厲聲喝斥著母親：“姐你再不説話，兩個都沒了。”

在似乎無限冗長的沉默之後，母親終於開了口。

母親的聲音非常柔弱，旁邊的人幾乎是靠猜測揣摩出來的。可是小登和小達卻都準確無誤地聽到了那兩個音節，以及音節之間的一個細微停頓。

母親石破天驚的那句話是：

小……達。

小達一下子拽緊了小登的手。小登期待著小達説一句話,可是小達什麼也沒有説。頭頂上響起了一陣滾雷一樣的聲音,小登覺得有人在她的腦殼上兇猛地砸了一錘。

"姐哦,姐。"

這是小登陷入萬劫不復的沉睡之前聽到的最後一個聲音。

2006年3月29日　多倫多　聖麥克醫院

"小燈,《神州夢》裡的那個女人,為什麼一直不願意回到她出生長大的地方呢?"沃爾佛醫生問。

"亨利,因為有的事情你情願永遠忘記。"

"可是,人逃得再遠,也逃不過自己的影子。不如回過頭來,面對影子。説不定你會發覺,影子其實也就是影子,並沒有你想像得那樣不可逾越。"

"也許,僅僅是也許。"

小燈低頭,摳著手掌上的死皮。經歷過一整個安大略的冬季,手掌上都是溝壑叢生的細碎裂紋。手摸到衣服上,總能鉤起絲絲縷縷的線頭。

"小燈,你的童年呢?你從來沒有説起過,你七歲以前的經歷。"

小燈的手顫了一顫,皮撕破了,滲出一顆烏黑的血珠。血珠像一隻撐得很飽的甲殼蟲,順著指甲縫滚落下來,在衣袖上爬出一條黑線。

2006年4月20日　唐山市豐南區

小燈走進那條小街時,正是傍晚時分。

陽臺裡就走進來一男一女兩個孩子,都是七八歲的樣子,長得很是相像。男孩在先,女孩在後。男孩提著一個簸箕,女孩拿著一把掃帚。女孩站定了,就把手裡的掃帚塞給男孩,説念登你去掃地。男孩拿了掃帚,卻有些不情願,嘟嘟囔囔地説奶奶是叫你掃的。女孩靠在門上,將眉眼立了起來,指著男孩的眉心説:"叫你掃你就掃。"男孩就噤了聲。

婦人拿過掃帚,輕輕地拍了女孩一下,罵道:"紀登你個丫頭,忒霸道了些。"

婦人將碎瓦片都掃攏來,找了個塑膠袋裝了,就直起身來抹額上的汗。突然間,婦人發現了站在樓下的小燈。婦人愣了一愣,才問:"閨女,你找誰?"

小燈的嘴唇顫顫地抖了起來,卻半天扯不出一個字來。只覺得臉上有些麻癢,就拿手去抓。

過了一會兒才明白,那是眼淚。

2006年4月21日　多倫多　聖麥克醫院

沃爾佛醫生今天上班遲到了十五分鐘。跨出電梯的時候,突然發現秘書凱西正等在電梯門口。沃爾佛醫生剛剛被安大略醫療科學學會推舉為2005年的年度醫生,心情大好,就忍不住和祕書開了個玩笑。

"出了什麼事?地震了嗎?"

凱西遞過去一張紙,微微一笑,説那得看你怎麼想。

那是一張傳真,從中國送過來的,只有一句話:

亨利:我終於,推開了那扇窗。小燈

五、思考題

1.張翎是在什麼時候並在什麼情況下萌生寫作《餘震》的想法的?作者的靈感從何而來?

2.《餘震》不同於以往描寫地震作品的是什麼?

3.《餘震》是怎樣體現天災對人們心靈的震撼的?

4.主人公小燈地震中所受創傷的心理疼痛的根源是什麼?

5.作者是怎樣表現小燈的心理歷程的?小燈三十年的痛苦掙扎是通過什麼表現的?

6.你認為小燈的母親是怎樣的人?作者為什麼要這樣塑造她?

7.小説的結構和情節設計有什麼特點?

8.心理醫生是怎樣幫助小燈醫治心理創傷的?

9.在小説的結尾,小燈給心理醫生的傳真説:"我終於,推開了那扇窗。"意味著什麼?

10.《餘震》被改編成電影《唐山大地震》,電影中加入了汶川地震,為什麼説它給主人公的心理重建帶來了一個合理的契機?

六、擴展閲讀

1.張翎介紹

http://www.baike.com/wiki/%E5%BC%A0%E7%BF%8E

2.小說《餘震》與電影《唐山大地震》的區別

http://www.booknn.com/shuping/201304/24/sp_in_211.html

3.張翎《餘震》

http://www.baike.com/wiki/%E3%80%8A%E4%BD%99%E9%9C%87%E3%80%8B

http://bbs.wenxuecity.com/ghost/149499.html

4.馮小剛導演新作《唐山大地震》

http://ent.yxlady.com/ylist/11832/index_2.shtml

5.《餘震》作者張翎回溫講學

http://wzed.66wz.com/html/2011-03/18/content_874417.htm

6.張悠喆:《一個女人的心靈史詩——解讀張翎小說〈餘震〉》

http://mall.cnki.net/magazine/Article/MZXS201109054.htm

第八章

曾晓文与长篇小说《移民岁月》

一、作者简介

曾晓文,南开大学文学硕士,美国锡拉丘兹(Syracuse)大学科学硕士。1994年底赴美,旅居9年后移民加拿大,现居多伦多,在一家建筑管理集团任IT总监。她是海外华文文学的积极推动者之一,自2004年起任加拿大中国笔会副会长,在2009年至2012年间任会长。

她从1991年开始发表作品,逾百万字的小说、剧本、散文被收入多种文集,在海内外广泛转载。在小说创作方面,她著有长篇小说《移民岁月》、《白日飘行》(又名《梦断得克萨斯》)、《夜还年轻》,中短篇小说集《苏格兰短裙和三叶草》等,获中央日报文学奖、联合报系文学奖等奖项,还进入2009年度中国小说学会中国小说排行榜。

她的散文创作成绩骄人。她在2005年至2008年间为加拿大《星岛日报》撰写专栏,在2012年出版了散文随笔集《背对月亮》;散文《背灵魂回家》获首届全球华文散文大赛最高奖、首届世界华人游记大赛奖、全国散文论坛大赛一等奖等。

曾晓文还从事影视创作，与孙博合著的20集电视文学剧本《中国创造》获第四届中国作家鄂尔多斯文学奖、第二届中山杯华侨华人文学奖、北京市广电局2011年度优秀剧本奖。随后她与孙博又在此基础上，改编出30集电视剧《错放你的手》。该剧于2014年2月热播。此外，她还在2014年发表了电影剧本《浪琴岛》。

2014年底，她荣获中国新移民文学优秀创作奖。

二、创作历程

在曾晓文的早期作品中，如长篇小说《白日飘行》、短篇小说《旋转的硬币》等，更多描写的是逆境中纯粹的小人物，展示他们内心深处欲望与恐惧交错的心理结构。她通过后来的一些作品，如长篇小说《夜还年轻》、短篇小说《苏格兰短裙和三叶草》等，在写作模式上，逐渐实现了对辛酸、漂流主调的跨越；在小说叙事方面，消解了作者、叙事者与“我”的“同一性”，同时挑战小说中人物性格的“单纯性”。曾晓文在小说艺术上的新追求与美学风格的新趋向，在长篇小说《移民岁月》中得到了比较充分的体现。

多伦多的冬季，城市缺少鲜艳，而时间的步履总是缓慢。曾晓文不热衷冬季户外活动，喜欢到罗伊·汤姆森音乐厅听交响乐，至少在那里温暖如春，不会错过激越的贝多芬，柔曼的莫扎特，当然还经常遇到时而激越、时而柔曼的柴可夫斯基……她享受的是在交响乐中“神游”。她的思绪时而像一位劲健的帆板手，在岁月的大海上乘风破浪，时而又像一位清寂的女子，在桃源与红尘之界临水照花……于是内心的世界不但有声音、画面、色彩，还有悲喜交集的人物和他们跌宕婉转的情感；于是关于人生和命运的感悟就在水底沉淀了下来……

长篇小说《移民岁月》是作者浮想联翩的产物。

她利用业余时间写作。素材很多，但动笔的时间很少，所以不求多产。

希望每写一部作品,就对前一部作品有所超越。她无意记叙自我意识的流动,而要求"自我退隐",讲述"他人的故事"。美国著名影评家罗伯特·麦基说过,"虚构的世界并不是白日梦,而是一个血汗工厂,我们在里面辛勤地劳作,挑拣浩如烟海的素材……"这种"劳作"的第一挑战是"建筑"故事结构。故事的"组合"犹如音乐的构思。她意识到交响乐的多主题、多视角、复调结构更能展现文学中的情感,而音乐般的节奏还会给阅读带来愉悦。当文学亲吻音乐,简直就像一对恋人在夜莺的歌唱中,向彼此无限地靠近。值得注意的是,她在生活中有机会接触加拿大精神健康领域的一些专业人员和志愿者。他们的真诚和本色,他们给予每一位病患者的关怀与尊重,奠定了这部作品的人性基调。

《移民岁月》发表于《百花洲》2013 年第 2 期,2013 年 4 月由百花洲文艺出版社出版单行本,并在第 23 届全国图书交易博览会三亚分会场首发,引起读者的热烈反响。

三、作品评介

长篇小说《移民岁月》借鉴柴可夫斯基的《F 小调第四交响乐》的结构,围绕宋代水墨画名作《桃花潭水》,复调式地展现了多伦多以陆滨和丽贝卡为代表的中国新移民的精神成长历程,以及他们与加拿大白人欧文家族之间如歌如泣的友谊,相辅相成地谱写出一部命运交响曲。

小说展现出多主题的特征。主部主题从陆滨由创业成功转向失败展开。他在旧日恋人、画廊老板卓悦的鼓动下,为扭转生意费尽心机地寻找《桃花潭水》,即他的祖母兰斯珺送给教会医院医生罗杰的礼物。兰斯珺上世纪 30 年代曾在中原的教会医院与加拿大人罗杰·欧文共事。陆滨在十几年前移民加拿大,与罗杰的儿子社会工作者安迪,还有罗杰的孙女传记作家苏菲建立起友谊,并成为苏菲的丈夫、前冰球明星道格拉斯的生意伙伴。陆滨与妻子邱霜分居，先后承受了公司倒闭的打击，父亲离世的伤痛，以及儿子北北自杀未遂的震动。北北患有躁郁症，多年来得到安迪的关怀。当陆滨终于找到《桃花潭水》时，他意识到自己面临着人生的重大选择。他不顾卓悦和邱霜反对，向这幅名画的继承人安迪道出真情。安迪拍卖了《桃花潭水》，把得到的巨款捐给了安省精神健康组织，用以修建社区服务中心，使之成为精神病患者及家庭受虐者的乐园。安迪聘请陆滨管理装修项目，并在社区服务中心建成后聘他做物业经理。陆滨在生活中找到了新的起点。他作为60后的代表人物，在40年中体验到了欧洲人在400年间经历的巨大心理变化。华人富商李先生买下了《桃花潭水》，把它捐给了故宫，并借此机会回到了阔别几十年的中国，寻找自己的亲生女儿，又引出了一段刻骨铭心的往事。

小说的副部主题是通过留学生丽贝卡的视角展现的。她留学加拿大后，通过姨妈卓悦的介绍，寄居在苏菲家里，与苏菲父母领养的儿子、印第安人保罗发生了冲突。她和女朋友留学生草莓出游，与她的初恋情人、“富二代”健立重逢，并认识了他的堂哥北北。健立从美国加州搬到多伦多，独住在一幢花园洋房里，享受奢华的生活。丽贝卡和苏菲因为保罗争吵，搬出苏菲家与草莓合租。不久，警察发现健立在家里的地下室制造大量假证书，牟取暴利，将他逮捕。健立的爸爸陆湾出资，由他的叔叔陆滨出面担保他出狱，没想到过了不久他竟出逃国外。草莓傍上了富豪李先生，搬进安大略湖边的豪华公寓。丽贝卡与北北步入爱河，开始“过家家”，但好景不长，两人之间屡生矛盾，终于因北北行为怪异分手。丽贝卡的母亲患病，丽贝卡不得不靠打工支付学费，因学业失败兼失业，她伤心地离家出走。陆滨找到她之后，把她送到苏菲家再次寄宿。丽贝卡开始认真读书，从此走上了自立之路。

《移民岁月》在东西方文化的双重背景下探讨人生与命运的永恒主题，兼顾金钱、幸福与爱情等永恒话题，对人与人之间的相互影响十分关注。他人不该成为地狱，牵手友情才能走向“心灵的伊甸园”，而跨越族裔的友情更为可歌可泣。曾晓文试图摆脱东方人传统的受难心理和“弱势心态”，着重中西文化的共性与交融，并深化平等、自由、友善、诚信、民主等贯穿始终的主题。每一个民族都受歧视。在上世纪六七十年代的加拿大，意大利人和犹太人受歧视，到了21世纪穆斯林受歧视。在今日的加拿大，华人进入政治、经济、文化、科技领域，逐步完成了从落叶归根到落地生根的精神转变。

在艺术形式方面，曾晓文采用了两代移民陆滨和丽贝卡的双重视角，糅合第一人称的日记体和第三人称的小说体，表现移民生活的变化以及他们对居住国文化的不同认知。小说的结构具有独创性，作者将情节融汇于交响乐章的起伏跌宕，恰如其分地表现了小说情节的推动和展现。主副两个部分分别围绕陆滨和丽贝卡展开。主部的陆滨和副部的丽贝卡经历了场场洗礼，他们的移民生活充满了痛苦，也充满了企盼，他们虽有落魄之时，但是仍然积极向上，满腔热情地奋斗着。音乐的复调式使他们的移民生活多角度地反复出现。两代移民、多元文化、不同族裔之间的冲突和交流得到展示，在中西方的文化背景之下不同的命运、不同的抉择中，友谊、爱情和亲情跨越了族裔、地域和性别的局限，共同寻找心灵中的伊甸园。他们移民岁月的乐曲，经历了平静的前奏，充满挫折与打击的高潮，以成长、奋进为终曲，谱写了以宋代水墨画《桃花潭水》为主线，主部副部交织在一起的完美动听的乐曲。这样清晰的结构和故事脉络，便于读者在更深层次体会小说展现的主题。

《移民岁月》的情节设计了两个家庭在命运的安排下，相遇相知，携手走过岁月的寒冬、跨过文化的沟渠，相互扶持，收获了桃花潭水深千尺般的友谊。与此呼应，丽贝卡、北北、健力、草莓这几个年轻人，如同乐谱上跳动的音符，或者命运长河的涓涓细流，穿梭在移民岁月的大流中，为故事带来了无限惊喜和火花。文字变成了音符在纸间跳跃，弹奏出命运的乐章。《移民岁月》的情节新颖独特，表现了中国移民与外国家庭携手共创生活，中西文化互相交织，新移民也可以跨越种族、时空、文化的界限去寻找心灵真正的归宿。故事情节交织相印,每个人物的命运似乎都是既独立又互相关联着,正如同小说中提到的七人理论,每个人都可以通过六个人,联系到世界上的第七个人,人与人的命运,就是这么奇妙又冥冥之中自有安排。故事的篇幅是跳跃的,就好像交响乐不同的篇章,但是又前后联系,穿梭交融,直到最后音符汇合成动人心弦的合奏。不同的音符、不同的节奏,却恰恰交融成一首气势磅礴、感悟命运的非凡乐章。

这部小说的人物刻画细腻、生动而深刻。用多维度呈现了人物的心路成长历程,并将亲情、爱情以及友情这三大主题融合在一起。作者成功地塑造了主人公陆滨,他被周遭的几个人物烘托着。作者也用了情景描写衬托人物,环境描写渲染气氛,很自然地反映出人物内心的真实想法。在陆滨刚来到加拿大的冬天,大雪和寒风描绘出陆滨当时的迷茫和无助。对人物的描写有正面和侧面描写,外貌和语言的描写表现出人物的性格。

作者使用了前后对比的手法,生动形象地将新移民背井离乡与文化冲击等种种问题展现在读者面前。在文中,陆滨担任了众多重要角色:老板、朋友、父亲、丈夫、长辈和知己。陆滨不仅要为面临倒闭的公司谋出路,还承受着巨大的家庭压力。卓悦知道陆滨的处境后,想利用陆滨而提出了一个他不易拒绝的交易。作者细腻地描述了陆滨在道德边缘的徘徊以及他的精神成长历程,在正义与金钱中间,他一开始选择了金钱,几经内心斗争,最终选择站在正义一边。通过对陆滨面对逆境时的生活态度以及道德行为的描述,展示他以乐观、正直的态度来面对生活。无论你是什么人种、什么国籍、什么性别、什么出身背景,都应该有一架道德的天平,深深地扎根在心底。

作者也采用了人物衬托手法来描写主人公陆滨。尽管陆滨心中对于苏菲、卓悦都带有一丝情感,然而他并没有像道格拉斯那样背叛婚姻。而陆滨的弟弟在父亲的葬礼上敛财的行为和陆滨找到《桃花潭水》后的无私行为形成了反差。当陆滨走投无路时,《桃花潭水》价值数百万的消息使他仿佛看到了生的希望,但却在最后的关头,为了友谊和道德原则,选择了告诉安迪实情。别人都说他傻,然而只有他自己明白,他对生活不再迷茫,他找到了心态平和的办法,最终使得生活逐渐步入轨道,这正是作者所要塑造的人物形象。从一开始公司破产,他的迷茫和对生活的挣扎被表现得淋漓尽致,与小说结局的陆滨形成了明显的对比。陆滨是一个平凡、多面而厚重的中国移民形象。

北北的人物塑造也同样个性鲜明。陆滨和他的妻子邱霜对儿子北北的爱让他一步步战胜躁郁症,同时北北的成长也使陆滨夫妇成熟起来。北北从小就很特殊,不仅情绪敏感易激动,而且思维逻辑都和正常人不同。随着心里的压力越来越重,他选择了自杀。之后,在父亲、安迪、卓悦的帮助下,北北开始投入到绘画中,去写生,去感受自然之美,画被卖出后,他增强了战胜躁郁症的自信心,也体会到了父母对自己的爱和付出。北北最后在健康中心年会上讲演说:"自己自杀未遂时看到父亲的眼神终身难忘",以及"最感谢的还是爸妈",都表现了北北的成长与父母坚持不懈的爱息息相关。邱霜从多年前不愿意承认儿子精神病的事实,到跟安迪说出自己曾经欲吃药堕胎的往事,积极配合儿子的治疗,也体现了她的心理成长。同时,陆滨为了北北,也逐渐变得更加顾家,懂得体谅。这些人物的成长都来自于爱的激发和对爱的启迪。北北的演讲,预示了"爱能带来光明",将主旨进行了更好的深化。

而副主题主角丽贝卡是留学生的缩影,她由初到加拿大时的软弱单纯,变得坚强、独立、有主见,这种转变,在很大程度上源于对母爱的理解和回馈。背负着母亲的期望只身来到他乡求学,她的内心充满了反抗和不安,不知道自己是否选择了正确的路,也不知道自己是否能够融入到这样一个不同于中国的社会中。她经历了母亲患病的重击,听到北北自杀未遂后的诧异,亲身经历了保罗去世后的痛心疾首,这些打击令丽贝卡陷入了沉思。经过磨练,通过泪水,受过伤痛,丽贝卡懂得了在自己选择的路上奋斗,不管多么艰辛都要走到底的道理。在一次又一次的跌倒中，她慢慢摸索出如何在异国他乡生存，如何在这个陌生的国度不辜负长辈的期望。保罗写给她的信中所说“永远不要冷漠地对待爱你的人”，使她意识到母亲无私的爱，丽贝卡从最初的对母亲不耐烦，开始对母亲说我爱你。她成长了，成熟了。丽贝卡是个有血有肉的人物，令读者感悟人生的哲理：尽管人生的道路崎岖不平充满荆棘，虽有暴风骤雨，之后会有灿烂的彩虹。

卓悦是小说中非常富有戏剧性的人物。作者在趣味横生的故事剧情中，不乏以细腻的文笔展现人性的脆弱面。首先，描写一个角色的人性的完整性，最值得考究的便是这个角色的童年生活。在作家灵动的笔锋下，卓悦悲惨的童年生活清晰地重现在读者面前。上个世纪60年代的重组家庭中，卓悦缺少生父的宠爱，忍受着养父对母亲的家庭暴力，煎熬着承受早逝的母亲赐予自己“私生女”的头衔。在这个成熟、独立、感性的知识女性背后，这份童年记忆无疑展现了她那份倔强与执着。童年的她对自己的生活前景充斥着迷惘与渴望；所以，生活中一丝一毫的希望，都被这个可怜的女孩儿看作是命运之神对自己的眷顾。卓悦那份介于坚持和固执中间的人性特色，无疑是源于作家笔下一个鲜明的人性脆弱面。

作者合理地运用了细节描写来展现人物的特性。在小说的尾声阶段，当卓悦得知自己生父的死讯时，那种内心深处的最后一丝留念与追忆随之逝去。作者让接近崩溃的她不顾一切地狂奔来宣泄悲痛。这种让人身临其境的描写，使读者体会到了卓悦的无助与绝望。作者描述了狂奔时周围的境况和这位女性的每个动作细节，她脸颊滑落的每一滴泪珠都悉数落入了读者的心田。人脆弱面的展现，有时像暗藏内心深处的童年记忆，悠远黯然，有时却像瞬间爆发的火山，天崩地裂，令读者与人物共用情感与灵魂的升华。

《移民岁月》主题深刻，情节曲折，叙述流畅，情景和心理描写生动、贴切，人物塑造丰满感人，可谓实力派海外作家曾晓文在“后留学阶段”的代表作。

四、片段欣赏

（页码根据百花洲文艺出版社 2013 年简体版）

人物描写（14 页）

众人静了下来，等待这位一鸣惊人的女作家发言。无论让哪个族裔、哪个年龄段的男人来品评，苏菲都称得上美女。她的眼睛一只是蓝的，另一只蓝中带绿，使她比其他西裔女子多几分俏皮。她上身穿一件 V 字领的黑羊绒衫，大方地把饱满的双乳各露出半边，汹涌着热烈而诱惑的波浪。女作家原本令人遐想，再加上性感，就几乎所向无敌了。台下的白发男听众都不由自主坐直了身子，何况正处旺年的陆滨。

人物描写（62—63 页）

人群开始攒动起来，一时间咒骂声、尖叫声，还有刘铮儿子的哭声，混成了一片。有人动手推搡陆滨，随后拳头落到了他的脸上、后背上，他用双手护着自己的头……这时，他家的门被打开了，邱霜出现在高高的台阶上。她短发直立，神色凌厉，目光炯炯，令陆滨联想到女英雄刘胡兰。她把黑白方格衬衣扎进牛仔裤里，腰间的超宽黑皮带彰显出几分肃杀之气。人群把目光集中到她的身上，竟安静了下来。摄像师们也像一捆钉子遇见磁铁般，立即被吸了过去，把镜头聚焦在她的脸上。

人物对话（172—173 页）

几天后，敲门声打破了夜的宁静。邱霜打开门，看到安迪和一位黑人男子站在门口。黑人男子自我介绍是社会工作者，为家庭和儿童救助协会工作,他接到邻居的举报,邱霜多次虐待儿子,“我们必须把他带走,送到安全的地方去。”

邱霜惊跳起来:“我在教他读书！孩子是我的,我有权教育他！我的出发点是好的,绝对不能让他输在起跑线上！”

安迪不客气地打断她:“这是一句缺乏逻辑的混账话！”

“你怎么和我过不去?”邱霜对安迪怒目相向,“你还号称是陆滨的朋友！”

安迪似乎对邱霜的态度早有预料,口气变得温和:“你教育孩子手段必须合法。北北和你生活在一起,对他的精神健康不利。”

邱霜紧紧牵着北北的小手。他的小手温热,那是成年男人,或与自己没有血缘关系的孩子传递不出的温热;那温热独特,是专属她和他的隐秘。他的存在让她压抑,但她无法想象没有他存在的生活。

人物对话(190—191 页)

陆滨拿出手机,拨通了邱霜的手机号码。她是他儿子的妈妈,他想在第一时间与她分享喜讯:“你猜我找到了什么?!”他竭力压抑语气中的兴奋。

“总不会是金砖吧?” 邱霜一边开车,一边没好气地说。

“比金砖还值钱呢！我找到了《桃花潭水》!”他急促地讲了这幅画的来龙去脉。

“真的吗?”她在电话中兴奋地喊起来,并没有责怪他以前对她的隐瞒,“你在哪儿找到的?”

“在道格拉斯的度假屋里。苏菲求我到这儿来修水管。”

“他家有人吗?”

“没有,好像左邻右舍也没有人。”

“那你还等什么? 把《桃花潭水》拿回家吧。”

“那不就是偷吗？我干不出这样的事儿。”

“《桃花潭水》本来就是你家的，现在物归原主！”

“可是我祖母把它送给罗杰了，早不归我们家了。”

“你怎么这么死心眼儿？道格拉斯在监狱里，他可能早就忘了这幅画！罗杰家没人知道它的价值！”

“我不能这样做……”

“我，现在只有你能救我和北北了，”带着哭腔，“实话跟你说，我赌马把家底儿全输了……”

陆滨愣住了。在这原本该享受喜悦的时刻，邱霜却兜头给他泼了一盆冷水。他对她的失望，像一群蚂蚁经年累月不声不响地在心上打着穴洞，洪水终于来临，在这一刻击溃了堤坝。他终于问：“你这么做，怎么对得起北北？”

“我的愿望是好的。”她竭力为自己辩护。

“通向地狱的道路，常是由良好愿望铺成的。”陆滨抢白道，挂断了电话。他叹了一口气。他和邱霜，如拉着同一辆车的两匹马，却奔向不同的两个方向，总把对方拖扯得筋疲力尽。

心理描写（164 页）

飞机起飞时，陆滨注意到了天空上的白云。白云有的像绵羊，有的像湖泊，看上去很熟悉，都是他童年时在新疆经常看到的形状。在云的背后，藏着他所有幼稚而真诚的孤独。那时他经常在家等父亲下班。如果天黑了，还不见父亲的人影，他就恐惧起来。风吹草动，鸡鸣犬叫，他都会心惊肉跳，直到父亲回来了，恐惧自然而然地消失……从此在这片天空下，再没有一个人，他可以称之为父亲！以前在他和死亡之间，隔着父亲，现在父亲放弃了抗争，他本人必须开始正视死亡，向死亡贴近了一步。这是全新的却悲伤的感受……陆滨想着想着，两行清泪就流了下来。坐在他身旁的邱霜见了，伸出手，握住了他的手。他一动未动，默默地感受她的手心传递出的温暖。那温暖竟也是熟悉的。

心理描写(247 页)

北北走到台上，把麦克风挪近了些。在灯光下他的脸色比平素更苍白些。他面对台下众多听众，有些紧张，不由自主地用手握紧了麦克风。

陆滨替北北捏了一把汗。北北即将与这个世界分享的，是隐私的情感和难言的病症，是脆弱和疯狂，这需要多大的勇气！如果换成了自己，他大概永远不会以这样的方式袒露心扉。北北这个单薄的敏感的男孩长大了，在生活的路上如履薄冰般行进，但毕竟开始直面人生。他这个当父亲的，还有多少奢求呢？坐在陆滨身旁的邱霜，等不及北北开口，泪先涌了出来。她梦想过儿子的辉煌，比如作为著名医生在国际医学大会上讲演，或者作为金牌律师在法庭上替无辜者辩护，而他坐在台上讲述抗争精神疾病的体验，从不曾出现在她的想象中。多年来梦想像压在她背上的石碾，使她举步维艰，现在她终于甩掉了它，向命运妥协，却是真挚的正面意义的妥协。归根结底，他是她的血肉，他的安宁和幸福比他的成功更重要。

情景描写(50—51 页)

健立变了脸色，不是惊恐，而是恼怒，你不可以进我家的地下室！

两位警察同时怀疑地看着健立，仿佛在问：那里有什么见不得人的东西？黑人警察动作敏捷，已带头向地下室走去，健立气急败坏，伸手阻拦。黑人警察当然不吃他那一套，推开他，没料到他竟动起拳来，一拳打到警察的下颌上。警察像头被激怒的公牛，反扭他的双臂，从腰间掏出手铐，利落地把他铐到了楼梯的铁栏杆上。健立不停地跳脚叫嚷，仿佛受了天大的委屈。

两位警察同时掏出腰间的手枪，向地下室走去。敲敲门，无人回应，推了几下，显然门是锁着的。黑人警察稍一运气，一脚就把门踹开了。北北、草莓和我好奇地跟随在他们身后。

地下室里的情景让所有在场的人彻底惊呆！

这是一个地下造假工厂。地上摞满了各种证件：加拿大的公民证、护照、大学文凭、大学成绩单、假汽车保险……中国的护照、身份证、大学文凭、结婚证……随便捡起一本，便足以改变一个人的生活。白人警察拿起一份约克大学著名的 Schulich 商业学院的 MBA 文凭，惊讶地叫道，你看看，这上面还有学院的口号：这份文凭代表着荣誉、权利和特权（with all the honours, rights and privileges which appertain to this degree），学院的印章，当时的约克大学校长、加拿大前高等法院大法官 Peter Cory 和约克大学总裁、前参议员 Lorna Marsden 的假签名一应俱全。

所有的人都把目光转向健立。健立一脸沮丧，但并不惭愧。

北北像见到了一个幽灵，嘴唇哆嗦地问，你……你怎么干这种事情？

白人警察叫道，不许说中文！

情景描写（228—229 页）

在卓悦的注视下，陆滨拨通了李先生的手机，但没人接听。直到两天后，在她的办公室里，她和陆滨终于联系上了 W 市侨联的官员，从他们那里打听到了李先生的下落。李先生因为心力衰竭，在 W 市喧哗的街道上永远地停止了呼吸……

卓悦挂断电话，就冲出了门，陆滨立即跳起来，出门去追。她在央街上飞奔。她的两眼充血，短发一根根直立。她跑过了一条又一条街区，似乎目标坚定，又似乎完全没有目标……眼泪模糊了她的视线，她就伸出手在脸上抹一把；名牌鞋开始绊脚，她就甩掉了它们。她打破了一向的优雅，有些粗暴地推开阻挡自己的路人，全不顾他们惊诧的目光，只勇往直前……听不到汽车的鸣笛、周围人的叫喊，世界变得绝对喑哑。多年前当她听到母亲葬身马蹄的消息时，她就是这样跑到现场的，可怜的她此时无法跑过横贯在中加之间的千山万水……陆滨终于在市中心安大略湖边的码头上，抓住了她的手臂……她心跳严重超速，喘着粗气，像一头被偶然的弓箭射伤的母狮，瞪着一双惊诧、悲伤、绝望的眼睛……陆滨找不出合适的语言安慰她，只是庆幸在她万箭穿心的时刻，因为几乎偶然的机缘，他抓住了她的手臂，阻挡了她的崩溃。他期待她投入自己的怀抱，他一定会紧紧搂住她，和她一起抱头痛哭，为了青春，为了亲人，为了所有失而无法复得的一切……他对她多年来怀有歉疚，在此刻终于获得了一个补偿的机会，但她轻轻挣脱开了他的手，似乎安定了下来。

五、词语选注 / 詞語選註 cí yǔ xuǎn zhù

Words and Phrases with Translation and Annotations in English

biān hào 编号 編號	拼音 pīn yīn 简体 jiǎn tǐ 繁體 fán tǐ	yīng yì yǔ shì yì 英译与释义 英譯與釋義
#	Words and Phrases in *pīn yīn*, simple-form and complex-form characters	English translation and annotations
1	bào tóu tòng kū 抱头痛哭 抱頭痛哭	cry on each other's shoulder; weep disconsolately
2	bēi xǐ jiāo jí 悲喜交集	mixed feelings of grief and joy; have mixed feelings
3	bèi duō fēn 贝多芬 貝多芬	Ludwig van Beethoven (1770—1827) was a German composer and pianist.

4	bēng kuì 崩溃 崩潰	crumble; collapse; fall apart; smash up
5	bù lǚ 步履	walk; stride
6	bù rù ài hé 步入爱河 步入愛河	fall in love
7	bù shēng bù xiǎng 不声不响 不聲不響	as quiet as a mouse; hold one's peace; make no reply; not utter a word
8	cān yì yuán 参议员 參議員	senator
9	chái kě fū sī jī 柴可夫斯基	Pyotr Ilyich Tchaykovsky (1840—1893) was a Russian composer whose works included symphonies, concertos, operas, ballets, chamber music, and a choral setting of the Russian Orthodox Divine Liturgy.
10	cuán dòng 攒动 攢動	gathered and moving
11	dé kè sà sī 得克萨斯 得克薩斯	Texas
12	diē dàng 跌宕	inconstant and instable; free and easy
13	dù jià wū 度假屋	vacation home; cottage
14	è'ěr duō sī 鄂尔多斯 鄂爾多斯	Ordos is one of the twelve major subdivisions of Inner Mongolia, People's Republic of China. Although primarily rural, Ordos is administered as a prefecture-level city.
15	F xiǎo diào dì sì jiāo xiǎng yuè F 小调第四交响乐 F 小調第四交響樂	The Fourth Symphony in F Minor

16	fú xiǎng lián piān 浮想联翩 浮想聯翩	many ideas coming to the fore continuously; many thoughts flashed through one's mind
17	fù diào shì 复调式 複調式	polyphonic type; musical polyphony structure
18	guī gēn jié dǐ 归根结底 歸根結底	in the last analysis; on balance; ultimately
19	hǎo jǐng bù cháng 好景不长 好景不長	happy days do not last long
20	hào rú yān hǎi 浩如烟海 浩如煙海	tremendous amount of; vast; as vast as open sea
21	hóng chén 红尘 紅塵	human society; mundane world
22	hùn zhàng huà 混账话 混賬話	impudent remark
23	jiāo rén 骄人 驕人	impressive
24	jiāo xiǎng yuè 交响乐 交響樂	symphony
25	jīn pí lì jìn 筋疲力尽 筋疲力盡	be used up; knock up; exhaustion
26	jīng chà 惊诧 驚詫	amazed; surprised; astonished
27	jīng nián lěi yuè 经年累月 經年累月	for years; year in and year out

28	jǔ sàng 沮丧 沮喪	dispirited; dejected; dismayed
29	kè gǔ míng xīn 刻骨铭心 刻骨銘心	engraved in the bones and printed on the heart; remember to the end of one's life
30	lái lóng qù mài 来龙去脉 來龍去脈	cause and effect; origin and development; the ins and outs; the entire process; the way it comes and the way it leaves
31	lín shuǐ zhào huā 临水照花 臨水照花	(of a woman) proud and aloof, sensitive, and distinguished
32	lìng rén xiá xiǎng 令人遐想	make people daydream
33	liú hú lán 刘胡兰 劉胡蘭	Liu Hulan (1932—1947), a native of Shanxi Province, was a young female spy during the Chinese Civil War between the Kuomintang and the Communist Party. She refused one final chance to renounce her allegiance to the Communist Party, and was immediately beheaded.
34	luò yè guī gēn 落叶归根 落葉歸根	fallen leaves return to the roots-to revert to one's origin
35	lǚ jū 旅居	reside abroad
36	luó yī tāng mǔ sēn yīn yuè tīng 罗伊·汤姆森音乐厅 羅伊·湯姆森音樂廳	Roy Thomson Hall is a concert hall in Toronto, Canada. It is the home of the Toronto Symphony Orchestra. Opened in 1982, its circular architectural design exhibits a sloping and curvilinear glass exterior.
37	luó bó tè mài jī 罗伯特·麦基 羅伯特·麥基	Robert McKee (1941—) is a creative writing instructor who is widely known for his popular "Story Seminar".
38	míng míng zhī zhōng 冥冥之中	in the unseen world

39	mò zhā tè 莫扎特	Wolfgang Amadeus Mozart (1756—1791) was a prolific and influential Austrian composer of the Classical era. He composed many of his best-known symphonies, concertos, and operas, and portions of the Requiem.
40	móu qǔ bào lì 牟取暴利	reap staggering profits; seek exorbitant profits
41	mù guāng jiǒng jiǒng 目光炯炯	sparking eyes; piercing eyes
42	nǎo nù 恼怒 惱怒	angry; indignant; furious
43	nì jìng 逆境	adverse circumstances
44	niē le yī bǎ hàn 捏了一把汗	nervous;unnerving; anxious
45	nù mù xiāng xiàng 怒目相向	glare at sb. furiously; look at sb. with anger
46	pāi mài 拍卖 拍賣	auction; public sale
47	pái háng bǎng 排行榜	ranking list
48	qí shì 歧视 歧視	play it low upon; discriminate against
49	qì jí bài huài 气急败坏 氣急敗壞	utterly discomfited; flustered and exasperated
50	qiān shān wàn shuǐ 千山万水 千山萬水	numerous hills and streams; a journey filled with numerous difficulties and dangers
51	qiàn jiù 歉疚	guilty; be sorry for
52	qīng jì 清寂	quiet and lonely

53	róu hé 糅合	mix together
54	rú gē rú qì 如歌如泣	moving; stirring; like tears like song
55	rú lǚ bó bīng 如履薄冰	tread on delicate ground; tread as on eggs
56	ruò shì xīn tài 弱势心态 弱勢心態	inferior mind-set; the weak state of mind
57	sān yè cǎo 三叶草 三葉草	clover; trefoil
58	shē huá 奢华 奢華	extravagant; luxury
59	shén sè líng lì 神色凌厉 神色凌厲	look sharp; swift and fierce expression
60	shén yóu 神游 神遊	beyond the road; imagine; spiritual journey
61	shòu nüè zhě 受虐者	masochist
62	sǐ xīn yǎnr 死心眼儿 死心眼兒	stubborn; obstinate and simple-minded; person with a one-track mind
63	sù shā zhī qì 肃杀之气 肅殺之氣	awful atmosphere; stern expression
64	suí bǐ 随笔 隨筆	informal essay; desultory essay; casual literary notes; jottings
65	suǒ xiàng wú dí 所向无敌 所向無敵	break all enemy resistance; sweep all before one; invincible; irresistible

66	tǎn lù xīn fēi 袒露心扉	show one's true heart
67	táo huā tán shuǐ 桃花潭水	peach blossoms pond-a figurative use for profound friendship
68	táo yuán 桃源	land of peach blossoms
69	tóng yī xìng 同一性	sameness; identity
70	tuì yǐn 退隐 退隱	(of an official) retire from public life; go into retirement
71	tuǒ xié 妥协 妥協	compromise; meet someone halfway
72	wàn jiàn chuān xīn 万箭穿心 萬箭穿心	ten thousand arrows have pierced the heart; in extreme grief
73	wàng nián 旺年	prime years
74	wù guī yuán zhǔ 物归原主 物歸原主	return sth. to its original owner
75	wú gū 无辜 無辜	innocent
76	xīn jīng ròu tiào 心惊肉跳 心驚肉跳	terribly frightened; have a moment of panic; filled with apprehension
77	xīn lì shuāi jié 心力衰竭	cardiac failure; heart failure
78	xīng dǎo rì bào 星岛日报 星島日報	The *Sing Tao Daily* is Hong Kong's second largest Chinese language newspaper, with various editions in North America and Europe. Its English language sister paper is *The Standard*.

79	xiōng yǒng 汹涌 洶湧	violently surge up
80	yī míng jīng rén 一鸣惊人 一鳴驚人	become famous overnight
81	yī yīng jù quán 一应俱全 一應俱全	well stocked with all kinds of things;everything needed is ready
82	yīn yǎ 喑哑 喑啞	silent; mute
83	yǐn mán 隐瞒 隱瞞	hide; conceal
84	yǒng wǎng zhí qián 勇往直前	march forward courageously; advance bravely
85	zào yù zhèng 躁郁症 躁鬱症	manic depression; manic-depressive illness; bipolar disorder
86	zhí miàn rén shēng 直面人生	face up to life
87	zhuàn xiě 撰写 撰寫	write; compose
88	zì shā wèi suì 自杀未遂 自殺未遂	attempted suicide
89	zǒng jiān 总监 總監	director;chief inspector
90	zú yì 族裔	ethnicity; ethnic

六、讨论题

1.《移民岁月》与曾晓文的早期作品有什么不同?

2.曾晓文的小说创作与交响乐有什么联系?

3.《移民岁月》的人性基调来自何处?

4.《移民岁月》的多主题特征是怎样展示的?

5.宋代名作水墨画《桃花潭水》在小说中起什么作用?

6.小说的副部主题展现了什么?

7.曾晓文是怎样探讨人生与命运的主题的?

8.你对糅合第一人称的日记体和第三人称的小说体有什么看法?

9.你怎样分析对苏菲和邱霜的外貌描述?

10.举例说明小说情景和心理描写的特色和作用是什么?

七、扩展阅读

1.曾晓文博客

http://blog.sina.com.cn/zengxiaowen

2.曾晓文的《移民岁月》

http://wxs.hi2net.com/home/news_read.asp? NewsID=75162

3.华人女作家曾晓文携《移民岁月》参加书博会

http://www.qq.com/a/20130409/000738.htm? pc

4.曾晓文作品

http://blog.sina.com.cn/zengxiaowen

5.曾晓文介绍

http://baike.baidu.com/view/2896562.htm

http://www.hhlink.com/website/www.zengxiaowen.com

6.李秀平:《曾晓文:穿越美国监狱98天》

http://news.nankai.edu.cn/nkrw/system/2006/10/10/000001886.shtml

7.刘芳:《曾晓文:书写移民和他们的历史》

http://www.nihaowang.com/celebrity/article/543.html

第八章

曾曉文與長篇小説《移民歲月》

一、作者簡介

曾曉文,南開大學文學碩士,美國錫拉丘茲(Syracuse)大學科學碩士。1994 年底赴美,旅居 9 年後移民加拿大,現居多倫多,在一家建築管理集團任 IT 總監。她是海外華文文學的積極推動者之一,自 2004 年起任加拿大中國筆會副會長,在 2009 年至 2012 年間任會長。

她從 1991 年開始發表作品,逾百萬字的小説、劇本、散文被收入多種文集,在海內外廣泛轉載。在小説創作方面,她著有長篇小説《移民歲月》、《白日飄行》(又名《夢斷得克薩斯》)、《夜還年輕》,中短篇小説集《蘇格蘭短裙和三葉草》等,獲中央日報文學獎、聯合報系文學獎等獎項,還進入 2009 年度中國小説學會中國小説排行榜。

她的散文創作成績驕人。她在 2005 年至 2008 年間為加拿大《星島日報》撰寫專欄,在 2012 年出版了散文隨筆集《背對月亮》;散文《背靈魂回家》獲首屆全球華文散文大賽最高獎、首屆世界華人遊記大賽獎、全國散文論壇大賽一等獎等。

曾曉文還從事影視創作，與孫博合著的 20 集電視文學劇本《中國創造》獲第四屆中國作家鄂爾多斯文學獎、第二屆中山杯華僑華人文學獎、北京市廣電局 2011 年度優秀劇本獎。隨後她與孫博又在此基礎上，改編出 30 集電視劇《錯放你的手》。該劇於 2014 年 2 月熱播。此外，她還在 2014 年發表了電影劇本《浪琴島》。

2014 年底，她榮獲中國新移民文學優秀創作獎。

二、創作歷程

在曾曉文的早期作品中，如長篇小說《白日飄行》、短篇小說《旋轉的硬幣》等，更多描寫的是逆境中純粹的小人物，展示他們內心深處欲望與恐懼交錯的心理結構。她通過後來的一些作品，如長篇小說《夜還年輕》、短篇小說《蘇格蘭短裙和三葉草》等，在寫作模式上，逐漸實現了對辛酸、漂流主調的跨越；在小說敘事方面，消解了作者、敘事者與"我"的"同一性"，同時挑戰小說中人物性格的"單純性"。曾曉文在小說藝術上的新追求與美學風格的新趨向，在長篇小說《移民歲月》中得到了比較充分的體現。

多倫多的冬季，城市缺少鮮豔，而時間的步履總是緩慢。曾曉文不熱衷冬季戶外活動，喜歡到羅伊・湯姆森音樂廳聽交響樂，至少在那裡溫暖如春，不會錯過激越的貝多芬，柔曼的莫扎特，當然還經常遇到時而激越、時而柔曼的柴可夫斯基……她享受的是在交響樂中"神遊"。她的思緒時而像一位勁健的帆板手，在歲月的大海上乘風破浪，時而又像一位清寂的女子，在桃源與紅塵之界臨水照花……於是內心的世界不但有聲音、畫面、色彩，還有悲喜交集的人物和他們跌宕婉轉的情感；於是關於人生和命運的感悟就在水底沈澱了下來……

長篇小說《移民歲月》是作者浮想聯翩的產物。

她利用業餘時間寫作。素材很多，但動筆的時間很少，所以不求多產。

希望每寫一部作品,就對前一部作品有所超越。她無意記敘自我意識的流動,而要求"自我退隱",講述"他人的故事"。美國著名影評家羅伯特·麥基説過,"虛構的世界並不是白日夢,而是一個血汗工廠,我們在裡面辛勤地勞作,挑揀浩如煙海的素材……"這種"勞作"的第一挑戰是"建築"故事結構。故事的"組合"猶如音樂的構思。她意識到交響樂的多主題、多視角、複調結構更能展現文學中的情感,而音樂般的節奏還會給閱讀帶來愉悦。當文學親吻音樂,簡直就像一對戀人在夜鶯的歌唱中,向彼此無限地靠近。值得注意的是,她在生活中有機會接觸加拿大精神健康領域的一些專業人員和志願者。他們的真誠和本色,他們給予每一位病患者的關懷與尊重,奠定了這部作品的人性基調。

《移民歲月》發表於《百花洲》2013 年第 2 期,2013 年 4 月由百花洲文藝出版社出版單行本,並在第 23 屆全國圖書交易博覽會三亞分會場首發,引起讀者的熱烈反響。

三、作品評介

長篇小説《移民歲月》借鑒柴可夫斯基的《F 小調第四交響樂》的結構,圍繞宋代水墨畫名作《桃花潭水》,複調式地展現了多倫多以陸濱和麗貝卡為代表的中國新移民的精神成長歷程,以及他們與加拿大白人歐文家族之間如歌如泣的友誼,相輔相成地譜寫出一部命運交響曲。

小説展現出多主題的特徵。主部主題從陸濱由創業成功轉向失敗展開。他在舊日戀人、畫廊老闆卓悦的鼓動下,為扭轉生意費盡心機地尋找《桃花潭水》,即他的祖母蘭斯珺送給教會醫院醫生羅傑的禮物。蘭斯珺上世紀 30 年代曾在中原的教會醫院與加拿大人羅傑·歐文共事。陸濱在十幾年前移民加拿大,與羅傑的兒子社會工作者安迪,還有羅傑的孫女傳記作家蘇菲建立起友誼,並成為蘇菲的丈夫、前冰球明星道格拉斯的生意夥伴。陸濱與妻子邱霜分居,先後承受了公司倒閉的打擊,父親離世的傷痛,以及兒子北北自殺未遂的震動。北北患有躁鬱症,多年來得到安迪的關懷。當陸濱終於找到《桃花潭水》時,他意識到自己面臨著人生的重大選擇。他不顧卓悅和邱霜反對,向這幅名畫的繼承人安迪道出真情。安迪拍賣了《桃花潭水》,把得到的巨款捐給了安省精神健康組織,用以修建社區服務中心,使之成為精神病患者及家庭受虐者的樂園。安迪聘請陸濱管理裝修項目,並在社區服務中心建成後聘他做物業經理。陸濱在生活中找到了新的起點。他作為60後的代表人物,在40年中體驗到了歐洲人在400年間經歷的巨大心理變化。華人富商李先生買下了《桃花潭水》,把它捐給了故宮,並借此機會回到了闊別幾十年的中國,尋找自己的親生女兒,又引出了一段刻骨銘心的往事。

小說的副部主題是通過留學生麗貝卡的視角展現的。她留學加拿大後,通過姨媽卓悅的介紹,寄居在蘇菲家裡,與蘇菲父母領養的兒子、印第安人保羅發生了衝突。她和女朋友留學生草莓出遊,與她的初戀情人、"富二代"健立重逢,並認識了他的堂哥北北。健立從美國加州搬到多倫多,獨住在一幢花園洋房裡,享受奢華的生活。麗貝卡和蘇菲因為保羅爭吵,搬出蘇菲家與草莓合租。不久,警察發現健立在家裡的地下室製造大量假證書,牟取暴利,將他逮捕。健立的爸爸陸灣出資,由他的叔叔陸濱出面擔保他出獄,沒想到過了不久他竟出逃國外。草莓傍上了富豪李先生,搬進安大略湖邊的豪華公寓。麗貝卡與北北步入愛河,開始"過家家",但好景不長,兩人之間屢生矛盾,終於因北北行為怪異分手。麗貝卡的母親患病,麗貝卡不得不靠打工支付學費,因學業失敗兼失業,她傷心地離家出走。陸濱找到她之後,把她送到蘇菲家再次寄宿。麗貝卡開始認真讀書,從此走上了自立之路。

《移民歲月》在東西方文化的雙重背景下探討人生與命運的永恆主題,兼顧金錢、幸福與愛情等永恆話題,對人與人之間的相互影響十分關注。他人不該成為地獄,牽手友情才能走向"心靈的伊甸園",而跨越族裔的友情更為可歌可泣。曾曉文試圖擺脱東方人傳統的受難心理和“弱勢心態”,著重中西文化的共性與交融,並深化平等、自由、友善、誠信、民主等貫穿始終的主題。每一個民族都受歧視。在上世紀六七十年代的加拿大,意大利人和猶太人受歧視,到了21世紀穆斯林受歧視。在今日的加拿大,華人進入政治、經濟、文化、科技領域,逐步完成了從落葉歸根到落地生根的精神轉變。

在藝術形式方面,曾曉文採用了兩代移民陸濱和麗贝卡的雙重視角,糅合第一人稱的日記體和第三人稱的小説體,表現移民生活的變化以及他們對居住國文化的不同認知。小説的結構具有獨創性,作者將情節融匯於交響樂章的起伏跌宕,恰如其分地表現了小説情節的推動和展現。主副兩個部分分別圍繞陸濱和麗贝卡展開。主部的陸濱和副部的麗贝卡經歷了場場洗禮,他們的移民生活充滿了痛苦,也充滿了企盼,他們雖有落魄之時,但是仍然積極向上,滿腔熱情地奮鬥著。音樂的複調式使他們的移民生活多角度地反復出現。兩代移民、多元文化、不同族裔之間的衝突和交流得到展示,在中西方的文化背景之下不同的命運、不同的抉擇中,友誼、愛情和親情跨越了族裔、地域和性別的局限,共同尋找心靈中的伊甸園。他們移民歲月的樂曲,經歷了平靜的前奏,充滿挫折與打擊的高潮,以成長、奮進為終曲,譜寫了以宋代水墨畫《桃花潭水》為主線,主部副部交織在一起的完美動聽的樂曲。這樣清晰的結構和故事脈絡,便於讀者在更深層次體會小説展現的主題。

《移民歲月》的情節設計了兩個家庭在命運的安排下,相遇相知,攜手走過歲月的寒冬、跨過文化的溝渠,相互扶持,收穫了桃花潭水深千尺般的友誼。與此呼應,麗贝卡、北北、健力、草莓這幾個年輕人,如同樂譜上跳動的音符,或者命運長河的涓涓細流,穿梭在移民歲月的大流中,為故事帶來了無限驚喜和火花。文字變成了音符在紙間跳躍,彈奏出命運的樂章。《移民歲月》的情節新穎獨特,表現了中國移民與外國家庭攜手共創生活,中西文化互相交織,新移民也可以跨越種族、時空、文化的界限去尋找心靈真正的歸宿。故事情節交織相印,每個人物的命運似乎都是既獨立又互相關聯著,正如同小說中提到的七人理論,每個人都可以通過六個人,聯繫到世界上的第七個人,人與人的命運,就是這麼奇妙又冥冥之中自有安排。故事的篇幅是跳躍的,就好像交響樂不同的篇章,但是又前後聯繫,穿梭交融,直到最後音符匯合成動人心弦的合奏。不同的音符、不同的節奏,卻恰恰交融成一首氣勢磅礴、感悟命運的非凡樂章。

這部小說的人物刻畫細膩、生動而深刻。用多維度呈現了人物的心路成長歷程,並將親情、愛情以及友情這三大主題融合在一起。作者成功地塑造了主人公陸濱,他被周遭的幾個人物烘托著。作者也用了情景描寫襯托人物,環境描寫渲染氣氛,很自然地反映出人物內心的真實想法。在陸濱剛來到加拿大的冬天,大雪和寒風描繪出陸濱當時的迷茫和無助。對人物的描寫有正面和側面描寫,外貌和語言的描寫表現出人物的性格。

作者使用了前後對比的手法,生動形象地將新移民背井離鄉與文化衝擊等種種問題展現在讀者面前。在文中,陸濱擔任了眾多重要角色:老闆、朋友、父親、丈夫、長輩和知己。陸濱不僅要為面臨倒閉的公司謀出路,還承受著巨大的家庭壓力。卓悅知道陸濱的處境後,想利用陸濱而提出了一個他不易拒絕的交易。作者細膩地描述了陸濱在道德邊緣的徘徊以及他的精神成長歷程,在正義與金錢中間,他一開始選擇了金錢,幾經內心鬥爭,最終選擇站在正義一邊。通過對陸濱面對逆境時的生活態度以及道德行為的描述,展示他以樂觀、正直的態度來面對生活。無論你是什麼人種、什麼國籍、什麼性別、什麼出身背景,都應該有一架道德的天平,深深地扎根在心底。

作者也採用了人物襯托手法來描寫主人公陸濱。儘管陸濱心中對於蘇菲、卓悅都帶有一絲情感,然而他並沒有像道格拉斯那樣背叛婚姻。而陸濱的弟弟在父親的葬禮上斂財的行為和陸濱找到《桃花潭水》後的無私行為形成了反差。當陸濱走投無路時,《桃花潭水》價值數百萬的消息使他彷佛看到了生的希望,但卻在最後的關頭,為了友誼和道德原則,選擇了告訴安迪實情。別人都説他傻,然而只有他自己明白,他對生活不再迷茫,他找到了心態平和的辦法,最終使得生活逐漸步入軌道,這正是作者所要塑造的人物形象。從一開始公司破產,他的迷茫和對生活的掙扎被表現得淋漓盡致,與小説結局的陸濱形成了明顯的對比。陸濱是一個平凡、多面而厚重的中國移民形象。

北北的人物塑造也同樣個性鮮明。陸濱和他的妻子邱霜對兒子北北的愛讓他一步步戰勝躁鬱症,同時北北的成長也使陸濱夫婦成熟起來。北北從小就很特殊,不僅情緒敏感易激動,而且思維邏輯都和正常人不同。隨著心裡的壓力越來越重,他選擇了自殺。之後,在父親、安迪、卓悦的幫助下,北北開始投入到繪畫中,去寫生,去感受自然之美,畫被賣出後,他增強了戰勝躁鬱症的自信心,也體會到了父母對自己的愛和付出。北北最後在健康中心年會上講演説:"自己自殺未遂時看到父親的眼神終身難忘",以及"最感謝的還是爸媽",都表現了北北的成長與父母堅持不懈的愛息息相關。邱霜從多年前不願意承認兒子精神病的事實,到跟安迪説出自己曾經欲吃藥墮胎的往事,積極配合兒子的治療,也體現了她的心理成長。同時,陸濱為了北北,也逐漸變得更加顧家,懂得體諒。這些人物的成長都來自於愛的激發和對愛的啟迪。北北的演講,預示了"愛能帶來光明",將主旨進行了更好的深化。

而副主題主角麗貝卡是留學生的縮影,她由初到加拿大時的軟弱單純,變得堅強、獨立、有主見,這種轉變,在很大程度上源於對母愛的理解和回饋。背負著母親的期望隻身來到他鄉求學,她的內心充滿了反抗和不安,不知道自己是否選擇了正確的路,也不知道自己是否能夠融入到這樣一個不同於中國的社會中。她經歷了母親患病的重擊,聽到北北自殺未遂後的詫異,親身經歷了保羅去世後的痛心疾首,這些打擊令麗貝卡陷入了沉思。經過磨練,通過淚水,受過傷痛,麗貝卡懂得了在自己選擇的路上奮鬥,不管多麼艱辛都要走到底的道理。在一次又一次的跌倒中,她慢慢摸索出如何在異國他鄉生存,如何在這個陌生的國度不辜負長輩的期望。保羅寫給她的信中所説"永遠不要冷漠地對待愛你的人",使她意識到母親無私的愛,麗贝卡從最初的對母親不耐煩,開始對母親説我愛你。她成長了,成熟了。麗贝卡是個有血有肉的人物,令讀者感悟人生的哲理:儘管人生的道路崎嶇不平充滿荊棘,雖有暴風驟雨,之後會有燦爛的彩虹。

卓悦是小説中非常富有戲劇性的人物。作者在趣味横生的故事劇情中,不乏以細膩的文筆展現人性的脆弱面。首先,描寫一個角色的人性的完整性,最值得考究的便是這個角色的童年生活。在作家靈動的筆鋒下,卓悦悲慘的童年生活清晰地重現在讀者面前。上個世紀 60 年代的重組家庭中,卓悦缺少生父的寵愛,忍受著養父對母親的家庭暴力,煎熬著承受早逝的母親賜予自己"私生女"的頭銜。在這個成熟、獨立、感性的知識女性背後,這份童年記憶無疑展現了她那份倔強與執著。童年的她對自己的生活前景充斥著迷惘與渴望;所以,生活中一絲一毫的希望,都被這個可憐的女孩兒看作是命運之神對自己的眷顧。卓悦那份介於堅持和固執中間的人性特色,無疑是源於作家筆下一個鮮明的人性脆弱面。

作者合理地運用了細節描寫來展現人物的特性。在小説的尾聲階段,當卓悦得知自己生父的死訊時,那種内心深處的最後一絲留念與追憶隨之逝去。作者讓接近崩潰的她不顧一切地狂奔來宣泄悲痛。這種讓人身臨其境的描寫,使讀者體會到了卓悦的無助與絶望。作者描述了狂奔時周圍的境況和這位女性的每個動作細節,她臉頰滑落的每一滴淚珠都悉數落入了讀者的心田。人脆弱面的展現,有時像暗藏内心深處的童年記憶,悠遠黯然,有時卻像瞬間爆發的火山,天崩地裂,令讀者與人物共用情感與靈魂的昇華。

《移民歲月》主題深刻,情節曲折,敘述流暢,情景和心理描寫生動、貼切,人物塑造豐滿感人,可謂實力派海外作家曾曉文在"後留學階段"的代表作。

四、片段欣賞

（頁碼根據百花洲文藝出版社 2013 年簡體版）

人物描寫（14 頁）

眾人靜了下來，等待這位一鳴驚人的女作家發言。無論讓哪個族裔、哪個年齡段的男人來品評，蘇菲都稱得上美女。她的眼睛一只是藍的，另一隻藍中帶綠，使她比其他西裔女子多幾分俏皮。她上身穿一件 V 字領的黑羊絨衫，大方地把飽滿的雙乳各露出半邊，洶湧著熱烈而誘惑的波浪。女作家原本令人遐想，再加上性感，就幾乎所向無敵了。臺下的白髮男聽眾都不由自主坐直了身子，何況正處旺年的陸濱。

人物描寫（62—63 頁）

人群開始攢動起來，一時間咒罵聲、尖叫聲，還有劉錚兒子的哭聲，混成了一片。有人動手推搡陸濱，隨後拳頭落到了他的臉上、後背上，他用雙手護著自己的頭……這時，他家的門被打開了，邱霜出現在高高的臺階上。她短髮直立，神色凌厲，目光炯炯，令陸濱聯想到女英雄劉胡蘭。她把黑白方格襯衣紮進牛仔褲裡，腰間的超寬黑皮帶彰顯出幾分肅殺之氣。人群把目光集中到她的身上，竟安靜了下來。攝像師們也像一捆釘子遇見磁鐵般，立即被吸了過去，把鏡頭聚焦在她的臉上。

人物對話（172—173 頁）

幾天後，敲門聲打破了夜的寧靜。邱霜打開門，看到安迪和一位黑人男子站在門口。黑人男子自我介紹是社會工作者，為家庭和兒童救助協會工作,他接到鄰居的舉報,邱霜多次虐待兒子,“我們必須把他帶走,送到安全的地方去。”

邱霜驚跳起來:“我在教他讀書! 孩子是我的,我有權教育他! 我的出發點是好的,絕對不能讓他輸在起跑線上!”

安迪不客氣地打斷她:“這是一句缺乏邏輯的混帳話!”

“你怎麼和我過不去?”邱霜對安迪怒目相向,“你還號稱是陸濱的朋友!”

安迪似乎對邱霜的態度早有預料,口氣變得温和:“你教育孩子手段必須合法。北北和你生活在一起,對他的精神健康不利。”

邱霜緊緊牽著北北的小手。他的小手温熱,那是成年男人,或與自己沒有血緣關係的孩子傳遞不出的温熱;那温熱獨特,是專屬她和他的隱祕。他的存在讓她壓抑,但她無法想像沒有他存在的生活。

人物對話(190—191 頁)

陸濱拿出手機,撥通了邱霜的手機號碼。她是他兒子的媽媽,他想在第一時間與她分享喜訊:“你猜我找到了什麼?!”他竭力壓抑語氣中的興奮。

“總不會是金磚吧?” 邱霜一邊開車,一邊沒好氣地説。

“比金磚還值錢呢! 我找到了《桃花潭水》!”他急促地講了這幅畫的來龍去脈。

“真的嗎?”她在電話中興奮地喊起來,並沒有責怪他以前對她的隱瞞,“你在哪兒找到的?”

“在道格拉斯的度假屋裡。蘇菲求我到這兒來修水管。”

“他家有人嗎?”

“沒有,好像左鄰右舍也沒有人。”

“那你還等什麼? 把《桃花潭水》拿回家吧。”

“那不就是偷嗎?我幹不出這樣的事兒。”

“《桃花潭水》本來就是你家的,現在物歸原主!”

“可是我祖母把它送給羅傑了,早不歸我們家了。”

“你怎麼這麼死心眼兒?道格拉斯在監獄裡,他可能早就忘了這幅畫!羅傑家沒人知道它的價值!”

“我不能這樣做……”

“我,現在只有你能救我和北北了,”帶著哭腔,“實話跟你說,我賭馬把家底兒全輸了……”

陸濱愣住了。在這原本該享受喜悅的時刻,邱霜卻兜頭給他潑了一盆冷水。他對她的失望,像一群螞蟻經年累月不聲不響地在心上打著穴洞,洪水終於來臨,在這一刻擊潰了堤壩。他終於問:“你這麼做,怎麼對得起北北?”

“我的願望是好的。”她竭力為自己辯護。

“通向地獄的道路,常是由良好願望鋪成的。”陸濱搶白道,掛斷了電話。他嘆了一口氣。他和邱霜,如拉著同一輛車的兩匹馬,卻奔向不同的兩個方向,總把對方拖扯得筋疲力盡。

心理描寫(164 頁)

飛機起飛時,陸濱注意到了天空上的白雲。白雲有的像綿羊,有的像湖泊,看上去很熟悉,都是他童年時在新疆經常看到的形狀。在雲的背後,藏著他所有幼稚而真誠的孤獨。那時他經常在家等父親下班。如果天黑了,還不見父親的人影,他就恐懼起來。風吹草動,雞鳴犬叫,他都會心驚肉跳,直到父親回來了,恐懼自然而然地消失……從此在這片天空下,再沒有一個人,他可以稱之為父親!以前在他和死亡之間,隔著父親,現在父親放棄了抗爭,他本人必須開始正視死亡,向死亡貼近了一步。這是全新的卻悲傷的感受……陸濱想著想著,兩行清淚就流了下來。坐在他身旁的邱霜見了,伸出手,握住了他的手。他一動未動,默默地感受她的手心傳遞出的温暖。那温暖竟也是熟悉的。

心理描寫(247 頁)

北北走到臺上,把麥克風挪近了些。在燈光下他的臉色比平素更蒼白些。他面對臺下眾多聽眾,有些緊張,不由自主地用手握緊了麥克風。

陸濱替北北捏了一把汗。北北即將與這個世界分享的,是隱私的情感和難言的病症,是脆弱和瘋狂,這需要多大的勇氣！如果換成了自己,他大概永遠不會以這樣的方式袒露心扉。北北這個單薄的敏感的男孩長大了,在生活的路上如履薄冰般行進,但畢竟開始直面人生。他這個當父親的,還有多少奢求呢？坐在陸濱身旁的邱霜,等不及北北開口,淚先湧了出來。她夢想過兒子的輝煌,比如作為著名醫生在國際醫學大會上講演,或者作為金牌律師在法庭上替無辜者辯護,而他坐在臺上講述抗爭精神疾病的體驗,從不曾出現在她的想像中。多年來夢想像壓在她背上的石碾,使她舉步維艱,現在她終於甩掉了它,向命運妥協,卻是真摯的正面意義的妥協。歸根結底,他是她的血肉,他的安寧和幸福比他的成功更重要。

情景描寫(50—51 頁)

健立變了臉色,不是驚恐,而是惱怒,你不可以進我家的地下室！

兩位警察同時懷疑地看著健立,彷彿在問:那裡有什麼見不得人的東西？黑人警察動作敏捷,已帶頭向地下室走去,健立氣急敗壞,伸手阻攔。黑人警察當然不吃他那一套,推開他,沒料到他竟動起拳來,一拳打到警察的下頜上。警察像頭被激怒的公牛,反扭他的雙臂,從腰間掏出手銬,利落地把他銬到了樓梯的鐵欄杆上。健立不停地跳腳叫嚷,彷彿受了天大的委屈。

兩位警察同時掏出腰間的手槍,向地下室走去。敲敲門,無人回應,推了幾下,顯然門是鎖著的。黑人警察稍一運氣,一腳就把門踹開了。北北、草莓和我好奇地跟隨在他們身後。

地下室裡的情景讓所有在場的人徹底驚呆!

這是一個地下造假工廠。地上擺滿了各種證件:加拿大的公民證、護照、大學文憑、大學成績單、假汽車保險……中國的護照、身份證、大學文憑、結婚證……隨便撿起一本,便足以改變一個人的生活。白人警察拿起一份約克大學著名的 Schulich 商業學院的 MBA 文憑,驚訝地叫道,你看看,這上面還有學院的口號:這份文憑代表著榮譽、權利和特權(with all the honours, rights and privileges which appertain to this degree),學院的印章,當時的約克大學校長、加拿大前高等法院大法官 Peter Cory 和約克大學總裁、前參議員 Lorna Marsden 的假簽名一應俱全。

所有的人都把目光轉向健立。健立一臉沮喪,但並不慚愧。

北北像見到了一個幽靈,嘴唇哆嗦地問,你……你怎麼幹這種事情?

白人警察叫道,不許說中文!

情景描寫(228—229 頁)

在卓悅的注視下,陸濱撥通了李先生的手機,但沒人接聽。直到兩天后,在她的辦公室裡,她和陸濱終於聯繫上了 W 市僑聯的官員,從他們那裡打聽到了李先生的下落。李先生因為心力衰竭,在 W 市喧嘩的街道上永遠地停止了呼吸……

卓悅掛斷電話,就衝出了門,陸濱立即跳起來,出門去追。她在央街上飛奔。她的兩眼充血,短髮一根根直立。她跑過了一條又一條街區,似乎目標堅定,又似乎完全沒有目標……眼淚模糊了她的視線,她就伸出手在臉上抹一把;名牌鞋開始絆腳,她就甩掉了它們。她打破了一向的優雅,有些粗暴地推開阻擋自己的路人，全不顧他們驚詫的目光，只勇往直前……聽不到汽車的鳴笛、周圍人的叫喊，世界變得絕對暗啞。多年前當她聽到母親葬身馬蹄的消息時，她就是這樣跑到現場的，可憐的她此時無法跑過橫貫在中加之間的千山萬水……陸濱終於在市中心安大略湖邊的碼頭上，抓住了她的手臂……她心跳嚴重超速，喘著粗氣，像一頭被偶然的弓箭射傷的母獅，瞪著一雙驚詫、悲傷、絕望的眼睛……陸濱找不出合適的語言安慰她，只是慶幸在她萬箭穿心的時刻，因為幾乎偶然的機緣，他抓住了她的手臂，阻擋了她的崩潰。他期待她投入自己的懷抱，他一定會緊緊摟住她，和她一起抱頭痛哭，為了青春，為了親人，為了所有失而無法復得的一切……他對她多年來懷有歉疚，在此刻終於獲得了一個補償的機會，但她輕輕掙脫開了他的手，似乎安定了下來。

五、討論題

1.《移民歲月》與曾曉文的早期作品有什麼不同？

2.曾曉文的小說創作與交響樂有什麼聯繫？

3.《移民歲月》的人性基調來自何處？

4.《移民歲月》的多主題特徵是怎樣展示的？

5.宋代名作水墨畫《桃花潭水》在小說中起什麼作用？

6.小說的副部主題展現了什麼？

7.曾曉文是怎樣探討人生與命運的主題的？

8.你對糅合第一人稱的日記體和第三人稱的小説體有什麼看法？

9.你怎樣分析對蘇菲和邱霜的外貌描述？

10.舉例説明小説情景和心理描寫的特色和作用是什麼？

六、擴展閱讀

1.曾曉文博客

http://blog.sina.com.cn/zengxiaowen

2.曾曉文的《移民歲月》

http://wxs.hi2net.com/home/news_read.asp? NewsID=75162

3.華人女作家曾曉文攜《移民歲月》參加書博會

http://www.qq.com/a/20130409/000738.htm? pc

4.曾曉文作品

http://blog.sina.com.cn/zengxiaowen

5.曾曉文介紹

http://baike.baidu.com/view/2896562.htm

http://www.hhlink.com/website/www.zengxiaowen.com

6.李秀平:《曾曉文:穿越美國監獄 98 天》

http://news.nankai.edu.cn/nkrw/system/2006/10/10/000001886.shtml

7.劉芳:《曾曉文:書寫移民和他們的歷史》

http://www.nihaowang.com/celebrity/article/543.html

参考文献

陈浩泉编. 枫华正茂. 加拿大华裔作家协会出版,2009.

陈浩泉. 香港九七. 中国友谊出版公司,1991.

陈浩泉. 寻找伊甸园.加拿大华裔作家协会,2004.

川沙. 西方月亮. 台湾水牛出版社,2004.

川沙. 阳光.台湾商务印书馆,2004.

葛逸凡. 金山华工沧桑录. 加拿大华裔作家协会出版, 2007.

葛逸凡. 时代·命运·人生. 文学街出版社,2002.

黄维樑主编. 活泼纷繁的香港文学——一九九九年香港文学国际研讨会论文集下册.香港中文大学新亚书店、中文大学出版社,2000.

李彦. 尺素天涯——白求恩最后的情书及其他. 商务印书国际有限公司,2015.

李彦. 海底. 人民文学出版社,2013.

李彦. 红浮萍. 中国作家出版社,2010.

李彦. 吕梁箫声. 商务印书国际有限公司,2015.

李咏吟主编. 川沙诗歌精品欣赏. 河北教育出版社,2010.

梁丽芳. 开花结果在海外. 加拿大华裔作家协会出版, 2006.

孙博. 茶花泪. 中国青年出版社,2001.

孙博. 回流. 中国青年出版社,2002.

孙博. 小学留学生泪洒异国. 北京群众出版社,2004.

余曦. 安大略湖畔. 作家出版社,2005.

余曦. 多伦多市长. 侨报副刊,2010.5-6.

曾晓文. 白日飘行. 法律出版社,2010.

曾晓文. 重瓣女人花. 太白文艺出版社,2016.

曾晓文. 夜还年轻. 法律出版社. 2010.

曾晓文. 移民岁月. 百花洲文艺出版社,2013.

张翎. 交错的彼岸. 华东师范大学出版社,2009.

张翎. 金山. 十月文艺出版社,2009.

张翎. 余震. 华东师范大学出版社,2009.

赵庆庆. 枫雨心香——加拿大华裔作家访谈录. 南京大学出版社,2011.